廣田收・横井孝・久保田孝夫

# 紫式部集からの挑発

――私家集研究の方法を模索して

笠間書院

# まえがき

紫式部の作品のなかでも『紫式部集』は研究の歴史が浅く、『源氏物語』に対してはいうまでもなく、『紫式部日記』に比しても手薄の感は否めない。しかし、私家集研究の状況を鳥瞰してみると、そこに拡がる景観は、作品によってかならずしも均一ではない。他とくらべ、『紫式部集』の研究文献はとびぬけて多く見うけられるからである。久保田孝夫編『紫式部・紫式部集研究年表』(『紫式部集大成』所収)によれば、二〇〇七年末現在ですら、紫式部その人や『日記』の専著を除いて三〇〇編の多きを数えるのである。それ以降も着実に増えつづけている。これは、『源氏物語』や『紫式部日記』の作家の家集であることとの関係ぬきには考えられない現象であろう。

しかし、本書の著者三人が『紫式部集大成』を上梓するまで、こんな一二〇首ほどのちいさな歌集であっても、基礎資料の集積さえおこなわれていなかったのである。しかも、他の私家集と比較して論考の数が多いとはいえ、研究者たちの関心のありかには偏りがあって、未解決の問題はまだまだ少なくないのではないか、と考えられる。

定家本と古本という二大系統の成立の問題、それぞれの構成の問題、写本としての伝流の問題。古本系の「日記歌」に関連して『紫式部日記』との関係の問題。かならずしも紫式部の生涯あるいは生活全体を網羅しているとはいえない、「選歌」あるいは「欠落」の問題。追悼歌、恋愛歌、旅程の問題、等々。思いつくかぎりあげていっても、これらは残された課題、というよりも、いまだ解決には程とおいと思わせる問題ばかりである。

『紫式部集』は、かつては伝記研究の資料としてあつかわれるところに研究の端緒があった。本集をその束縛から解き放ち、ひとつの「作品」として対象化したいというのが、かねてから著者三人に共通する願いであった。もとより『紫式部集』は平安中期のなかで孤立する存在ではありえない。私家集のみならず他の作品の研究成果が『集』の理解を押しあげてきたし、今後もそうであらねばならないだろう。そしてそれと同時に、『紫式部集』の考究が他の作品の研究に対して、幾分かの底上げを促すことも充分考えられるはずである。そこで本書の題名を「紫式部集からの挑発」とした。

左注にせよ追悼歌にせよ「日記歌」にせよ、あるいは地名の考証にせよ、はたまた写本の伝流の問題にせよ、ここであつかった問題点は、前人未踏というわけではない。ただ、いずれも諸家の見解が噛みあわなかったり、なおざりにされたりして、議論が深まっていなかったものである。これらの課題群を著者三人が分担して、あらためて検証してみることとしたのが本書である。

『紫式部集大成』にひきつづき私たちは『紫式部集注釈大成』（仮題）にとりかかっているが、その注釈作業のなかから、その前提として基礎的見解をまとめておく必要を強く感じるようになったのが本書を編むことになった、そもそものきっかけである。著者たちが『集』における研究の現状と課題を討議してゆくうちに、本書におさめたような「鼎談」が持たれることになり、さらに本書所収の各論考が生まれたわけである。私たち自身がまず『紫式部集』によって、その研究を深めるべく「挑発」されたようなものである。

私たち三人は、前著『大成』によって、多くの研究者が基礎資料にふれることが容易になり、いささかではあるが、斯界に貢献できたのではないかと自負するものである。願わくは、本書もまた同様に、『紫式部集』を一箇の「作品」としての研究を推し進め、さらに隣接分野の研究をも「挑発」する発条たらんことを。

二〇一四年四月

横井　孝

# 紫式部集からの挑発・目次

——私家集研究の方法を模索して

# 1　『紫式部集』左注とは何か

## ――謎解きと跨ぎの機能――

### はじめに

『紫式部集』の特質は、歌の選択と配列の特異性にだけあるのではない。たとえば、『紫式部集』の左注は、この家集の編纂の特質を考える手がかりとならないか。勅撰集『古今和歌集』の左注を比較、対照させてみたい。

まず、陽明文庫本『紫式部集』の左注の事例を探すと、次の六つの事例を挙げうる。

**事例1**

（1）はやうよりわらは友達なりし人に、年ごろ経て行きあひたるが、ほのかにて、十月十日のほどに月にきほひて帰りにければ

めぐりあひて見しやそれともわかぬまに雲隠れにし夜半の月かな

（2）**その人遠き所へ行くなりけり。**秋の果つる日きて

あるあか月に、虫の声あはれなり
泣き弱るまがきの虫もとめがたき秋の別れやかなしかるらん

**事例2**

（31）文のうへに朱といふ物をつぶつぶとそそきて涙の
色をとかきたる人の返り事
くれなゐの涙ぞいとどうとまるるうつる心の色にみゆれば
**もとより人のむすめをえたる人なりけり**

（32）ふみちらしけりときさてありし文どもとりあつめ
ておこせずは返りごとかかじと、ことばにぞのみ
いひやりたれば、みなおこすとて、いみじくえん
じたりければ、正月十日ばかりのことなりけり
とぢたりしうへのうすらひとけながらさはたえねとや山の下水

**事例3**

（42）なくなりし人のむすめのおやの手かきつけたりけ
る物を見ていひたりし
夕霧にみしまがくれしをしのこのあとをみるみるまどとはるるかな

（43）おなじ人、あれたるやどの桜のおもしろきことと
てをりておこせたるに
ちる花をなげきし人は木のもとのさびしきことやかねてしりけん
**おもひたえせぬとなき人のいひける事を思ひいで**

たるなりし

**事例4**

（87）ものや思ふとひとのとひたまへる返りごとに、九月つごもりに

をすすきが葉わきの露やなにかくかれ行く野べにきえとまるらん

（88）**わづらふことあるころなりけり**。かひぬまの池といふ所なむあると、人のあやしきうたがたりするをききて、こころみによまむといふ

よにふるになどかひぬまのいけらじと思ひぞしづむそこはしらねど

（89）又心地よげにいひなさむとて

心行く水の気色はけふぞみるこやよにかへるかひぬまの池

**事例5**

（103）人のおこせたる

うちしのび歎きあかせばしののめのほがらにだに夢を見ぬかな

（104）**七月ついたちころあけぼのなりけり**

しののめの空きりわたりいつしかと秋のけしきに世はなりにけり

**事例6**

（110）すまひ御覧ずる日、うちわたりにて

たづきなき旅のそらなるすまひをばあめもよにとふ人もあらじな

（111）返し

いどむ人あまたきこゆるももしきのすまひうしとは思ひしるやは

**雨ふりて、その日ごえむはとまりにけり。あいなのおほやけごとどもや**

（一行空白）

一瞥してまず注目できることは、右の六つの左注の事例の中で、「なりけり」で結ばれる左注が四例見出されることである。私は、そこにきわめて意図的なものが働いていると感じる。

南波浩は左注について、著作の中では残念ながら、あまり触れるところがなかった。

南波は、**事例2**（31）の「もとより人のむすめをえたる人なりけり」について、「前歌〔三一〕の左注なのか、次の〔三二〕の詞書なのか、判別しがたい」と評している。[1] ただし、「〔三一〕の左注とみる場合」は「回想的な追記的左注とも考えられ」るとしつつ、「式部の内面心理を語ろうとしている左注としても生きてくる」という。[2] ここでの左注の機能は、前歌に対する注としての意味付けでしか考えられていないことが分かる。これは左注を機能的に捉える視点であるが、次歌との関係は捨象されている。

また南波は、**事例4**（87）の左注「わづらふことあるころなりけり」を、伝本の形態上から、「現存伝本のほとんど」は、次の「詞書として記して」いるが、三条西家本他三本が「行の末で終っている」ので、左注か詞書の冒頭文かが判別できないという。さらに、「注目すべきは、実践本・瑞光寺本・元禄刊本の三本が、『わづらふ事あるころなりけり』で切り、以下を改行している点」であるとして、これは明らかに左注であると指摘する。[3] そして「『実は、病気をしていた頃だったのだ』と、説明した左注とみた場合の方が、はるかに関連性が密接である」という。[4] これは左注を機能的のみならず形態的に捉える視点である。

南波は、**事例6**「雨ふりて、その日ごえむはとまりにけり。あいなのおほやけごとどもや」についても形態的に捉えている。(5)

これらに、南波の左注に対する理解の一端を知ることはできるが、さらに表現に即して左注の機能を考える必要があろう。

ちなみに、『紫式部集』の左注に関して、陽明文庫本で得られる左注の事例を、実践女子大学本と対照させてみたところ、歌の配置は異なるが、基本的に両者の間には表現上の異同が（殆ど）ない。つまり、左注には自撰的性格が共有され、保存されているのではないかと考えられる。

**事例1**の場合、「**その人遠き所へ行くなりけり**」は、（1）歌「めぐり逢ひて」の童友達が「月にきほひて帰」ったわけを謎解きしている。と同時に、（2）の詠歌の場を導いてくる。それを今仮に跨ぎの機能と呼んでおくことにしよう。

このような跨ぎの顕著な事例が、

**事例2**（31）（32）

**事例4**（87）（88）

**事例5**（103）（104）

などである。興味深いことは、これらが『紫式部集』の前半だけでなく、後半にも存在することである。つまり、大きな歌群配列の異同は、二つの伝本系統の存在とは別に、跨ぐ役割をもつ左注は前半・後半ともに同様に認められるのであるから、前半・後半のいずれかが自撰か他撰かというふうに、編纂の問題は二者択一的な理解では解決できないことになる。

## 一　『古今和歌集』の左注

数年前、横井から「南波先生は左注についてどんなことを述べておられるのか」という旨の質問をいただいた。左注の問題については、確かに先生の著作の中には、右に見たように個別に触れられている以外には、纏めて論じておられないが、かつて詳細な考察をうかがった記憶があったので、学生時代の講義ノートを繰ってみると、およそ次のような内容を話されていた。一九七五年五月一日、大学院の特殊講義は「紫式部集の成立　自他撰の問題」と題する講義であった。その項目だけを示すと、

(一)　歌が精選されていて歌屑のないこと
(二)　伝本に関する問題

というもので、続いて五月八日は、

(三)　詞書が一人称であること
(四)　当人ならではと思われる微妙な内面心理の表白を示す詞書の多いこと
(五)　敬語の使用に統一性のあること
(六)　左注にみられる特質

というものであった。この(六)の内容は、およそ次のようである。表現はノートのまま記しておくことにしたい（おそらく口述筆記の形式の講義だったと思う）。

『紫式部集』には五つ《ママ》の左注がある。『萬葉集』の左注は、

右、日本書紀を検するに、云々。

右、山上憶良集を検するに、類聚歌林に、云々。

右一首の歌、今案ずるに反歌に似ざるなり、云々。

などとある。これらは主として史実についての説明であり、理由や出所などについて記したものであって、歌の内容あるいは内容についての解釈を補おうとしたものではない。『古今和歌集』においても、四二箇所の左注が見られるが、それらを分類すると、

一　読人不知とある歌の作者について、
　　ある人のいはく先のおほきおほいまうち君のうたなり
　　のように異伝を記すもの（二七例）
二　歌詞についての異伝記しているもの（七例）
三　歌の状況設定についての付記（八例）

となる。重要なことは、これらの左注は、貫之撰の奏覧本には全く見られない。つまり、いつのころか、後人によって付記されたものである。後人が書写の際に、見聞きしたことを付加したのである。これらのうち、『紫式部集』の解釈・鑑賞に有効であるのは、三のケースである。しかし、中には、

　このうたはまた殿上ゆるされざりける時に、めしあげられてつかうまつれとなむ（二六九番歌）

　寛平の御時、菊の花をよませ給ふける比、ゆきあひて

とあるものもある。敏行は延喜元年右兵衛の督従四位下で、寛平以前に殿上人（従五位上）となっているので、事実に反するような左注もある。

『後撰和歌集』は、四六・九三・一四六・三四六番歌に見られる。四六・三四六番歌は歌の成立時期について、九三・一四六番歌は、歌の作者についての説明である。これらは歌の鑑賞の一助にはなろうが、歌の内容との関係は、間接的である。

『拾遺和歌集』は、五二四・五三一・五六四・五八七・一三二二・一三五〇番歌の六箇所である。

歌の出所、作者については、五二四・五八七・一三五〇番歌があり、後日譚は五三一・五六四・一三二二番歌で、すべて歌の内容の解釈には直接関係ないものである。

『後拾遺和歌集』は、合計一二例。

一　作者についての伝承　二六五・六〇〇・一〇〇七・一一六四番歌の四例。

二　歌の後日譚　一一七・一一一六番歌。

三　歌の状況設定　五六五・五九八・五九九・六〇一・六〇八・一一〇五番歌の六例。

ここでも、歌の内容、鑑賞に直接的に寄与するのは三の場合である。

ところが、以上挙げた勅撰集の左注は、撰者たちが記したものではなく、後人がその歌についての伝承、歌語りを付記したもので、中にはその信憑性が疑われるものも見られる。

さらに、私家集についてみると、『元良親王集』三例、『公任集』二例、『御堂関白集』一例、『伊勢大輔集』一例、以下『本院侍従集』一例、『曽丹集』一例、『為頼集』一例と、左注は非常に少ない。左注の数のやや多いのは、『清輔集』八例、『定頼集』五例、『兼頼集』四例などである。

このうち『清輔集』では、歌の制作時の状況説明が一例、歌の功徳が七例である。歌の功徳は、加階を所望し歌のあはれによって加階されたもの、臨時祭の歌人として召されたもの、造内裏の折に加階の許されたもの、などである。これらはさほど文学的な意味を持っていない。『定頼集』では、「御返しとて」が二例ある。そのうち一例は、状況設定とか返歌のないことを記すごとき事務的な左注であり、定頼自身の左注ではなく、後人の付記したものである。また『兼頼集』も同様である。すなわち、人物説明、後日譚など後人の付記である。

以上見てきたように、私撰・勅撰を問わず、その多くは単純な事実の説明に堕している。歌の趣意を引き立て、鑑賞に役立てるという機能を発揮しているものは殆どない。これに比して、『紫式部集』

の五箇《ママ》所の左注は、歌の趣きを引き立て、その状況設定を豊かにさせている。たとえば、三一番歌において、「人のむすめをえたる人なりけり」は、単なる説明にみえて宣孝の妻帯者たる痴気な性格を説明させている左注である。また四三番歌「思ひ絶えせぬと亡き人の言ひける事を思ひ出でたるなり」は、花の送り主への返歌よりも、宣孝の口ぐせを思い出して、注を付けているのである。散る花をどう嘆いていたのかを説明し、歌の足らないところをより分かりやすいように、よく補っている。一般的な左注よりも、機能が拡大されている点が特徴的である。『紫式部集』の左注は自身による注である。後人が、うかつに手を入れられないような緊密性をもっている。

というものであった。

先行研究を概観したかぎりでいえば、『萬葉集』においては、個別の歌の個別の左注について論じたものが多く、そもそも左注が一定の統一した性格を持っているというふうには見えない。左注が歌句の異伝を示す場合もあるし、題詞に対する異伝を示す場合もあるし、歌の場を注記する場合もある。そのような機能の多様性は、おそらくこちら側の問題意識によるというのではなく、歌集の性格そのものに端を発しているとみられる。すなわち、巻一や巻二などから人麿までの『萬葉集』は、明らかに古代天皇（制の確立）を意識した勅撰的な性格を帯びているように見えるのに、巻一六以降の編纂は大伴家持の編纂において統一されていることが否定できないという、歌集そのもののもつ、二極的複合的な性質とかかわるものといえる。つまり、『萬葉集』の編纂原理は単一のものではなく、編纂の原理が前半と後半とでは移動している、と考えられるからである。

これに対して、『古今和歌集』は醍醐天皇の命により編纂された勅撰集であるために、編纂原理は一貫している。そこで、改めて『古今和歌集』の左注を幾つか挙げると、改めて次のように分類できる。

（一）和歌の表現に関する異同の注記

又は、さととほみ人もすさめぬ山ざくら　（五一番）

又は、あすかがはもみぢばながる〔此歌右注人丸歌、他本同〕　（二八四番）

（二）詠者に関する異同の注記

ある人のいはく、さきのおほいまうちぎみの歌なり　（七番）

この歌は、ある人のいはく、たちばなのきよもとが歌なり　（一二五番）

このうた、ある人のいはく、かきのもとの人まろがなり　（一三五番）

このうたは、ある人のいはく、柿本の人まろがなりと　（二一一番）

ある人のいはく、この歌はならのみかどの御歌なりと　（二二二番）

この歌は、ある人、ならのみかどの御歌なりとなむ申す　（二八三番）

この歌は、ある人のいはく、柿本まろが歌なり　（三三四番）

この歌は、ある人、在原のときはるがともいふ　（三五五番）

このうたは、ある人のいはく、柿本人麿が歌なり　（四〇九番）

（三）歌の内容に関する異同の注記

この歌は、まだ殿上ゆるされざりける時にめしあげられてつかうまつれるとなむ　（二六九番）

このうたは、ある人、つかさをたまはりてあたらしきめにつきて、としへてすみける人をすてて、ただあすなむたつといへりける時に、ともかうもいはでよみてつかはしける　（三七五番）

この歌は、むかしなかまろをもろこしに（略）よるになりて、月のいとおもしろくさしいでたりけるを見てよめるとなむかたりつたふる　　（以下を略す）
（四〇六番）

要するに、『古今和歌集』の注記は形式が定まっており、歌句の異同、詠者の異同、歌を伝える状況の異同というふうにまとめることができる。さらにいえば、それらは伝承としての歌に対する異伝varliant に関する注記であることに尽きる。

ちなみに、『赤染衛門集』は、榊原本を底本として用いて事例を探したかぎりでは、『紫式部集』の左注と類似する事例は、ない。『赤染衛門集』には歌の贈答の連続ゆえに、時間的連続性がある場合、また同じ人との関係を時系列に沿って示す場合などに、左注が用いられている。

つまり『紫式部集』の左注と類似する事例は『古今和歌集』や『赤染衛門集』には、ない。『紫式部集』の左注の性格は特に、『古今和歌集』の左注と比べて全く異質である。

## 二　『源氏物語』における歌と「なりけり」との関係

それでは、『紫式部集』の左注の問題は、『源氏物語』の方法とどのようにかかわるであろうか。桐壺巻から須磨巻以前までの範囲であるが、急ぎ『源氏物語』の歌に左注的に付けられた「なりけり」で結ばれる謎解きの文が、次の歌を導いてくる事例を探したところ、たとえば次のようなものが見出せる。

伊予介、神無月の朔日ごろにくだる。「女房の下らんに」とて、手向け心殊にせさせ給ふ。また、うちくにもわざとし給ひて、こまやかにをかしきさまなる櫛・扇多くして、幣などいとわざとがましくて、かの小袿もつかはす。

　逢ふまでのかたみばかりと見し程にひたすら袖の朽ちにけるかな

こまかなる事どもあれど、うるさければ書かず。御使かへりにけれど、小君して小袿の**御返りば**かりはきこえさせたり。

　蟬の羽も裁ち変へてける夏衣かへすを見てもねは泣かれけり

「おもへど、怪しう人に似ぬ心づよさにて、ふり離れぬるかな」と、思ひ続け給ふ。**今日ぞ冬立つ日なりける**もしるくうちしぐれて、**空の気色いとあはれなり。**ながめくらし給して、

　過ぎにしも今日別るるも二道に行くかた知らぬ秋の暮かな

なほ「かく人知れぬことは苦しかりけり」とおぼし知りぬらんかし。　（夕顔、第一巻一七四頁）

『源氏物語』の歌の直後に、すぐ「なりけり」で終わる一文が付いている事例がないか、探してみたが、表現において『紫式部集』の左注と、形態的に同一の事例はなかなか見当たらない。

　そこで、視点を少しずらして、物語の説明的部分を外し、歌を中心にする物語の構成を見たときに、同一性が見えてくるのではないかと思う。つまり、この夕顔巻は叙述の様式としていえば、物語に他ならないからこそ、心情にしても、情景にしても、いささか説明的であることを免れない。

　そこでこれを、試みに、歌を核とする家集の贈答形式へと表現を整え直すならば、次のようになろう。

　　神無月の朔日ごろ、伊予介の下るはなむけに寄せて、その妻に小袿を送るとて、

逢ふまでのかたみばかりと見し程にひたすら袖の朽ちにけるかな　（光源氏）

とあれば、御返り

蝉の羽も裁ち変へてける夏衣かへすを見てもねは泣かれけり　（空蝉）

今日ぞ冬立つ日なりけり。空の気色いとあはれなり。

過ぎにしも今日別るるも二道に行くかた知らぬ秋の暮かな　（光源氏）

歌の場は、立冬という節季における恋歌の贈答である。離別の場であるのに、三首目は離別歌ではない。と同時に、物語としては、歌「過ぎにしも」は夕顔の恋と空蝉の恋とを総括する、もっと大きな主題的な意味と機能とを持たされている。

それはともかく、物語における歌の贈答をめぐる叙述を、家集の詞書と歌、そして左注という形式に変換したときに、ようやく『源氏物語』と『紫式部集』とを比較することができる。家集と物語とが構造において同一だというのは、この次元において始めて比較が可能となるという意味である。家集と物語とは、同じ作者による表現方法によるものだと確認できるだろう。

## 三　『紫式部集』の左注の特質

『紫式部集』の左注は、いわゆる一般的な左注ではない。

表現からいえば、『紫式部集』の左注の特質は、「なりけり」に集約されている。それは時間的な順序に従う配列を示すというよりも、謎解きの役割を示すものである。つまり、前歌を意味付けるとともに、次の歌の意味付けをも行う機能をもつのである。そのことによって、『紫式部集』は全体的な統一性を目した編纂物であった、ということができるだろう。

注

（1）南波浩『紫式部集全評釈』（笠間書院、一九八三年六月、一八二頁）。
（2）（1）に同じ、一八四頁。
（3）（1）に同じ、五〇七頁。
（4）（1）に同じ、五〇八頁。
（5）（1）に同じ、六一五頁。

〔付記〕

本稿の中で引いた南波先生の講義ノートについては、今回その内容の正誤を検討することはしなかった。

（廣田　收）

〔参考文献〕


内野吾郎「詞書と左註と——歌物語成立の一つの道——」（『和歌文学研究』第三号、一九五七年四月）。

岡村和江「古今和歌集の詞書および左注の文章について」（『国語と国文学』一九六四年一〇月）。

渡瀬昌忠「万葉集七・九・十と人麻呂歌集非略体歌——左註と題詞をめぐって——」（『国語と国文学』一九六六年六月）。

奥村恒哉「古今和歌集の左註」（『一冊の講座　古今和歌集』有精堂、一九八七年三月）。

身崎壽「左註的題詞と歌語り」（伊藤博・稲岡耕二編『万葉集を学ぶ』第七集、有斐閣、一九七八年一〇月）。

# 2 『紫式部集』四番・五番歌の解釈追考

## ――「女はらから」に対する垣間見と求婚――

### はじめに

『紫式部集』は謎に満ちた家集である。配列からいうと勅撰集やこれを規範とする私家集の備える一般的な配列ではない、特異な構成をもつ家集である。一方、歌の選択からいうと、題詠や歌合などの歌は希薄であり、ほとんどの歌が、具体的な人事にかかわるものである。私は、『紫式部集』の歌の多くが挨拶や贈答なども儀礼性を帯びたものが多く、正述心緒の歌は少ないと考えている。また、個別の歌の場についてみると、おそらく詞書において歌の詠まれた事情は尽くされているはずであろうが、その解釈がなかなか定まらない憾みがある。その一例が、四番・五番歌である。

### 一　『紫式部集』四番・五番歌の問題点

（4）　方《かた》たがへにわたりたる人の、なまおぼおぼしきこ
とありて帰りにけるつとめて、あさがほの花をや
るとて

おぼつかなそれかあらぬかあけぐれの空おぼれするあさがほの花

（5）　返し、手を見わかぬにやありけむ

いづれぞと色わくほどにあさがほのあるかなきかになるぞわびしき(1)

ひとまず現代語訳を試みると、次のようである。(2)

方違《かたたが》えに（私宅を）訪れていた人が、夜中に不審な振舞をすることがあって、（そのまま）帰ってしまった翌朝（早く）、朝顔の花を届けようとして、

不可解です。夕べのあの方ですか、そうではない方ですか。夜明け前の暗闇の中ではっきりしなかったように、とぼけているあなたの朝の顔は。

その返事は、（姉の筆跡か、私の筆跡なのかが）見分けられなかったのか、

（姉妹の）どちらからいただいた手紙かと判断しかねている間に、（時が経過して）朝顔のしおれてしまったことが残念でした。

従来からの論点は、相手の男が、後の夫宣孝かどうか、また、相手の男の行動の意味をどう考えるか、である。この二首は、通説では若かりし紫式部の初恋の経験であり、相手の男性は後に夫となった宣孝であるというふうに理解されてきた。清水好子は、この贈答に「かえって挑むような歌をやるところに、自信に溢れた恐いもの知らずの娘らし」さを見るとともに、相手の男を宣孝と理解することに「賛同」(3)する。しかしながら最近では、相手が宣孝ではないという批判的な見解が相次いで示されてきた。

思うに問題は、従来からだけでなく最近に至るまで、議論が紫式部の実際上初めて経験した相手が宣孝かどうか、という点にだけ、なおこだわり続けているように感じられることである。確かに宣孝

以外に男性を通わせたことがなかったとまで、紫式部の純潔さをことさらに強調する必要もないと思うが、まず私は四番・五番歌のような贈答の場をどのように想定すればよいのかが分からない。その一点を中心に考えてみよう。

問題のひとつは、詞書の「なまおぼおぼしきこと」が何かである。この表現を、南波浩は「事情がはっきりしない。どう考えても腑に落ちないさま」であると注して、「なんとなくはっきりしないこと、いぶかしい行動」と訳する。[4] 具体的には、男が「のぞき見でもするように姿をちらつかせた」（傍点、廣田）と捉える。[5] 私は、この理解が実に可能性の高い解釈だと愚考する。ただ、南波は「一体、どういう気持ちからだったのか、単なる好奇心からの垣間見か、それとも何か意図あってのことか。いずれにしても、いぶかしく、不愉快な感じだった」（傍点、廣田）と解釈する。[6] だが、おそらく求婚行動のひとつとして「のぞき見」「垣間見」があったとして、本当に「不愉快な感じだった」のだろうか。本当に「不愉快」ならば、女から男に歌を贈ることはないと考えられるからである。

詞書に「あさがほの花をやるとて」とあるから、もし昨夜関係があったのなら男の方から手紙が来るであろう。ところが、この場合は女の方から歌を送っている。普通、男の方から女の「朝顔」を問題にするので、この場合だと、男の朝顔を咎《とが》めることになる。私はあなたが誰か分かっている、あなたではないのか、あなたなんでしょ、というふうに咎める形である。そのような手紙を送ったというのは、女の側から相手が誰かを知っていたことになる。つまり、この場合男女の関係は、いささか公開めいている印象がある。

また返歌の詞書に「手を見わかぬにやありけむ」とあるけれども、確かに歌はこちらに届けられているわけだから、誰から来たのか全く分からないというのではなく、誰から来たのか姉妹のいずれかが分からない、というふうに理解できる。「それかあらぬか」という表現から見ると、紫式部その人に向けられているというよりも、（早く亡くなった）姉と、妹の紫式部とのふたりに対して消息があったと記されている、とみることでよいと思う。

つまり、この当時の男と女との間の手紙が常に、一対一の形の（個人的で、秘密の）通信だけではないということである。そのことは、物語において、しばしば描かれるように、姫君に贈られてくる手紙は、姫君に詠まれる前に、女房たちや乳母、母親などの目にさらされることからも推測される。すなわち、四番・五番歌の場合、消息の公開性、つまり特に消息（の和歌）は特定の個人に宛《あ》てたものというよりも、出会いの初期段階において姉妹の二人に宛てた緩やかなものとみてよいのではないか。

つまり、四番・五番歌は、男からひとり私にだけ宛てた消息だと読むべきではない。男から女へ、女から男へと、一対一の贈答歌を前提とする必要は、ない。どちらに贈ったものかは問わないことが常態だといえるだろう[7]。もう少し儀礼性、婚姻の瀬踏みの贈答の儀礼性の問題とみてよいのではないか。

## 二　姉妹に求愛する婚姻習俗の可能性——宇治大君・中君に対する垣間見と比べて——

かつて、私は以上のように考えたのだが、今大枠において考えを訂正するつもりはない。むしろ、詞書が姉と妹の紫式部とのふたりに対して消息があったと読むべき可能性について、追考してみたい。

まず、贈歌の相手をひとりと特定せず、二人に対して求婚することを、現代的（もしくは近代的）な感覚から不可解だと見る必要はない。それには、すでに物語に範例があるからである。

たとえば、この事例は『伊勢物語』初冠段において、昔男が「女はらから」に歌を遣《や》る場面を想起することができる。姉妹のいずれかというふうに、相手を個人して特定しない求婚と見做せる。

あるいは、『源氏物語』における求婚の事例もある。薫が八宮邸において垣間見する、有名な条。「内なる人、一人は柱にすこしゐ隠れて、琵琶を前に置きて、撥を手まさぐりにつつゐたる」が、もう一人の「添ひ臥したる人は、琴の上にかたぶきかかりて」いた（橋姫、五巻一三九頁）[8]。薫は「御消息」を伝えると、「山里びたる若人ども」は応対もままならなかった。やむなく大君は薫に「何ごとも思ひ知らぬありさまにて」と「ほのかに」答えた。薫がひとり語りに話し始めると、「老人」が大君に代わって応対に出てきた、というふうに語られて行く。

面倒なことは、『源氏物語』は、薫の宇治行に大君や中君との恋だけでなく、物語の深層に父柏木による母女三宮への犯しという重い問題を複合させている。それゆえに、垣間見から求愛へという道筋はいささか複雑になっているが、薫はやがて「なほこの姫君たちの御心の中ども」を思い量って歌を贈る（五巻一四八頁）。薫からは「姫君たち」に向かって歌を贈ったはずだが、やがて大君が返歌をするというふうに、物語は男女関係を一対一に対偶化させて行く。つまり、最初は薫が垣間見をした二人に対して、歌を贈るのだが、大君が返歌することによって、作者紫式部は薫と大君とを対偶させて行くのである。薫は、宇治川の柴刈舟を見つつ、あれが私だと呟く。そして「硯召して、あなたに聞こえたまふ」（五巻一四九頁）のである。その段階では、まだ「あなた」に、である。二人の居る方に向かって働きかけたといえる。ところが、大君が「さしかへる」と返歌することにおいて、ようやく薫と大君とを一対一の形で対偶させた、奇妙な恋物語が整えられて行くといえる。

この限りでは、『伊勢物語』と『源氏物語』とに共有される範型model、すなわち二人の女性を緩やかに懸想する伝統のあることは否定しがたいように思える。

また、『源氏物語』では、垣間見がなくても、初瀬詣の中宿りに薫と同道した匂宮から贈られてきた消息を、「御返りは、いかでかはなど、聞こえにくく思しわづらふ」（椎本、五巻一七五頁）が、宇治大君は中君に返事を書かせることで、薫や匂宮の男二人と、姫君二人との関係が、やがて匂宮と中君との一対一の男女関係へと対偶されて行く。ここにも、物語に同様の範型を認めることは許されるだろう。

## 三　『伊勢物語』初冠段本文の問題――「女はらから」か「女はら」か――

ともあれ、家集を読み解くのに、わざわざ物語における垣間見のもつ類型性について触れる必要はないのかもしれない。ただ、私が拘っているのは、最初から一人の男と一人の女という対偶性が、先験的に存在するのではなく、姉妹の類同性を前提に求婚の働きかけが行われていることに注目したい。

かつて私は、物語の垣間見を、男が垣間見したときに、垣間見の対象とされる女性の数の違いに注目して、

一人型　　空蝉・軒端荻／宇治大君・中君／『落窪物語』

二人型　　若紫

と分類し、一人型にはさらに下位分類として、

比喩型・象徴型　　野分巻の紫上・玉鬘・明石姫君

を考えうる。さらに、『住吉物語』のような、

三人型　　嫁比べの様式

も認められる、と指摘したことがある。[9] ただし、比喩型・象徴型という野分巻の垣間見は、三人型とも見做しうる。

その後、いずれの様式の垣間見においても、男のまなざし、すなわち女性の容姿の叙述には一定の様式が働いていることを明らかにしたことがある。[10]

さて、これまで私は『伊勢物語』初冠段の垣間見を二人型と捉えて論じてきたが、初冠段の本文について確認しておこう。池田亀鑑の『伊勢物語に就きての研究（校本篇）』を見ると、次のようである。この校本は周知のように、底本は、天福二年に定家の書写した旨の奥書を持つ天福本であるが、そこには、

そのさとにいとなまめいたるをんなはらからすみけり

とある。これに対して、不忍文庫本・群書類従本・丹表紙本など朱雀院塗籠本系統の三本には、

そのさとにいとなまめいたるをんなはらすみけり

とある。(11) つまり、定家本系統では、昔男が垣間見した女性は姉妹であるが、非定家本の塗籠本では、ひとりの女性だということになる。(12) つまり、『伊勢物語』の伝本の中に、二人型の垣間見の伝統を引き継ぐ本文と、一人型の垣間見の伝統を引き継ぐ本文とが併存することになる。すなわち、単純に『伊勢物語』から『源氏物語』へという方向だけで、垣間見の伝統を論じることは難しく感じられる。(13) この問題に決着をつけることは保留するとしても、対象となる女性が一人か二人かは求婚の手続きとしての垣間見を考える上で、決定的な要因ではないとみておきたい。

## 四　物語における垣間見の類型

ところで『伊勢物語』の垣間見については、鈴鹿千代乃に興味深い論考がある。鈴鹿は論の劈頭に

『伊勢物語』は、古代王権神話である」と断じる。すなわち、主人公の「をとこ」が在原業平とされることから『伊勢物語』は「この人を神そのものという意識で語っている」という（傍点、鈴鹿）。鈴鹿は「いちはやきみやび」という言葉に注目し、「この『をとこ』が神々の系譜に連なる存在であったこと」を考えたいとする。すなわち、鈴鹿は「初冠、ふるさとでの狩、女はらからを垣間見ること、そして時をおかず詠んだ求婚の歌」この「一連の行為」を「いちはやきみやび」とするところに「古代の王のあるべき姿を『昔人』である一人の『をとこ』の姿を通して語っている」という。そして「女はらから」には、「兄姫・弟姫」の伝統があるとして、『古事記』の表記に従って、

石長比売と木花之佐久夜毘売
豊玉毘売命と玉依毘売命
丹波比古多々須美智宇斯王の女　兄比売・弟比売

と列挙する。そしてこれらがいずれも「服属神話」であり「服属の証しとして、自らの持てる女すべてを献上するという作法」のあったことを指摘するとともに、「その『女はらから』を見出すのが『垣間見』であったと記すこともまた、こよなく古代的である」と指摘する。つまり「古代の王たるもの」は「即断即決」で「すかさず次の行動」に出て「妻訪いの歌を贈った」ことこそ「いちはやきみやび」だったという(14)。

残念ながら、私には『伊勢物語』のうちに古代神話を読み解く学識を持ち合わせていない。とはいえ、『伊勢物語』や『源氏物語』において、二人の女性を垣間見する類型性は、平安時代の物語が発明したものではなく、古く神話に発するものであるという指摘は捨て難い。

というのは、すでに周知のことであるが、見るなの禁詞の設定とその違反によって、人の生と死の起源を伝えるイザナギ・イザナミの神話や、昔話「鶴女房」「見るなの座敷」において、禁忌 taboo の仕掛けられる垣間見が、一人型であることは自明のことだからである。[15] だからこそ興味深いことは、鈴鹿は二人型もまた神話の伝統だと指摘していることである。つまり、一人型か二人型かという違いがあっても、垣間見そのものの機能は変わらないことになる。この問題の決着は、他日を期したい。

## まとめにかえて

私は先に、物語でも説話でも歌集でも、いかなる text も text そのものはひとつの文学史として読むことができるという提案をした。[16] すなわち、理念的に言えば、text の重層性は、基層・古層の枠組みの上に、表層・新層の重ねられて織り直されたものである。そのとき text を見るまなざしの次元を変えることにおいて、重層性が見える。ここにいう重層性は、垣間見において、

主題／社会習俗／神話

という層差を認めうることである。

このように考えを巡らしてきたときに、『紫式部集』四番・五番歌に、神話に発する物語の類型の働いていると読み取ることまでは必要ないであろう。

物語研究においては、求婚のプロセスの中に垣間見という手続きを取る必要があると理解は一般化されている。これを平安時代の婚姻習俗の（反映や実態というよりも）範型であると見做すことは誤りではないだろう。このように『伊勢物語』と『源氏物語』とを対照させると、「なまおぼおぼしき

こと」とは、男の垣間見のことをいうことは間違いない。二人型の垣間見や、姉妹二人の姫君に対して、求愛の消息を送る事例を勘案すると、清水が論じた、四番・五番歌のもつ妙な明るさは、求愛の行動が紫式部ひとりに向けられたものではなく、二人に対してのみならず、まずは女房たちや乳母、母たち周りの養育者たちに向けてなされたものだからといえる。

もうひとつ残る問題は、このような歌が四番・五番歌の位置におかれた意味である。歌「おぼつかな」と歌「いづれぞと」とは、瀬踏《せぶ》みや駆け引きにまだ深刻さや真剣さのない贈答である。すなわち、冒頭歌は童友達との贈答である。ここには成人式が隠されている。そしてこの求婚である。そして旅から結婚へと配列されている。ここに緩やかな物語の構成、話型を見て取ることはできるだろう。(17) ちなみに、私は三番歌「露しげき」を寡居期のものと見るので、明るい四番・五番歌とは対照的に配置されていると見るからである。

**注**

(1) 本文は、陽明文庫本に拠る。
(2) かつて施した私訳(『紫式部と和歌の世界』武蔵野書院、二〇一一年、一三～一四頁)をこの度、少しばかり改めた。
(3) 清水好子『紫式部』岩波書店、一九七三年、二二～二三頁。
(4) 南波浩『紫式部集全評釈』笠間書院、一九八三年、三八頁。
(5) 同書、四〇頁。
(6) 同書、四〇頁。
(7) 廣田收『家集の中の「紫式部」』新典社、二〇一二年、一〇五～一〇九頁。

（8）阿部秋生他校注・訳『新編日本古典文学全集　源氏物語』小学館、一九九七年、五巻一三九頁。以下、『源氏物語』の本文はこれに拠る。
（9）廣田收『講義『源氏物語』とは何か』第七講、二〇一一年、七〇～七八頁。
（10）廣田收「『源氏物語』「垣間見」考」同志社大学人文学会編『人文学』第一九一号、二〇一三年三月。
（11）池田亀鑑『伊勢物語に就きての研究（校本篇）』有精堂出版、一九五八年、五頁。
（12）南波浩は「ばらは元来複数を示す接尾語であるが、単複にかかはらず漠然と言ふ場合（たとへば子ども・御達など）もある。ここは「なまめきたる」女を中心とした表現である。流布諸本は「女はらから」となつてゐる」と注している。（『日本古典全書　伊勢物語』朝日新聞社、一九六〇年、三六四頁、補注二）。
（13）『伊勢物語』における、垣間見の二人型の本文は、神話から物語へと継承される伝統だとすると、一人型の本文との関係がどうなるかである。すなわち、非定家本の塗籠本が一人型の垣間見をもつのに対して、定家本系諸本は二人型の垣間見をもつことを、古代における古代と、古代における近代とが存在すると考えることもできる。すなわち、二人型の定家本は、『源氏物語』を踏まえたものである可能性もあるが、即断はできないから、当面は留保しておきたい。
（14）鈴鹿千代乃「『いちはやきみやび』考」『青木周平先生追悼　古代文芸論叢』おうふう、二〇〇九年。
（15）菅野雅雄「古代説話型式の継承――『源氏物語』における浮舟の場合――」『国学院雑誌』一九六六年一一月。
（16）廣田收『講義日本物語文学小史』金壽堂出版、二〇〇九年、及び（10）に同じ。
（17）同書、第六講。

（廣田　收）

# 3　『紫式部集』における哀傷
## ——贈答歌の中の追悼——

### はじめに

『紫式部集』には、愛する人を失った悲しみを歌う慟哭の歌がないとされてきた(1)。このような批評は、研究者のみならず一般的な印象としても定着しているように見える。問題であるのは、このような批評には、紫式部が慟哭することのない「冷酷な」女性だという、紫式部そのひとに向かう人間的な批評と、歌の様式からいうと正述心緒的に悲しみを表現するような歌を詠まないという、紫式部の詠歌に対する批評とが混在しているように思う。

もう少し言い方を変えれば、『紫式部集』の中に、宣孝に対する直接的な「追悼歌」、典型的な「哀傷歌」というものがあるのかないのかといえば、残っていないとしか言いようがない。ただそれも「追悼歌」、「哀傷歌」といった基準からすれば、ないということである。むしろ『紫式部集』においては、屈折した彼女の心底は、贈答歌の表現の中に滲んでいるというべきであろう。

そこで、まず勅撰集の『古今和歌集』哀傷歌を対照させることで、『紫式部集』の歌の中に、友人や夫など亡き人を追慕する心情がどのように影を落としているのか、考え直してみたい。ただし、私は古代和歌は近代抒情詩ではないという意味で、儀礼性を帯びているということを、もう一度確かめておきたいと思う。

まず、『古今和歌集』哀傷部から、哀傷歌の表現形式と、詞書から想定される詠歌の場を取り出すと次のようになる。

| 表現形式 | | 想定される詠歌の場 |
| --- | --- | --- |
| （涙が川となって遮り）死者は戻ってほしい。 | （八二九番） | 通夜・葬儀。 |
| 別れを止める方法がない。 | （八三六番） | 通夜・葬儀。 |
| （水の）帰らないことが悲しい。 | （八三七番） | 亡き知人への弔問。 |
| （血の）涙が止まらない。 | （八三〇番） | 葬儀。 |
| 時雨の紅葉は涙の袂である。 | （八四〇番） | 母の法要か。 |
| （墨染の袂は雲だから）涙の雨が降る。 | （八四三番） | 弔問。 |
| 墨染の衣が（涙で）乾くひまがない。 | （八四四番） | 親族への弔問。 |
| 苔の袂は乾いてほしい。 | （八四七番） | 国忌の果ての日。 |
| 藤衣の糸は涙の玉の糸である。 | （八四一番） | 父の法要か。 |
| （歌を見ると）涙が増える。 | （八五四番） | 知人の消息に返歌。 |
| 煙は立ってほしい。 | （八三一番） | 葬儀。 |
| 桜は墨染に咲いてほしい。 | （八三二番） | 葬儀。 |
| （花より）人がむなしくなった。 | （八五〇番） | 一周忌か。 |

| | | |
|---|---|---|
| （花や香は変わらないが）人が恋しい。 | （八五一番） | 通夜・葬儀か。 |
| 世は（はかない）夢である。 | （八三三番） | 知人の葬儀か。 |
| | （八三四番） | 知人の葬儀か。 |
| | （八四五番） | 諒闇。 |
| 憂き世の中である。 | （八四二番） | 秋山寺参詣。 |
| （明日知らぬ自分は措き）今日が悲しい | （八三八番） | 友人の葬儀。 |
| 秋の別れは悲しい | （八三九番） | 母の法要か。 |
| （亡くなった）君の影を思う。 | （八四五番） | 諒闇。 |
| 今日は（まるで）照る日が暮れたようだ。 | （八四六番） | 国忌。 |
| 主なき宿は寂しい。 | （八四八番） | 一周忌か。 |
| 君がいないので寂しい。 | （八五二番） | 一周忌か。 |
| 郭公の声に別れた君を思う。 | （八四九番） | 一周忌か。 |
| 郭公は（亡き人に）伝えてほしい。 | （八五五番） | （不明） |
| （君の植えた薄の）虫の鳴く野辺となった。 | （八五三番） | 法要か。 |
| （誰に見よと）花は咲いているのか。 | （八五六番） | （不明） |
| 山の霞は（亡き私を）哀れと見てほしい。 | （八五七番） | （不明） |
| （別れた魂より）ひとり寝る君は悲しい。 | （八五八番） | 辞世。 |
| はかないものは命である。 | （八五九番） | 辞世。 |
| 私の身も草に置く露のように儚い。 | （八六〇番） | 辞世。 |
| 昨日今日亡くなるとは考えなかった。 | （八六一番） | 辞世。 |

今は亡くなる門出である。　（八六二番）　辞世。

右の事例から何が分かるのかというと、内容からいえば、ここにはまず追悼歌と辞世歌とが混じっていることである。それではそれは誰が誰に呼び掛けた歌なのかということが問題となる。つまり、追悼歌は、死者への思いを共有する者に向かって呼び掛けるものと、不在の死者に呼び掛ける性質をもつものとがある。

すでに私は、『古今和歌集』の離別歌について、(1)地方へ下向する受領を送別する宴における儀礼的な歌と、(2)公的な宴ではなく、個人的に離別に対しする心情を詠んだ歌とは区別できる。そのとき、歌の場は(1)が離別の饗宴であり、類型的で典型的な形式を取ることが多いのに対して、(2)は個人的な折節であるが、(2)の場合でも、全く自由に歌うということはなく、離別歌の形式は不可欠である、と論じたことがある。(2)

ここで、哀傷歌を考えるときに、あえて参照したいことがある。酒井正子は、沖縄の民俗としての哭き歌を調査され、葬送歌を(a)供養の歌と(b)哀惜の歌とに分けている。酒井は、(a)供養の歌が「葬儀の場における儀礼的な弔い泣き」（傍点、廣田）であり、「遺体への直接の声かけ」であるとする。これは村の代表たる老女が、音頭をとって歌い、同席する他の老女もまたこれに和して歌うという。この供養の歌は「不定型な泣き叫びと、一定のフシ（メロディ）で斉唱する定型的な「クヤ」に大別され、クヤ（クエ）とは「悔やみ」の意味か」とされている。

一方、(b)哀惜の歌は「死後四十九日ころまで」「家の中や墓で」「残された家族や近親の男女が、寂しさを紛らすために口ずさむ個人的な歌」で「未だあたりに留まる死者の霊と対話するかのよう」に

歌われるという。ただ個人的な歌であるが、歌はモノローグではなく、死者に向かっているという。(3)

興味深いことは、この哀惜の歌が、たとえば、酒井の示す徳之島町の事例を挙げると、

・子どもを亡くし　畦道も踏み外すほどの悲しみ　この世を迷うほどの悲しみ
・愛しい兄さんは　どのあたりへいらしたか　イクサキ（地名、墓地）の砂の真ん中に
・北の戸口も恋しい　南の戸口も恋しい　恋しい大切な子どもの帰る声を待つ
・地獄極楽は如何に遠いシマであることか　行くときは声があっても、戻ってくる声は無い
・行こうとすれば、後に影が残る　居ようとしても　居られない
・黒潮の海を隔てて　鳥さえも飛んでゆけない　せめて夢は自由にみさせてください

などというものであり、これらはまさに『古今和歌集』のみえる哀傷歌の形式と遠く呼応するものであるといえる。

日本の古代歌謡や古代和歌を考える上で、沖縄の民俗を対照させる方法がすでに成果を残してきたことは否定できない。おそらく、沖縄の民俗における葬送歌は、(ア)葬送儀礼そのものとしての歌と、(イ)葬送儀礼に伴う歌と、(ウ)儀礼の後に歌われるものというふうに、幾重かの層をなしていると推察されることである。問題は、このような民俗事例と古代和歌の哀傷歌とを直接対応させることではない。歌の場というものを考える手がかりが得られないか、である。

いうまでもなく、『古今和歌集』の部立の分類基準はきわめて明確で、哀傷歌なら哀傷歌が一定の儀礼性を備えた表現形式をもつことと不可分であると理解できる。さらに、詞書が、葬送の儀礼の場や、周忌法要の儀礼の場を基盤とすることを明記していると理解される。もう少し砕いて言えば、哀傷歌は、葬送儀礼の中で弔辞に相当する歌から、葬儀を終えて催される饗宴の中で披露される歌まで

が基本であり、残された者が孤独な状況において死者を追慕する独詠的な歌は、むしろ希少であると予想される。なぜなら、そのような私的な歌は残りにくいからである。

ちなみに、ここにいう「表現の場」とは、場面や場所のことではない。表現と儀礼性を考えるために、歌の詠まれる具体的な基盤であり、目的や意図をいうものと理解しておきたい。たとえば、

妹の身まかりける時よみける　　小野篁朝臣

なく涙雨とふらなむわたり川水まさりなば返りくるがに　（八二九番）

さきのおほきおほいまうち君を白川のあたりにおくりける夜よめる

素性法師

血の涙落ちてぞたぎつ白川は君が世迄の名にこそありけれ　（八三〇番）

堀川のおほきいまうち君身まかりける時に深草の山にをさめてける後に詠みける

僧都勝延

うつ蝉はからを見つつもなぐさめつ深草の山煙だにたて　（八三一番）

これらの事例で言えば、直接表現されているわけではないが、八三〇番歌は、前太政大臣が他界したとき、埋葬の後に行われた法要の饗宴に詠まれたもの、八三一番歌も、同様に葬送の儀式に伴う饗宴が「哀傷歌の場」と推定される。とすれば、八二九番歌もまた、妹の絶命の時に孤独に詠まれたというよりも、通夜の法要の折に寄せて詠まれたものと考えた方がよいと思われる。つまり、後代に歌が伝えられ、残るのは儀礼と結びついていて記録され、記憶されるからである。

というのは、八二九番歌は慟哭の表現というよりも、「涙は雨となれ、川の水が溢れて死者が返っ

てくるように」という表現の形式は、離別歌の形式と類似する儀礼的表現であって、直接的な心情の表明ではないというところにある。つまり、このような修辞的な形式は、意味の指示性ではなく、儀礼・儀式に伴う喚情的な表現として理会できるように思う。

## 一　『紫式部集』における死の影

確かに『紫式部集』に、宣孝に対する追悼の意識が、直接的に表明された歌を見出すことはなかなか難しい。むしろそれが関係者との贈答・唱和のうちに滲んでくるところに特徴がある。今仮に、詞書と歌とに明示されている限りで、追慕の対象となる存在ごとに事例を示すと、次のようである。

### 1　童友達に対して

（1）　はやうよりわらは友達なりし人に、年ごろ経て行きあひたるが、ほのかにて、十月十日のほどに月にきほひて帰りにければ

めぐりあひて見しやそれともわかぬまに**雲隠れにし**夜半の月かな

（2）　その人遠き所へ行くなりけり。秋の果つる日きてあるあか月に、虫の声あはれなり

泣き弱るまがきの虫もとめがたき秋の別れやかなしかるらん

二首とも、詞書によると童友達との離別に寄せた紫式部の独詠のように見える。だが、歌集に組み込まれる以前において、これらの歌の成立の場は離別の歌であったと予想できる。離別の場とは、

離別歌の場である。日常的に歌の交わされた古代にあって、このような機会に歌が詠み交わされない、などということは考えられない。家集編纂の視点からすると、残されてはいないものの、冒頭歌には友人と交わした贈答があったに違いない。また二番歌も友人と交わした贈答がまずあったに違いない。あるいは、紫式部が独詠歌をものしたとしても、そばにいた乳母や女房たちのいずれかが返歌してもよいのである。いずれの歌も、おそらく贈答の形をとったはずである。ところが家集には、自らの歌だけを、片方しか採っていない。そのことの意味を考える必要がある。

さらに編纂の視点からすると、勅撰集を規範として私撰集、特に私家集が春歌を冒頭に据えるものの多い中で、離別歌というべきこの歌「めぐりあひて」を、なぜ家集『紫式部集』の冒頭に据えたのか、である。指摘されてきたように、「雲隠る」という語が、友人の死を象徴するということはありうる。いや、実はそれだけではない。偶然の再会がそのまま死別に連なってしまったという悔恨の記憶のもとで、この歌「めぐりあひて」をわが家集の冒頭に置くことで、出会いが別れに他ならなかった人生全体を象徴することになる。私は、この冒頭歌は単に童友達との離別、死別を超えて、夫宣孝に対する哀悼の心情を、人生の中で出会い別れた多くの人々に対する悲哀に託して表現していると見る。

## 2　宣孝に対して

（3）　さうの琴しばしといひたりける人、まゐりて御手よりえむとある返りごと

**露しげきよもぎがなかの虫の音**をおぼろけにてや人の尋ねん

この詞書には、かつて①友人から（弔問の）手紙（和歌）が届いたが、②これに私は（悲しみに閉ざされていたがゆえに）返事（和歌）しなかった。そこで、見かねた③友人が再び手紙（和歌）を届けたところ、ようやく私は重い腰をあげて、④御礼の手紙（和歌）を返した、という経過が透けて見える。そのような贈答の中から、家集は④の歌だけを記していると捉えることができる。この④の歌だけで、一連の経緯はうかがい知ることができるからである。そして歌「露しげき」は、弔問をいただいたことに対する友人への感謝の気持ちが滲んでいる。

詳細な用例を挙げることは他の機会に譲るが[4]、『古今和歌集』を中心として語の用例を踏まえると、「露」「蓬」「虫の音」という語の結びつきは、近親を喪い悲しみに閉ざされているわが宿の悲しみを表現している。この歌は宣孝急逝の後、寡居期の歌とみたい。

## 3　姉に対して

（15）姉なりし人亡くなり、また人のおとうしなひたるがかたみに、あひてなにかかはり思ひ思はむといひけり。文のうへにあね君とかき、中の君とかきかよひけるが、おのがじしとほき所へ行きわかるるに、よそながらわかれをしみて

北へ行くかりのつばさにことづてよ雲のうはがきかきたえずして

（16）返しは西の海の人なり

ゆきめぐりたれも都にかへる山いつはたときくほどのはるけさ

この贈答は、「西の海の人」と呼ばれる女友達との贈答であるが、詞書には姉の死が示されている。

**4　童友達に対して**

（39）とほき所へゆきし人のなくなりにけるをおやはらからなど帰りきて、かなしきことといひたるに

**いづかたの雲路ときかばたづねまし**つらはなれたるかりが行く方を

亡くなったこの「とほき所へゆきにし人」とは、「西の海の人」（一六番歌）のことであろうが、離別した人とやがて再会することもなく、友人がそのまま他界してしまったということは、冒頭歌・二番歌の友人との離別にも共通して認められることで、どうしようもない運命に対する隔靴掻痒の感を表現したものとみる。考えてみれば、幼いころから晩年に至るまで、このような友人との別れは繰り返されたのであろうが、この家集があえて冒頭付近に、離別が死別に至るという主題を担う離別歌群として配置したことには意味があろう。

**5　女院に対して**

（40）こぞの夏よりうすにびきたる人に、女院かくれたまへる又の春、いたうかすみたる夕ぐれに人のさしおかせたる

雲のうへのもの思ふ春は**すみぞめにかすむ空さへあはれなるかな**

（41）返しに

なにしこのほどなき袖をぬらすらんかすみのころもなべてきるよに

詞書は、夫宣孝の逝去を追いかけるように、女院の崩のあったことを記す。いや、違うのだ。夫宣孝の死と、女院の崩とを結びつけて理解するところに、個別の死の意味がより重く捉えられることになる。何よりも、歌「雲のうへの」は、亡き夫の喪に服している私に宛てた、女院の側からの消息の中の歌であり、女院近く仕える某からの見舞いの私信の歌であると解される。諒闇にあるあえて貴紳の側から、女房紫式部のもとに慰撫の心情をもって見舞った挨拶の歌である。これに対して、歌「なにしこの」は、へり下り「もったいないことです」と恐縮した挨拶の歌である。挨拶であるとは、気持ちの籠らないことをいうのではない。挨拶の中に萬感を籠めた、わが身の程を心配して下さった相手に関する感激であるに違いない。歌が儀礼性を帯びるとは、そのようなことである。

## 6　宣孝に対して

(42)　なくなりし人のむすめのおやの手かきつけたりける物を見ていひたりし

夕霧にみしまがくれしをしのこの**あとをみるみるまどとはるるかな**

(43)　おなじ人、あれたるやどの桜のおもしろきこととてをりておこせたるに

ちる花をなげきし人は木のもとのさびしきことやかねてしりけん

おもひたえせぬとなき人のいひける事を思ひいでたるなりし

四二番歌は、紫式部とは腹違いの、夫宣孝の娘とのやりとりであるが、これも片方の歌だけが記されている。ただし、四二番歌の詞書は継娘の歌ととるか、紫式部の歌ととるか、意見の分かれるところである。すなわち「継娘が、亡き父である宣孝の書付けに寄せて歌を詠んだ」ととるか、「継娘が（送ってきた）亡き宣孝の筆跡（書簡か）を、紫式部が見て」と解するかである。悩むところだが、「いひたりし」のニュアンスは、継娘の詠とみる方がよいかもしれない。後者ととると、下句「まどはるるかな」は、紫式部がいかにも激しく動揺していることが表現されていることになる。それが紫式部にふさわしいのか、継娘にふさわしいのか、これもまた意見の分かれるところである。いずれにしても、継娘と紫式部との贈答のあったことは予想できる。

また四三番歌にしても、継娘から紫式部に消息（和歌）のあったことに対して、紫式部が詠んだ歌が歌「ちる花を」であるが、これとて（詞書には記されていないが、結局）継娘に贈ったことであろう。もし贈っていなければ、紫式部が詠んだ歌に、身辺に居合わせた人々（女房たち）が、返歌しないはずはないだろう。要するに、歌のありかたを贈答を基本的なものと捉え直して考える必要がある。

結局のところ、紫式部は、継娘との交流の中に亡き宣孝を偲び、宣孝の生前の心情を忖度しているのである。

(44) 絵に、物の怪のつきたる女のみにくきかたきたる
うしろに、鬼になりたるもとのめを、こほしのし
ばりたるかたかきて、おとこは経よみて、物の怪
せめたるところをみて

なき人にかごとをかけてわづらふもをのが心の鬼にやはあらぬ

(45) 返し

ことはりや君が心のやみなれば鬼の影とはしるくみゆらん

(46) 絵に、梅の花みるとて女のつまどをしあけて二三

人ゐたるに、みなひとびとねたる気色かいたるに、

いとさだすぎたるおもとのつらづえついてながめ

たるかたあるところ

春のよのやみのまどひにいろならぬ心に花の香をぞしめつる

(47) おなじ絵にさがのに花見る女車あり。なれたるわ

らはの萩の花にたちよりてをりとる所

さをしかのしかならはせる萩なれや立ちよるからにおのれをれふす

(48) 世のはかなき事をなげくころ、みちのくに名ある

ところどころかいたる絵を見て、しほがま

見し人のけぶりになりし夕べよりなぞむつましきしほがまの浦

(53) 世の中のさはがしきころ、あさがほをおなじ所に

たてまつるとて

きえぬまの身をもしるしるあさがほの露とあらそふ世をなげくかな

(54) 世をつねなしなど思ふ人のをさなき人のなやみけ

るに、からたけといふ物かめにさしたる女房のい

のりけるを見て

**わか竹のおい行くするゑをいのるかな**この世をうしといとふものから

四四番歌から四七番歌は、いずれも絵に寄せて亡き人を思いつつ、覗き見ることになったわが内面を詠んでいるが、たとえば四四番歌は「心の鬼」を歌うことが主題なのではない。四四・四五番歌は贈答の形で記されている。近くに居合わせた人々との贈答であろう。歌「なき人に」は、早く家族を残して他界した宣孝を、恨みがましく追慕し煩悶するみずからを、紫式部が卑屈にも「亡くなったあの人を恨んでばかりいるけれど、結局自分のせいなんだ」と、自らを責めたものいいをしたのに対して、返歌「ことはりや」は、「あなたの仰るとおりです」と、いったん相手（紫式部）の主張を肯定しつつ、（夫を失った）今あなたの心は闇だから、そのせいであってあなたのせいではないと慰めるところに、おそらく女房の立場から「姫君」である紫式部を慰めて返した挨拶、儀礼性の強い歌であることが分かる。

四六番歌は、絵の中の女性にみずからを重ねて詠んだもので、「いろならぬ心」の側から詠んでいる。これが独詠かどうか判断は難しい。ただ、四七番歌は、独詠というにしてはいささか修辞・技巧が凝らされていて、贈答の可能性がある。

四八番歌は、「世のはかなきことをなげくころ」というのは、やはり宣孝の死去後のことであろう。もともと不幸なこととは全く関係のない絵に、夫の葬送を想起してやまないみずからを詠みながら、興味は塩釜浦という「名」、地名に向けられている。

五三番歌は「おなじ所」（これは「ある所」（五二番歌）で、倫子もしくは具平親王ともいう）に奉ったというのだが、近親に不幸のあったと思しい相手を見舞うには「露とあらそふ世をなげく」とは、世の騒がしさ（疫病の流行に伴う不幸の続くこと）に寄せてのことであると見るべきで、直接的に亡き宣孝への思いを重ねているというべきではない。むしろ、そのような悲しみに苦しむ人への配慮は、近時夫を失った紫式部ならではのことだと推測させるだけでよいのだ。そっとわが心情をうかがわせるように仕掛けた表現というべきである。

五四番歌は、夫を失った自分が、幼い子によって慰められ救われて行くことを詠む。女房の祈りの言葉は、おそらく愛娘の無病息災を祈念したものであろうが、歌「わか竹の」も、そのような儀礼と相同的に無病息災を祈念した儀礼的な歌である。儀礼と歌が相同性をもつところに、歌の儀礼性がある。

## 7 小少将君に対して

(64) 新少将のかきたまへりしうちとけ文のもののなか
なるを見つけて、かがの少納言のもとに

くれぬまで身をばおもはで**人の世のあはれをしるぞ**かつはかなしき

(65)

**たれか世にながらへてみむ**かきとめし跡はきえせぬかたみなれども

(66) かへし

なき人をしのぶこともいつまでぞ**けふのあはれはあすの我が身を**

他界した人の残した書付け、消息などに世の無常を思い知らされるという贈答であるが、三首とも同内容の反復となっていて、贈答は結果的に、いわば悲しみを御互いに共有する結果になっている。

8　自己に対して

いづくとも身をやるかたのしられねばうしとみつつもながらふるかな
（114）

この場合、『源氏物語』幻巻の光源氏の歌「憂き世にはゆき消えなんと思ひつつ思ひのほかになほぞ程ふる」(5)を対照させることができる。技巧や修辞の少ない、独詠的な歌であろう。自らの命を無常と思いとりつつ、生き永らえている現在に対する自己肯定、その悲哀を歌うことにおいて類似が認められるからである。

指摘されてきたように、『紫式部集』には、単純な季節詠がない。すべての歌は、人事が基本であり、季節はそれと絡むという関係にある。

## 二　『源氏物語』幻巻の光源氏歌

歌を「歌の場」とともに捉えるために、『源氏物語』の歌を参照することができる。たとえば、『古今和歌集』哀傷歌に対応する事例として、幻巻の光源氏の歌は、何かしら手がかりを与えてくれるに違いない。ここには新たな出会いは希薄であり、歌の場の殆どが季節や行事など、折節の機会であった。したがって、そのような場の歌は、季節と哀傷との融合した形式を必要とするのである。

最愛の女性である紫上を亡くした光源氏が詠じた歌には、正述心緒の様式に基くものがある。贈答か独詠かにかかわりなく、光源氏の歌を挙げると、次のようである。

我が宿は花もてはやす人もなし何にか春のたづね来つらん　（幻、四巻一九五頁）

憂き世にはゆき消えなんと思ひつつ思ひのほかになほぞ程ふる　（一九七頁）
植ゑて見し花のあるじもなき宿に知らず顔にて来ゐるうぐひす　（二〇〇頁）
今はとて荒らしや果てんなき人の心とどめし春の垣根を　（二〇二頁）
泣く〳〵も帰りにしかなかりの世はいづくもつひの常世ならぬに　（二〇六頁）
羽ごろものうすきにかはる今日よりは空蝉の世ぞいと悲しき　（二〇七頁）
おほかたは思ひ捨ててし世なれどもあふひはなほや罪犯すべき　（二〇八頁）
なき人をしのぶる宵の村雨に濡れてや来つる山ほととぎす　（二一一頁）
つれ〴〵とわが泣き暮らす夏の日をかごとがましき虫の声かな　（二一一頁）
よるを知る蛍をみてもかなしきは時ぞともなき思ひなりけり　（二一二頁）
たちばなのあふ瀬は雲のよそに見てわかれの庭に露ぞおきそふ　（二一二頁）
人恋ふるわが身も末になりゆけど残り多かる涙なりけり　（二一二頁）
もろ共におきゐし菊の朝露もひとり袂にかかる秋かな　（二一三頁）
大空を通ふまぼろし夢にだに見えこぬ魂のゆくへ尋ねよ　（二一三頁）
宮人は豊の明りにいそぐ今日影も知らで暮らしつるかな　（二一三頁）
死出の山越えにし人を慕ふとて跡を見つつもなほ惑ふかな　（二一四頁）
かきつめて見るかひもなきもしほ草おなじ雲井の煙とをなれ　（二一五頁）
春までの命も知らず雪のうちに色づく梅を今日かざしてむ　（二一六頁）
物思ふと過ぐる月日も知らぬまに年もわが世も今日や尽きぬる　（二一六頁）

これらの歌はほぼ、『古今和歌集』哀傷歌の伝統に立つものである。哀傷歌とはいえ、最後の「物思ふと」は辞世歌であり、他は死者に対する追悼歌といえる。

他にも事例を探せば、桐壺帝が桐壺更衣を追悼した独詠歌（桐壺巻）、光源氏が夕顔を追悼した独詠歌（夕顔巻）、葵上を追悼した独詠歌（葵巻）、藤壺女院を追悼した独詠歌（薄雲巻）などとともに、幻巻における光源氏の歌には、正述心緒的な歌が多く認められる。そして実は、紫上の歌に正述心緒的な歌が多い(6)ことと対応しているに違いない。

ただ哀傷歌といっても、秋の季節と哀傷とが結合して歌われる。この問題はひとり『源氏物語』の特質ではなく、季節と哀切と離別というふうに、複合してくるところに、紫式部歌の特質は求められる。『古今和歌集』の部立の意識は明確であるが、『紫式部集』歌は、日常的な挨拶の儀礼性の中で悲哀を託しているところに特質がある。

## まとめにかえて

私は、平安期の和歌における紫式部歌を、抒情詩として読む近代的な理解から救い出すために、次のような視点を設定したい。

1 『古今和歌集』の部立・表現形式・詞書などを基準として、各歌の「表現の場」を想定する。そのとき、『源氏物語』でも『紫式部集』でも、季節などの折節と哀傷とが複合して歌われるところに、個別の場の特徴が予想されるのである。

2 歌の様式を、『萬葉集』以来の伝統に基き、寄物陳思、正述心緒、譬喩歌という区分を参考として、表現の意味を指示性よりも修辞的なものとして理解する。

3 古代の歌は呼び掛けを本来とするという、基本的な理解から、従来の贈答・唱和・独詠という区分を見直し、贈答が基本であることを考察の基礎とする。そのことで、『紫式部集』に採られた歌は、贈答が解体され、ひとつの歌をもって焦点化されたものと考える。

4　『紫式部集』歌と『源氏物語』歌との比較を、表現の部分的、直接的な類似性だけで無媒介に行うのではなく、「表現の場」や「表現形式」などを媒介させることで始めて『源氏物語』和歌との相同性を考えることができる。そのとき、日常的な贈答の中に知己の死が潜んでいることが明らかになるに違いない。

（廣田　收）

**注**

（1）たとえば、清水好子は「夫の死を直接に悼む挽歌は見出せない」（『紫式部』岩波書店、一九七三年四月、八七頁）といわれる。

（2）廣田收「『紫式部集』冒頭歌考」（『『紫式部集』歌の場と表現』笠間書院、二〇一二年一〇月）。

（3）酒井正子「哭きからウタへ：琉球と日本本土の葬送歌をめぐって」（日本口承文芸学会大会講演、二〇一三年六月、於深川江戸資料館）。酒井には、すでに報告書として『奄美沖縄　哭き歌の民族誌』（小学館、二〇〇五年）がある。

（4）廣田收「『紫式部集』離別歌としての冒頭歌と二番歌」、（2）に同じ。

（5）山岸徳平校注『日本古典文学大系　源氏物語』（岩波書店、一九五八〜六三年）。以下『源氏物語』の本文はこれに拠る。（　）は頁数を示す。

（6）廣田收『家集の中の「紫式部」』（新典社、二〇一二年九月）、五一頁以下。

# 4 『紫式部集』日記歌の意義
## ——照らし返される家集本体とは何か——

### はじめに

一般に『紫式部集』は、大きく二系統に分かれている。第一類本は、定家本系の伝本で、最善本が実践女子大学本である。歌数は、全一二六首を収載している。これに対して、第二類本は、非定家本系の伝本で、最善本は陽明文庫本である。歌数は、全一一四首を収載している。陽明本の本体は歌数において実践本より少ないが、末尾に「日記歌」一七首を付載している。両系統は冒頭歌から五一番歌までは、配列を共有するが、後半は歌群単位で配列に異同がみられる。

　この事実は色々な問題を孕んでいる。

　まず『紫式部集』の系統の分化にかかわる問題である。たとえば、どの段階で、この二系統の対立が生じたのか。この「日記歌」は一般に、陽明文庫本本体の成立後、家集に収載されていない歌を、『紫式部日記』から抜き出し、まとめて陽明文庫本本体に付加したものか、と見られている。歌数の多い定家本から歌数の少ない古本の成立する経緯は想定しにくい。とすると、日記歌を付けた古本をもとにして、さらに誰かが全面的に改訂したのではないか、というふうに考えることができる。ただそれが定家その人のしわざである可能性はあるにしても、本当にそうかどうかは分からない。このように「日記歌」の成立に関する問題は、論証のしようがない。

次に『紫式部日記』との関係がある。「日記歌」が現存日記に見られない歌を含み持つゆえに「日記歌」を追加した『紫式部集』の編者が参照したと考えられる『紫式部日記』は、現存の『紫式部日記』ではない可能性もある。とすれば、元の『紫式部日記』がどのような形態のものなのか、知りたいところであるが、『紫式部日記』の形態についても諸説があり、これも詳細はよく分からない。

つまり、陽明文庫本「日記歌」の成立そのものがまずもって不明であるだけでなく、問題はどこまでも堂々巡りに陥ってしまう。

今のところ、「日記歌」の成立を考える形態的な手がかりは、二つある。①「日記歌」の末尾歌が『後拾遺和歌集』に入集していること。もうひとつは、②陽明文庫本の和歌の頭に付けられた集付けである。

『紫式部集』を紫式部晩年の自撰家集とみた場合には、その編纂は長和年間（一〇一二～七年）ごろのことと見るのが一般的である。ところで、「日記歌」の末尾歌「よのなかを」は『後拾遺和歌集』春、一〇四番として収載されている。ごく単純に考えれば、「日記歌」成立は『後拾遺和歌集』の成立（一〇七八年）以後となる。ただし、それだけでは、ほとんど意味をなさないのかもしれないが『後拾遺和歌集』の成立からどれくらい隔たっているのかは、見当がつかないからである。

## 一　形態的な手がかりからみる「日記歌」

現存伝本における陽明文庫本の集付け、すなわち歌の頭に付けられた注記が「日記歌」成立の手がかりとなる。南波浩は、集付けの注記が『続拾遺和歌集』（一二七八年）までであり、これ以後の勅撰集入集歌に注記のないことを指摘している。たとえば、歌「九重に匂ふを見れば」（陽明本、九八番歌）が『続拾遺和歌集』に入集するが、集付けはない。最も新しいものは『秋風和歌集』建長年間（一二四九～五六年）の注記であるから、「日記歌」は『秋風和歌集』以前の成立（であり、陽明本の元本はそれ以前に書写されたものである）と考えられるが、南波は『続後拾遺和歌集』以前に注記が行われたので、『玉葉和歌集』以前に集付けの注記は成立していたという(1)。

これによると、「日記歌」も含めた陽明文庫本の成立は、『秋風和歌集』以前ということになる。関係の勅撰集の成立との関係を見ると、次のようである。また、この集付けは、一度に行われたものであれば、定家以後の可能性が高いことになる。

一一八七年　『千載和歌集』
一二〇五年　『新古今和歌集』
一二三五年　『新勅撰和歌集』
（定家、一一六二生～一二四一年没）
**一二四九～五六年　『秋風和歌集』　集付けの年代の最後。**
一二五一年　『続後撰和歌集』
一二六五年　『続古今和歌集』
一二七八年　『続拾遺和歌集』　紫式部の入集歌はあるが、集付けがない。
一二九八年　『続後拾遺和歌集』
一三一二年　『玉葉和歌集』

かくて、これまでの論点を簡単にまとめると、

1　日記歌の末尾歌、第一七番歌「よのなかを」は『後拾遺和歌集』に採用されているので、日記

歌のひとつ前に置かれた一六番歌「ただならじ」までの歌群一六首の成立後に、（時を隔てて）『後拾遺和歌集』から、『紫式部集』未収歌として歌「よのなかを」を採り、日記歌の末尾に付加された可能性がある。

ただし、異本「日記歌」（『紫式部日記歌』宮内庁書陵部本、全一五六首）は、陽明本の現存「日記歌」の一番歌から（なぜか一六番歌でもなく、一七番歌でもなく）一二番歌までが、ひと固まりで冒頭に置かれているので、陽明本の現存「日記歌」の成立との関係は、さらにどう考えてよいのかが分からない。

2　陽明文庫本日記歌に付けられた和歌注記の最も新しい歌集は、『秋風和歌集』であるから、『秋風和歌集』の成立以前に日記歌の成立していた可能性がある。

となろう。すなわち、今のところ、陽明本「日記歌」が最も早く成立した可能性は、『後拾遺和歌集』成立の一〇七八年直後であり、一方、定家撰の『新古今和歌集』『新勅撰和歌集』の時代一二〇〇年代前半までには、すでに日記歌を除く陽明本本編は、先に存在していたことになる。ただ、残念ながらこれらの推測は、配列の次元の問題であり、表現の次元の問題ではない。

## 二　『紫式部集』の古態性はどこにあるか

一方、久保木哲夫は、江戸時代初期の書写と推定される陽明本が禁裏本に遡及できる可能性を指摘している。(2)もちろん奥書の年紀から、実践本が中世に戻りうる伝本である可能性はある。

奥書の年紀だけから見ると、周知のように実践本の奥書は天文廿五年であるが、同じく定家本系の三条西家本は、あの有名な『和泉式部日記』ともともと合綴されていたものであり、書写奥書は明応ごろ（一四九〇年代か）とされている。また、松平本の奥書は、天文八（一五三九）年である。つまり、現存伝本からするかぎり、辿り得る家集の形態は、一四世紀には定家本『紫式部集』の姿は現在形に近いものとして固定されていることが確認できる。そのことからすると、定家本（実践本）・非定家本（古本系、陽明文庫本）の分化は、中世に遡ることになる。とはいえ、『紫式部集』の現在形にしても、「日記歌」の成立にしても、これ以上のことは分からない。

そのように考えてくると、結局動かないことは、実践本・陽明本はともに、冒頭歌から五一番までの歌の（表現についてはともかく）配列を共有している、ということに戻って来る。もう少し言えば、欠歌の問題を外してみると、冒頭歌から陽明文庫本五六番歌・実践本五五番歌「うきことを」までは、ほぼ歌群の配列は共有されているといえる。しかもこの事実は、現存伝本のすべてに共有されている事実でもある。表現の異同は措くとしても、歌群配列からすれば、家集の前半部分は、紫式部自撰の原形を幾何かは記憶していると考えてよいだろう。

## 三　想定される増補・改訂の過程

もうひとつの形態的な手がかりは、陽明本、実践本という現存伝本の系統が分化する以前にも共通の傷があると考えられることである。「対象表」を眺めると、両者の間で、すぐに歌群のかたまりで表せば、

a　陽明本五六番歌〜五九番歌　実践本五五番歌／六〇番歌の間。
b　実践本六八番歌〜七九番歌　陽明本六一番歌〜六三番歌に対応。
c　陽明本六四番歌〜六六番歌　実践本一二四番歌〜一二六番歌に対応。実践本一一四番歌が陽明本に欠けていること。
d　陽明本七一番歌〜七四番歌　実践本七七番歌／八〇番歌の間。

e　実践本五六番歌～五九番歌　陽明本九一番歌～九四番歌に対応。

f　実践本一一九番歌～一二一番歌　陽明本一〇九番歌～一一一番歌に対応。

という六ケ所が、連続性を欠く箇所であることが浮かび上がる。大きな異同だといえる。しかも、これらは歌順が大きく歌群単位で異同の認められる箇所であることが分かる。

現在『紫式部集』が二系統しか存在しない以上、この限りでは、いずれかから、いずれかへ（それが意図的なものか、そうでないかは分からないが）歌群単位で動かされた可能性が高いといえる。

もちろん、祖本からすぐに現在のような二系統が分化した可能性もないではないが、（たとえ一本でも二系統とは異なる異本があればともかく、そのような伝本は知られていないし、南波浩[3]、横井孝の報告[4]によると、現在までに知られている断簡がすべて定家本系統である、とされることから推せば、二系統の対立以前に、家集の原形的な祖本をただちに想定することは難しい。

しかも、

実践本六四番歌／六八番歌／七八番歌
実践本七七番歌／八〇番歌
実践本一一三番歌／一一九番歌～一二一番歌

という小さな配列の異同は後発のものであり、

陽明本一七番歌／一八番歌　実践本一七番歌／一八番歌
陽明本五一番歌／五二番歌　実践本五一番歌／五二番歌
陽明本五七番歌／五八番歌　実践本六〇番歌／六二番歌の痕跡なし。
陽明本六二番歌／六三番歌　実践本七八番歌／七九番歌

などに見える歌の欠落は、二系統に分割される以前に、共有されていた傷なのではないかと推測される。たとえば、今井源衛は、四ケ所の欠歌について、一・二類本分割以前の傷とみている(5)。つまり、現存伝本は、何次かにわたる傷が併存、重層化していると見られるからである。

ちなみに、私は、陽明本一一一番歌／一一二番歌の間の空白はまた違う次元の問題だと考えている(6)。また、陽明本七一番歌〜七四番歌、実践本八〇番歌〜八三番歌の歌群が錯簡かどうかということについては、なお慎重なる検討を要する。

このように問題を辿ってみたときに、私は、定家本系の成立を、実践本を基準にして考えるよりも、古態性を残すと考えられる陽明本から家集の成立を考える方が分かりやすいのではないかと愚考するが、それとてもどうもこの家集は、一筋縄ではいかない。したがって今までのところ、『紫式部集』の成立の問題を表現からではなく、歌群単位で、しかも緩やかにしか全体を論じる他なかったということもゆえなしとしない。現存形態から、ただちに祖形や原形、原本を想定することは無理であろう。私が今確認できることは、

二系統の分化する以前の段階が、ただちに原形に結び付くのかどうか。

二系統が分化してから、さらに別箇に改訂の行われた可能性はある。

そのことと陽明本「日記歌」の追加とが、どのように絡むのかは不明である。

その段階の『紫式部日記』がどのようなものであったかは不明である。

など、この家集は幾段階かにわたる増補、改訂された痕跡がある、というふうに重層的に見る視点が必要である、と提案することだけである。

ただしこの問題は、すでに久保木寿子、清水好子たちによって、異なる視点から同様の課題が指摘されてきたところである(7)。たとえば、久保木寿子は「自撰時の原形態」を追求した結果、実践本について「三次にわたる増補が指摘できる」という。その個別の判断の当否は措くとしても、この発想は

重要である。

ちなみに私は、久保木寿子が二類本から一類本が成立した方向で考えておられることに賛意を表するが、二類本と日記歌と『紫式部日記』との異同から「後人増補」を想定すること[8]については、見解が異なる。ただし、興味深いことは、久保木が論の末尾に「現存日記と内容において一致しない所があっても、それを日記と家集の編纂意図のちがいと見ることも可能」（傍点、廣田）だと付言されていることで、私はむしろこの立場に立つ。すなわち、もともと編纂意図の違うテキスト間の異同を、すぐに成立の前後関係や、影響関係に展開して行くことに慎重でなければならないと思う。

一方、実践女子大学本の側から陽明文庫本を対照させて見ると、違う印象が見えてくる。

（1）A実践本五六番歌〜五九番歌の歌群は、いわゆる「年代順」の配列からすると、初出仕前後の時期の歌としてあたかも実践本の方に整合性があり、陽明本の抱えていた錯簡を定家本が校訂したように見える。そこに山本淳子の錯簡説[9]の生じる理由がある。

だが、それは『紫式部集』が「年代順」の配列をもっとする考えを前提とする議論である。あるいは（近代的なまなざしによる）整合性をもって古態か否かを判断することの危険性がある。逆に、現在形の陽明本を歌順のままで理解する余地はないのだろうか。この点は慎重に検討する必要がある。

（2）B実践本六五番歌〜七一番歌の歌群、及びD七二番歌〜七七番歌の歌群を、日記歌と対照させると、むしろ陽明文庫本が、B群は陽明本六一番歌「かげ見ても」一首で代表させ、D群は六七・六八番歌の歌「あまの戸を」「まきの戸も」と、七〇番歌歌「しら露は」で、それぞれ歌群を代表させていると見える。

つまり、実践本は、日記歌を付加するよりも以前の陽明本に対して、『紫式部日記』所載歌を

追補して編纂し直したかとも見える。つまり、二系統の伝本の成立過程を推測すると、

①　日記歌を伴わない（より古態の）陽明本本編に対して、『紫式部日記』所載歌を加えて、定家本が編纂された一方、別途、陽明本本編に対して『紫式部日記』から所載歌が抜き出され日記歌として追補された可能性がある。もしくは、

②　日記歌を伴った陽明本をもとに、日記歌の中から歌群単位で抜き出した歌を組み込んで、新たに編纂し直したものが定家本である可能性もある。

これが、現段階における蓋然性の高いと考える私案である。ただ①説、②説のいずれが妥当かについては、今決め手を欠く。

いずれにしても、実践本が古態か、陽明本が古態かについては、なお確実なことはいえない。

（3）残るC・E歌群の取扱いは難解である。これらの歌群については、あれかこれかといった問題ではない。今留保しておきたい。

（4）E群実践本八六番歌～八〇番歌の歌群は、『紫式部日記』所載歌を追補したかと見える。

（5）G群実践本一一四番歌～一一八番歌の歌群は、陽明本日記歌及び『紫式部日記』所載歌と一致するので、実践本が『紫式部日記』所載歌を追補したかと見える。

（6）H実践本の末尾三首は、陽明本一一四番歌「いづくとも」を外すと同時に置き換えられたというのが、定家本の編纂の所為と見ることが自然であろう。

## 四　錯簡論の問題

山本淳子は、二類本（古本系）でいうと、五六番歌「心だに」と五七番歌「うきことは」との間に、「身のうさは」「閉ぢたりし」「みやまべの」「みよしのは」の四首が、「共通祖本の段階で既に本来の

場所から脱落し、別の場所に混入していたもの、すなわち錯簡」であったが、「祖本に手を加えなかった二類本はこの錯簡をもそのまま受け継ぎ、一方修復を試みた一類本は、この箇所では原形復元に成功している」という仮説を提示する。(10)

山本の考えでは、「共通祖本」が問題の四首の「脱落」「混入」した時期がいつか、ということが不明であり、また陽明本はどの段階で四首の「脱落」「混入」を含む、傷のある伝本となったのか、ということも不明である。その上、原家集の配列の原則は年代順だという前提が存在する。そこには、『紫式部集』の「原形」から、その後本文に錯簡が生じ、二系統の「共通祖本」が出現し、ここから二系統が分化したという前提が働いている。

すなわち、山本の仮説では、四首の「脱落」「混入」した時期がいつか、四首の「脱落」「混入」した陽明本の成立したのはどの段階かが、(無理のないことではあるが)分からないまま置かれている。また二類本の改訂が「修復」を試みたものだといえるのかどうかは、危ない。

さらにいえば、山本のいう錯簡説は、内容だけで整合性を云々するが、整合性をもつテキストが古態であり、非整合性をもつテキストが錯簡や後人追補だというふうに、一方的に断定できるのか、という問題を生む。山本の錯簡論は、山本自身のいう「文脈秩序」による「配列仮説」の問題であって、考察の根拠というには恣意的にすぎるのではなかろうか。

とりわけ山本が、家集全体の編纂原理を問わないことが危ういし、書誌的な面からの考察を欠いているところも危うい。たとえば、

実践本　(定家本系)　一〇行書き、和歌は二行に分かち書き。
瑞光寺本　(定家本系)　一〇行書き、和歌は二行に分かち書き。
陽明本　(古本系)　一〇行書き、和歌は一行書き。

などという形式を無視して錯簡を云々してよいのか。たとえば実践本で、錯簡の四首は一丁オ・ウに当たるのか、どうか。場合によれば、欠歌の物理的な大きさと丁の大きさとの対応は、無視してよいのかという検討も必要であろう。

南波浩は、『紫式部集』の古筆切の七行書きについて、実践本・瑞光寺本の二本が一〇行書きであることに触れ、「定家自筆本」が二本存在したという。そして、現存伝本において、定家本系二八本のうち一〇行書きが一八本（一二行書き三本、九行書き二本、八行書き四本）存在することを指摘し、「祖本としての定家自筆本」が一〇行書きだったと推測している。また紙型から、

（一）縦五寸三分、横三寸七分の長方形一面一〇行書き。

（二）桝形一面一〇行書き。

（三）長方形一面七行書き。

と定家本自筆本が三種存在した可能性を論じている。[11]

このような推論が妥当かどうかは今措くとして、それぞれの写本が詞書や歌をどのように配置するかという様式の問題を措いて錯簡を云々することは片手落ちである。もともと錯簡論は恣意的な判断の入り込む余地があり、私はそちらを警戒する。だからこそ、今のところ歌群単位でしか見通しが立てられないでいる。

繰り返して言えば、錯簡論がなぜ危険かというと、配列の整合性が、論者の考える配列原理によって云々される傾向が強いからである。現在の研究では、すでにこの家集の配列原理は、年代順だけではなく、類聚性も加味されていると考えられている。[12]早く岡・今井以来、年代順では割り切れない配列の存在することが指摘されている。このように、配列原理の議論と連関して論じなければならないとすると、錯簡論の当否の扱いは、実にやっかいである。

もちろん、山本の仮説の成り立つ蓋然性もないわけではないが、本文異同の違和感を誤写だけで説明するのが危ないのと同じように、配列の違和感を（外在的な）錯簡で説明することが、安きに流れないことを懼れる。たとえば、四首分の錯簡が写本の一丁裏表分に相当するのかどうか、従来錯簡で説明されてきた他の事例、たとえば陽明本で七一番歌「ましもなほ」七二番歌「名にたかき」七四番歌「心あてに」の羈旅歌群はほんとうに錯簡なのか。愚直の誹りを受けるとしても、実態的に考え合わせる手続きは要らないか。このような問題は、どのようにして論証が可能なのか、実に悩ましい。

違った視点からいえば、（表現は知らず、）確実なことは、陽明本、実践本が共有する冒頭歌から五一番までの配列は、家集の原形に近い。おそらくこのことは動かない。だから、この家集の前半の配列は、考察の出発点としては確実な根拠となるはずである。一ケ所、陽明本・実践本ともに一七番歌／一八番歌の間に欠損はあるが、（歌や詞書の異同は措いて、）配列だけについては、冒頭歌から五一番歌までは、原家集に近いことは疑えないであろう。

## 五　『紫式部集』後半の弛緩の問題

すでに横井孝は『紫式部集』後半の弛緩の問題について論じているが[13]、この弛緩と見える印象は、このような追補による拡張、増殖に随伴するものかもしれない。家集の前半部分のように、歌の選択と配列とにおいて、歌を削ぎ落し緊張感をもって編纂されたという印象の強いことから見て、ひとつの考え方としては、後半部分がもともと未定稿であった可能性もないわけではない。しかしながら古本系・流布本系の二系統は後半が雑然としているという印象の残ることに説明がつかない。新たな家集（定家本か）を編纂するために、現存『紫式部日記』の中から、（それ以前の）『紫式部集』の本体に未所収の歌を探し、できるかぎり多く紫式部歌を集め挿入したために、後半部分には編纂の意図が拡散した印象が残ることになったということは考えられる。ただそうだとしても、古本系の後半もまた配列の意図が説明されなくてはならない。

確かに、いずれの伝本も後半部分は歌の選択と配列とが弛緩している、ように見える。それが錯簡によるものか、（誰の所為かは問わず）増補改訂によるものかは不明であるが、家集の前半における配列の緊張感に比べて、後半の配列は緩んでいるように見える。

しかしながら、それとても印象の問題であって、あるいは私たちには見えていないだけで、後半部分にひとつの編纂原理が隠れているのかもしれない。

すでに、実践本と陽明本との性格の違いを論じた研究には、河内山清彦、佐藤和喜の優れた考察があり、私も少し触れたことがあるが(14)、もっと積極的に配列の原理を考えてみると、出仕後の歌群が里居の歌群と、さらに若き日の歌群と対照的に配置されているために、あたかも弛緩していると見えている可能性だってないとはいえない。その意味で、私は曽和由紀子が、一貫して陽明本を現在の配列のままで読めないか、という試行を繰り返していることに(15)敬意を払う。

## 六　同じ贈答相手の重複を回避する編纂原理

皮肉なことだが、「日記歌」は、逆に家集本体の特質を際立たせる。たとえば、家集に採られている歌が、誰の歌か、なのである。家集の中で、紫式部は、中宮女房としては挨拶など儀礼的に歌を詠んで贈答することはあるが、小少将君や大納言君など上臈女房に対しては、私的かつ個人的に心情を率直に表す甘えた歌を詠んでいる(16)。

紫式部は土御門殿に出仕したのであるから、『紫式部集』に道長や女院との歌の贈答が記されていることは故なしとしないが、それとても人間関係の重複は避けられている。にもかかわらず、女房たちとの贈答は少なくない。そこには明確な意図があるに違いない。実際には、同一人物と繰り返し贈答は行われたはずであろうが、あえて相手が特定されないように詞書を書いているようにも見える。「日記歌」を基準にして考えると、道長との贈答、上臈女房たち小少将の君・大納言の君などとの贈答は、家集本体との間で重複が、できるだけ避けられていると考えられる。(17)

とすれば逆に、若き日だけのこととして、複数の友人と繰り返し離別歌を交わす歌群には、何か特別の意味がなければならない、ということになる。家集の後半に弛緩があるとしても、家集本体では同一人物相手との贈答・唱和の重複を避けた、選歌の原則は動かないとみられる。

もうひとつは、歌の場の問題である。勅撰集の部立は、歌の場と歌の形式とに即して歌を明確に分類している。だからすぐに、歌の場が推定でき、歌の場に即した歌の形式を読み取ることができる。ところが、作者・読者の関係が当事者間に閉じられている(と考えられる)『紫式部集』の詞書は、極端に切り詰められているものも多い。にもかかわらず、これで作者・読者の間に了解が成り立つものと推定できる。この事実は、自撰と推定できる前半部分だけでなく、後半部分にも見られる。

従来「日記歌」の詞書は、後人によって『紫式部日記』から、抄出・要約されたという視点で論じられてきた。問題は、どのようなまなざしでもって切り取ったかである。

私の貧しい印象では、「日記歌」の詞書は、『紫式部集』本体の詞書と比べると、過剰であるという印象が強い。何が過剰かというと、「日記歌」の詞書は、歌の場を提示するだけでなく、結果的に歌の場面の説明に堕している。そのことは、家集本体の編者と「日記歌」の編者とが明らかに異なることを示している。さらに、「日記歌」では、贈答か独詠かが明確に分けられているように感じる。

逆に家集本体では、独詠歌と見えて贈答歌を片方だけ記したり、贈答も同じ相手との繰り返しを避け、強い編纂意識に貫かれているのだが、紫式部と某との一対の贈答だけを選んで記すことで、その人との関係が象徴されるように選ばれている、と想像できる。
かくて、今のところ「日記歌」そのものの成立は不明であるが、「日記歌」の存在によって、むしろ家集本体の性格が、逆に浮かび上がることは注目してよいだろう。

**注**

（1）南波浩『紫式部集の研究　校本篇・伝本研究篇』三五八頁。ただし、この集付けは、完全なものではないから、ひとつの目安とみるべきであろう。
（2）久保木哲夫「陽明文庫本紫式部集の素性」（『特別展示近衛家陽明文庫（図録）』国文学研究資料館、二〇一一年）。
（3）（1）に同じ。
（4）横井孝「定家本『紫式部集』と定家筆断簡」（実践女子大学文芸資料研究所編『年報』第三一号、二〇一二年三月）。
（5）今井源衛「『紫式部集』の復元とその恋愛歌」（『文学』一九六五年二月）。
（6）廣田收『『紫式部集』歌の場と表現』第三章第一節（笠間書院、二〇一二年九月）二三九頁。
（7）清水好子「紫式部集の編者」（『国文学』一九七二年三月）。清水好子『紫式部』（岩波書店、一九七三年四月）。久保木寿子「紫式部集の増補について（上）（下）」（『国文学研究』一九七七年三・六月）。久保木寿子「紫式部集の構成と主題」（『和歌文学研究』一九七七年九月）。
（8）久保木寿子「紫式部集の増補について（上）」。
（9）山本淳子「二類本錯簡修復の試み」。
（10）山本淳子「『紫式部集』二類本錯簡修復の試み」（『国語国文』一九九八年八月）。
（11）南波浩『紫式部集の研究　校異篇・伝本研究篇』（笠間書院、一九七二年九月）二四八〜五一頁。

（12）岡一男『源氏物語の基礎的研究』（東京堂、増訂版、一九六六年六月）。
（13）横井孝「紫式部集の末尾をめぐる試考」（『実践国文学』第八三号、二〇一三年三月）。
なお、私家集が伝写の過程で、順次後ろに幾重にも歌が補訂される傾向はよく知られているところであるし、『伊勢物語』の段階的「成長」もよく知られているところである。また、『宇治拾遺物語』でも、西尾光一が「説話集の連纂」について、『今昔物語集』において国東文麿の指摘された、いわゆる二話一類様式が、『宇治拾遺物語』の前半と後半に見られるとともに、「成立の初期に増補・抄入があったと考えざるを得ない」という（「『宇治拾遺物語』における連纂の文学」『清泉女子大学紀要』第三一号、一九八三年一二月）。

ただそのとき、原初的な形態を「純粋」な本文とみるか、増補改訂された最終的な形態を「完成」された本文とみるのかでは、考察の対象とする本文が何かで随分異なってくる。
（14）河内山清彦『紫式部日記・紫式部集の研究』（桜楓社、一九八〇年二月）。佐藤和喜『平安和歌文学表現論』（有精堂出版、一九九三年二月）。廣田收『『紫式部集』歌の場と表現』（笠間書院、二〇一二年一〇月）など。
（15）曽和由紀子「『紫式部集』陽明文庫本の配列――初出仕四首の位置を中心に――」（『日本女子大学大学院研究科紀要』第一七号、二〇一一年三月）。曽和由紀子「『紫式部集』陽明文庫本の配列――小少将の君哀傷歌の位置をめぐって――」（『日本女子大学大学院研究科紀要』第一八号、二〇一二年三月）。
（16）廣田收「紫式部の周辺――『紫式部日記』『紫式部集』の女房たち――」（久下裕利編『王朝歌人たちを考える――交友の空間――』武蔵野書院、二〇一三年四月）。
（17）廣田收『家集の中の「紫式部」』第七節（新典社、二〇一二年九月）。

（廣田　收）

# 5 『紫式部集』の末尾

## ――作品の終局とは何か――

近代文学であれば、「開かれた結末（オープン・エンディング）」というとらえ方は共感を得やすいであろう。たとえば、川端康成『雪国』のように一〇年余にわたって少しづつ書きつがれ、一九四八年に単行本化された最終形態（つまり現存のかたち）も、ほんとうに結尾なのか疑わせるところがなくもない。(1)

しかし、オープン・エンディングもエンディングとしての意識や構成がなせるわざであるとすれば、それはそれでひとつの終局の相なのである。古典作品におけるそれは、意識や構想に置き換えることのできる問題なのだろうか。安易に近代・現代の観念をあてはめるべきではなかろう。

### 一 『紫式部集』末尾の現状

『紫式部集』の冒頭は、『百人一首』にも採られる有名な歌からはじまる。

はやうよりわらはともだちなりし人
にとしごろへてゆきあひたるが、

ほのかにて、十月十日のほど、月に
きおひてかへりにければ

1　めぐりあひて見しやそれともわかぬまに
　　くもがくれにし夜はの月かげ

これは現存諸本いずれも変わりなく、作品としての原形を残した形態と考えられている。「わらはともだち」との交流から小少将の君没後の、おそらく紫式部の晩年期と目される歌群でむすぶ編年の構成をみせて、――なかに歌序の乱れがあるにしても――みごとに統一された「作品」と見なすことができる。そうした『紫式部集』の首尾照応を説く論をみかけるのは、定家本による立論だからではないか。

同じ『集』の末尾は、定家本――つまり実践女子大学本では、このようになっている。

こせうしやうのきみのかきたまへりし
うちとけぶみの、ものゝ中なるを見つ
けてかゞせうなごんのもとに

124　くれぬまの身をばおもはで人の世の
　　あはれをしるぞかつはかなしき

125　たれか世にながらへてみむかきとめし
　　あとはきえせぬかたみなれども

返し

126　なき人をしのぶることもいつまでぞ
　　けふのあはれはあすのわが身を(2)

小少将の死没の記録がなく確定しにくいが、124以下は紫式部の晩年に近い時期の贈答歌という見解では、諸説ほぼ一致している。

ところが一方、陽明文庫本の末尾は、

　　すまひ御覧ずるひ、うちわたりにて
110（120）たつきなきたびのそらなるすまひをばあめもよにとふ人もあらじな
　返し
111（121）いどむ人あまたきこゆるもゝしきのすまひうしとは思しるやは
　　雨ふりてその日はこえむとまりにけりあいなの／おほやけごとゞもや
（一行空白）
　　はつ雪ふりたる夕ぐれに、人の
112（122）恋しくてありふる程のはつ雪はきえぬることぞうたがはれける
　返し
113（123）新古 ふればかくうさのみまさる世をしらであれたる庭につもるはつ雪
114（ナシ）千 いづくとも身をやるかたのしられねばうしとみつゝもながらふる哉(3)
（カッコ内の番号は実践女子大学本の歌序）

と大きな入れ替わりがあり、114の直後、丁をあらためず二行分の空白ののち、

日記哥

三十講の五巻五月五日なり。けふしもあたり

つらむ提婆品をおもふに、あした山よりも

この殿のさだめにや、木のみもひろひをかせけむとおもひやられて

115（65）たえなりやけふはさ月の五日とていつゝのまきにあへるみのりも

という「日記歌」本文が後に連結していることは、古本系の形態の特徴としてよく知られている。『集』の諸注釈を参照すると、陽明文庫本110番詞書の「すまひ御覧ずるひ」について、(4)

(1) 寛弘四年（一〇〇七）八月二〇日（南波『全評釈』）

(2) 寛弘六年（一〇〇九）七月二七日（萩谷『全注釈』）

(3) 長和二年（一〇一三）七月二七日（岡『基礎』、竹内『評釈』、田中『新注』）

という諸説がある。さらに112番以下の贈答についても解釈がわかれており、

(a) 大宣孝との贈答歌（南波『全評釈』）

(b) 晩年とは限らず、宮仕えを退いて後の友人との贈答歌（南波『文庫』）

(c) 晩年の友人との贈答歌（岡『基礎』、今井『叢書』、竹内『評釈』、田中『新注』）

などの諸説がある。あるいはまた、実践女子大学本に見えない114番歌を112・113の贈答と切り離し、「この末尾の歌が、編纂時の心情を表す」と、「作品」であるところの『紫式部集』の終結部としての構成を指摘する廣田『世界』などもある。

(a)説にしたがうとするならば、110・111の贈答における(1)〜(3)の諸説と向きあわなければならず、この取り合わせでは編年になじまなくなる。また、(b)(c)を同一に見なしたとしても(2)説とはかなりの年次の間隙があることになる。「日記歌」の存在とともに、陽明文庫本の形態は、実践女子大学本における編年を基準とするかに見えるそれとは、幾分か距離が存することになる。そのこと自体はこれまでにも幾度となく指摘されてきたことではあるが、陽明本の「構成」とはいかなるものであるのかが、あらためて問われなおすことになるだろう。[5]

いうまでもないことだが、古典文学の「作品」としての形態は、現代のわれわれの身近にあるそれを、無媒介で同一地平に並置して論ずることはできない。――そのはずだが、ほんとうに「はず」と言い切れる研究の現状なのだろうか。「いうまでもない」といえるだろうか。首尾照応というごとき「構想」「構成」が作品形成の前提として成立しうるかどうかも議論されなければ、無媒介でその概念を導入することはできまい。現代文学でほとんど常識視されていることが、古典のそれでは必ずしも通用するとは限らない「はず」なのである。「現代」という時代に泥んでいる人――そこに発想を拘束されている人には、この「はず」が、なかなか理解できないらしい。

ここでは、まず、「作品」の外形を見定めることからはじめたい。もう少し具体的にいうならば、こういうことである。

『紫式部日記』『更級日記』等々、前半が特定の主題に沿って一貫しているのに対して、末尾に近づくにしたがって、その「特定の主題」からはずれた短い記事の連続の形態であるかに見える。現代の、結末に向けての「構想」「構成」の感覚からすれば、いわばしどけない結末に見えてしまうのである。それについて一体どのように考えればよいのか。

## 二 「散々なる本」の体裁

作品の末尾を考える際、いったん『紫式部集』から離れてみると、つぎのような奥書・識語の類（紙背文書も含む）が気にかかるのである。(6)

①書陵部蔵『忠見集』（「三十六人集」五一〇・一二）奥書

以散々木（本カ）令書写之間、
不審其数多、殆雖不
得其意、如本写了、以
証本可令校合者也

②書陵部蔵『鴨女集（賀茂保憲女集）』奥書

永仁五年三月十八日於西山菊房書写畢　承空
写本散々之間乍不審書之不及校合以証本可見合也

③冷泉家時雨亭文庫蔵『大納言経信集』奥書

或本軸下書云
嘉承元年八月廿七日書写了
雖無多誤頗有
大略交合了多不審

和哥二百六十三首此中長哥二首人哥卅一首

（一行空白）

宮内卿時俊朝臣云故帥大納言者称別
様之由不留遺草而薨卒之後女子
尋之書出件集号帥集流布也云々
此集多不審就中四条宮春秋哥合哥
三首　鹿　菊　紅葉　必定長家民部
卿哥也而在此集付帋給之号女房
存故帥哥之由歟件時ハ右馬頭也仍
留了以之忽之宮内卿説相叶歟但
端ニ云大納言経信丸腰折共之条彼
人筆跡不似後人所誤有真名詞共
方ニ不審散々シ天所書置を如此所
書集歟
　平治元年十一月十八日交合或本了
　今書入哥十二首
後交合本歌次第相違雖然不直之
　永暦元年四月廿五日以太宮大進
　御本書写了　以前詞等彼本奥
所被書付也

④金沢文庫保管『たまきはる』奥書

本云

建保七年三月三日書了。西面にてひるつかた、風すこし吹に、少納言殿によませまいらせて、と。

是は存生之時令書。

存生之時、不見此草子。没後所見及也。高橋殿南向にて、老病之後、狂事歟。以養子之禅尼令書云〻。文章詞躰不尋常、雖恥披露、暫不破却。

（中略）

是以下は、遺跡反古之中、以自筆書寄。

はしめもはてもなきいたつら事を、なにとなく書き捨てられたりけるをみつけて、あとなる人の書つくるなり。きれ〳〵さん〳〵ゑらひあつめて、かきうつす。

⑤永観文庫蔵『普賢延命鈔私』紙背書状

改年御吉慶等誠申籠

候了、自他幸甚々々、
蒙仰候平家物語合
八帖 本六帖 後二帖 献借候、後書
候事ハ散々なる様にて、
人の可御覧体物にも不候歟、
雖然、随仰献覧之候、
古反古共見苦物候、御覧
後、早可返預候也、事々期
拝謁候、恐々謹言、
　　正月十三日　　深賢

⑥天理図書館蔵『古今和歌六帖』第一帖・本奥書
以民部卿本儘写耳此本有僻事之
由被申之間又以他本手自挍合
嘉禄二暦中春下旬之候両人能々挍合畢
前和謌所開闔従四位上源朝臣《家長也》在判
すへてこの六帖いかにやらんいつれも〳〵みな
かくのみしとけなきものにて侍れは本の
まゝにしるしをき後にみむ人心させ給へし
　八百廿五首

禁裏様御本一品式部卿宮御本を以書写挍合畢

⑦冷泉家時雨亭文庫蔵『範永朝臣集』奥書

建長六年二月廿七日以病悩之隙

書写之　自或貴所被下之本也

件草子多以破損　仍闕其所了

以他人少々書入了

五十二老比真観

⑧吉田幸一旧蔵伝伏見院筆本『松浦宮物語』末尾

本云

このおくも本くちうせて、

ハなれおちにけり、と。

(二行分余白)

本云

貞観三年四月染殿院にて

かきうつす

(二行分余白)

此物語たかき代の事にて、哥も

こと葉もさまことにふるめかしう」(一一九ウ)

見えしを、蜀山の路のほとりより
さかしきいまの世の人のつくり
かへたるとて、むげにミぐるしき
ことゞもみゆめり。いづれかまこと
ならん。もろこしの人の「うちぬる
なか」といひけんそら事のなか
のそらごとおかし
　一校了　」（一二〇オ）
貞《本ニ》観三年四月十八日
　そめ殿の院のにしのたい
　にてかきおハりぬとあり
花非花、霧非霧、夜半未
天明去、来如春夢幾時、去似
朝雲無覔処（以下余白）」（一二〇ウ）

⑨書陵部蔵『とはずがたり』巻五・本奥書

本云、
こゝより又、刀して切られて候。おぼ
つかなう、いかなる事にかとおぼえて候。

ここには稿者の、文字どおりの管見におよんだものしか挙げられない。おそらく、類例はすくなくないに違いない。ご教示願いたいものである。

右のうち⑧『松浦宮物語』の奥書は、「偽跋」であり、著者である藤原定家の創作的所為と見なされていて、本来の奥書・識語ではないのだが、——それにしても、定家の時代に「ありうる奥書の体裁」として採用されたものとして、限定的な意味で有意であろうと思い、ここに掲げた。また、⑨『とはずがたり』の場合は、現存の孤本である旧桂宮本にいたる以前の、いずれかの段階の事実を率直に伝える一文であって、『松浦宮物語』の場合とは異なるものである。

⑤は横井清によって発見された[7]『平家物語』関連資料である。「深賢《じんけん》」は、生年は未詳ながら弘長元年（一二六一）に示寂した醍醐寺の学僧であり、宛所は不明ながら、書状の日付「正月十三日」は建長三年（一二五一）に推定されている。

『平家物語』の現存諸本は六の倍数の巻で構成されるものがほとんどであるが、深賢の所持していたそれは合わせて八帖の本——「本」が六帖、「後」が二帖——という中途半端な巻数の「平家物語」だったというのである。しかも「後二帖」は「散々なる様」であるという。横井清は、『平家物語』の成立が「三巻→六巻→一二巻」と増益される過程を経たとする牢固とした旧説に対して、

> 「本六帖」に「後二帖」が付随していた……「後」が形成されて行ったことで、前の「六帖」の内実が漸く「本」と呼ばれるにいたった……すなわち、いわば続篇の形成という新事態を反映しつつ、この平家物語は実に過渡的に「本六帖、後二帖」の「合八帖」編成を呈していたと考えてみたいのである。（傍点—著者）

と考察した。『平家物語』が特定の作者によって一回生起的に著述されたのではなく、さまざまな伝承・資料がいくつもの段階をへて糾合され編集されて「形成」された、その過渡期の八帖の本が、当

時「散々なる様」をしながらも深賢の手許にあったのだ、というわけである。横井清によるこの指摘は、右の奥書等の証言を解釈するうえで参考になるのではないか。

①「散々なる本」、②「写本散々なる間」、③「散々にして」とはどのような形態の本だというのだろうか。

④『たまきはる』に藤原定家が「切れ〴〵散〴〵選び集めて、書き写す」と、著者・建春門院中納言（健御前）の「反古」の遺されていた状態を語っているように、単なる本文の不審、誤写の多さの指摘ではないことが類推されるのである。⑤の書状には「人の御覧ずべき体の物にも候はず」「古反古ども見苦しき物に候」といっていた。定家が切れ切れの反古を「編集」して『たまきはる』後篇をつくりあげたのと同様な作業が、ほかの「作品」にも結果しているのではないか、と思わせるのに十分な資料といえよう。

岩波新大系の『たまきはる』の校注を担当した三角洋一は、当該作品の前半・第一部を「本編」、後半・第二部を「遺文」と名づけ、

遺文の記事の中には、内容的に本編と重複する記事があって、（注—遺文中の記事）［43］建春門院の夢と［46］さぶらうべき所とは、（注—本編中の）［32］再出仕にいわば吸収合併されている。……これは［43］［46］をいわば下書きとして利用しつつ、本編のようなかたちに書きあらためたものと解釈すべきであろう。(8)

などという実例をとおして、「遺文」には、

書きとめておいた回想であるのに、適当な挿入箇所がなくて捨て置かれたものと、結果的に下書き段階の記事ということで、捨て去られたものとがあった……

のを、作者没後に弟・定家が遺稿を「選び集め」たのだ、という。「本編」末尾には「建保七年三月

三日書了」という作者自身による奥書があって、一応の「作品」結尾の形態をととのえていたにもかかわらず、定家が遺稿をまとめ、書き継いで現存本を作ったというわけである。

『たまきはる』に限ったことではないが、「本編」「遺文」ともに作者の手になるものでありながら、内容が重複していたり、本文が錯綜・混乱していたりするというのは、通常は伝流過程での損傷の可能性を考えるべきところであろう。しかし、『たまきはる』の実例は、それに加えて、別人の「編集」操作が、さらに錯綜・混乱を増幅・増大させることがあることを実際に教えてくれる、興味深い例というべきものである。

## 三 「(伝本としての) 私家集は全集をめざす」(9)

私家集の形態を考えるのに、わかりやすい実例があった。

『新撰朗詠集』編纂で知られる藤原基俊(一〇六〇～一一四二)の、もとは自撰であった『基俊集』である。書陵部蔵本(五〇一・七四三)は、二一八首を収めるが、一〇六番歌ののち、

これは、ほり川の院の御時、集めしゝかばまいらせし。これよりのちの歌は、いにしへ・いまのをかきあつめたるなり。

とあり、一行の空白をおいて一三丁のウラをおえ、次丁に移って、「みちのくにのかみもとよりの朝臣のもとより……」と一〇七番以下の歌を記す。さらに、一九〇番歌を二六丁オモテに記して裏面の余白を残し、丁をかえて、

茲散木集弐冊召
僊洞新本謄写出后毎
　輪直依
禁裏古本校正為蓋自正
　月一日基俊集也
……（中略）……
　戊寅臘月七日
　　　藤譚玄誌

と識語を記し、さらに丁をかえて、「基俊」と題したのちに、『中古六歌仙』所収歌一九首のなかから一首欠く形で、一九一〜二一八番の一八首を掲載する。つまり、書陵部本『基俊集』は、

イ　応召歌集
ロ　補遺
ハ　『中古六歌仙』所収歌の増補

の三部からなり、自撰によるイ・ロに対して、ハはあきらかに後人の所為とわかる体裁を示している。ロも、堀河帝の「めし」に応じたイに対して、「いにしへ・いまの」自作を「かきあつめ」たという。これは一箇の「作品」のなかに、いくつかの位相を異にする操作が加わっている、わかりやすい実例である。

もともと私家集という分野は、自由というか融通無碍というべきか、自撰もあれば他撰もあり、物語や日記や自伝やさまざまな形態をとることが可能で、しかも、『基俊集』のごとき明確な構造の例はむしろすくなく、簡単に割り切ることのできないような複雑な様相を呈する作品があり、むしろそ

のほうが例挙しやすい。そのひとつが『和泉式部集』である。重出歌が全体の二割強にもおよび、それが多く含まれる歌群「相互の関係は入り乱れ、錯綜していて、必ずしも明確な小歌群の存在を証明するものではない」く、「重出歌が必ずしも平面的な歌群の結合にのみ由来するものでない[10]」とまでいわれる。

私家集の多くについては、

「その私的な性格と資料的な性格などから、その伝承の過程に於て、任意に増補されたり修正されたり、又一首々々の独立性から、分離したりして、原型から変形せられる事が多い」（関根慶子[11]）

「二種以上の別系統の本を伝える例は枚挙にいとまなく、その別系統が生ずる理由や原因にあっても、集それぞれに特質があって、必ずしも一つの物さしで測ることはできない」（森本元子[12]）

「勅撰集のように制約を受けず、本来、内容・形態は自由である。そのため一方では伝来の途上でしばしば増補や改編が行われ、異本を生じ、本来の形の不明なものが多い」（平野由紀子[13]）

などの定評がある。その改編は『基俊集』のように増補のかたちをとるというべきだろう。『紫式部集』の場合もご多分に漏れず、ということになる。要するに、本節の表題にかかげたごとく、「（伝本としての）私家集は全集をめざす」（工藤重矩）のである。——端的で秀逸な表現だといえよう。

ただし、ことは私家集に限らないということは、さきの奥書等の証言でも明らかなのだ。『平家物語』の成立過程については長年の議論の歴史があり、紙背書簡によってひとつの方向性が見えてきたわけである。『たまきはる』も、作者自身の奥書と定家の識語があるおかげで、その制作過程と現状との関係が判明した例であった。

しかし、日記や物語などにおいても、末尾に「増補・改編」「変形」される例がすくなくないことも、それぞれの分野で周知のはずである。

たとえば、『更級日記』は、冒頭部に上総からの上京の旅の記がひとつづきに続いているが、その後には年紀の空白がすくなからずあって、短小の記事が増加することは知られている。杉谷寿郎の章段分類[14]（段数は玉井幸助・日本古典全書『更級日記』）によれば、

㈠　第　一　段（寛仁四年・一三歳）〜第三七段（万寿三年・一九歳）
㈡　第三八段（長元五年・二五歳）〜第四九段（長元九年・二九歳およびその後の生活）
㈢　第四九段（長暦三年・三二歳）〜第六〇段（寛徳元年・三七歳）
㈣　第六一段（寛徳二年・三八歳）〜第七二段（永承六年・四六歳）
㈤　第七三段（天喜五年・五〇歳）〜第八〇段（晩年）

となり、それぞれの章段に付せられた年紀をみれば、その間の空隙が明瞭になるはずである。杉谷は、上京の旅の記が『日記』全体の五分の二にもなって著しくアンバランスであり、「更級日記が後年になるほど記事量が減少する傾向にあることからみて、作者の構成力や持続力とも関わりがないとはいえまい」という。

現存『更級日記』はすべてが定家本の本文を伝えるものであって、了悟『光源氏物語本事』にごく一部とはいえ、非定家本の本文が紹介されているのを参看するかぎりでは、定家本に依拠するしかない現状に不安はあるが、とりあえずは、右のような『日記』の形態において享受されてきた歴史の重みを受けとめておくほかあるまい。

物語の例では、たとえば『大和物語』。

全体の三分の二を占める前篇（第一部）と後篇（第二部）とにわけられ、前篇が「宮廷のメディア

による言説、打聞き、雑談」などの「近い時代の宮廷ゴシップの集成」であるのに対して、後篇は「蒼古の伝承的な説話」であり、異なる立場によって集積された話材が接ぎ木された説話集が、この「歌物語」だ、と田渕句美子は評するのである。(15)

しかも、『大和物語』が損傷を受けていることは、第一六九段が、

……かくて七八ねむ（年）ばかりありて、又おなじつかひ（御幣使）にさゝれて、やまとへいくとて、ゐで（井手）のわたりにやどりて、ゐてみれば、まへになむありける。かれに、みづくむ女どもがいふやう、(16)

という中途半端な末尾のかたちが、よくあらわしている。かつて、この段は、「物語の末尾切断」という形式による、書きさしの筆法なのだという評価が一部にあったが、「切断」という方法の実例は前期の物語の時代には存在せず、結局は物理的な脱落――つまり、伝流の過程における損傷にほかならないのであった。(17)

こうして私家集・日記・物語など、ここにあげたものは比較的わかりやすい、定評のある例をあげたが、各分野において同様な形態の作品、類例のすくなくないことは周知のはずである。

## 四　「原型」はどこにあるか

「作品」の末尾の体裁――首尾照応とか、物語のような末尾の形式を踏まえるといったことのない現実――つまり、いわば（一見）しどけない結末ということを論う場合、『紫式部集』よりも『紫式部日記』のほうがさらにふさわしいといえよう。

萩谷朴の『紫式部日記全注釈』は上巻一九七一年刊、下巻一九七三年刊と三〇年前の著述ではあるが、いまだに最大の注釈であり、もっとも詳細をきわめる。その解説に『日記』全体の構造を、つぎのようにまとめてみせた。(18)

第一部　日記体記録篇

寛弘五年八月から同六年正月に及ぶ、敦成親王御生誕儀礼を中心としての後宮記録。

第二部　消息体評論篇

「このついでに、人の容貌を語りきこえさせば、ものいひ性なくやはべるべき」と前置きして、第五四節の容姿心性の描写批評にひき続き、宮廷女房の人性論へ移行する。

第三部　『前紫式部日記』の残欠本文

寛弘五年五月・六月の土御門第における体験的事実にかかる。

〔第四部〕　第一部補遺

寛弘七年正月の事実にかかる。

萩谷は、ここでいう「第二部」の末尾が第一部から通しての跋文であり、本日記の「第一次原初形態」をしめすものという。この見解を是とするとしても、第三部といま仮に第四部と称した「第一部補遺」も、「残欠」「補遺」というしかない、断片的詞章にすぎない。したがって、『日記』の結末部分は、第一部以降の全体の結尾を意識したものと見えない。つまりは、語弊のあるのを覚悟してあえていわば、やはり「しどけない結末」ということなのだ。

『紫式部集』に話頭をもどそう。

この、比較的ちいさな私家集が、ほぼ編年によっていることはすでに論じ尽くされており、定家本系の形態ではそれが特に顕著の体裁をしていることは、本稿冒頭でもふれたとおりである。古本系・

陽明文庫本のかたちでも、五〇番歌までは定家本系と一致しているように、ゆるやかに編年体をなしていると目される。

しかも、古本系・陽明文庫本では、他の紫式部作品『紫式部日記』所収の和歌を、本編には掲載しないという姿勢をしめし、『集』の独自性――つまり独立した「作品」としての意識を読みとるのが廣田收である。[19]巻末に後人の手によるとおぼしき「日記歌」を付載し、これが藤原定家によって本編に組み込まれた結果が定家本系の形態なのだ、と。

しかし、陽明本によっても定家本によっても、和歌配列に問題のあること、錯簡としてさまざまに「復元」案が模索されているにもかかわらず、議論が絶えないということは、いまだに納得のゆく解答が得られていないということでもあろう。

前節で私家集の共通する問題にふれた際、その多くの「作品」が、自撰にせよ他撰にせよ「増補・改編」「変形」される例が多いという証言に耳をかたむけた。そうした定評を形成する論者たちはまた、その変形していることがむしろ通常ともいうべき状況であることから、当然「推移変遷した形から出来るだけ原型に復元」（関根）することが必要であり、「本文研究の究極の目的――作者の手になる本文――に立ち返る、それを復原することにあるべきもの」（森本）「原型再建が避けて通れない」（平野）と異口同音にいう。[20]

『紫式部集』の撰者には自・他の両説があり、おおむねの意見は自撰にかたむいているようである。とするならば、なおさら「立ち返る」べき「作者の手になる本文」の「復原」が問われることになる。しかし、たとえば『紫式部日記』の場合はどうだろうか。萩谷の説くように、第一部から第四部までの配置を紫式部本人の所為とし、なおかつ現存の形態が「後人の、さかしらな竄入処置によるものではな」く、「現行本の形態は、早く平安末期以前に安定していた」[21]と考えうるのだとしたら、あの

「しどけな」く見える結末もまた作者の所為によるものということになる。

　ここでわれわれは、「作品」というものの像を問い直されることになるのではないか。「文学」も「作品」も平安時代の作者たちには、本来無縁の概念ではあったが、概念として存在しなかったとしてもそれらしき意識構造はありえたのではないか、と想像するとしても、冒頭があれば結尾も対応して存在しなければならぬとするような観念は、とりあえず、とらわれる必要がないかに見える。

「作者の手になる本文」とは、「本文研究」においてはいわば理想の「原型」と称すべきであろう。しかし、作者自身が「増補・改編」「変形」を加えていたとするならば、何をもって「原型」と考えるのか。わかりやすい、と先にふれた『基俊集』にしても「応召歌集」ができたのち、基俊みずから「いにしへ・いまの」自作を「かきあつめ」たというのである。しかも後人の増補とみられる部分をも含めて、ひとつの「作品」として享受してきた人びとの存在を忘れてはなるまい。彼らにとって『基俊集』の「原型」はどれだけ意味のあることだったか。

　くりかえしになるが、『紫式部集』の場合も「理想の原型」をもとめて「錯簡」とおぼしきものに対する「復元」案が提唱されてはきたが、論者個人のなかでは完結したところで、他者の納得するところではなかった。研究史のなかで、それらは意味のないことではないだろう。しかし、その営為にみずから仮構するところの「理想の原型」を追尋しているに過ぎないのではないかと反照してみる必要があると考えるのである。つづめていえば、「理想の原型」はほんとうに存在するのか、という命題を措定してみる必要があるのではないか、ということなのである。

　このような終局の相を考える際、たとえ比喩であったとしても、安易に近代文学の「開かれた結末（オープン・エンディング）」なる概念をもちいるべきではあるまい。また、安易に「私家集とはこのようなもの」と思考停止すべきではあるまい。

## 注

(1) 川端康成『雪国』の末尾については、近年の論考に羽鳥徹哉「終わりを読む―「雪国」の場合」(『解釈と鑑賞』第七五巻九号、二〇一〇年九月)、Teodooro W. Goossen「On Endings」(東京大学現代文芸論研究室『れにくさ』第二号、二〇一〇年一〇月)などがある。「開かれた結末(オープン・エンディング)」については、丸谷才一・和田誠「エンディングの問題」(『女の小説』光文社、一九九八年二月刊、所収)、今西祐一郎「『源氏物語』のゆくえ」(『源氏物語覚書』岩波書店、一九九八年七月刊、所収)、斎藤美奈子「名作のエンディングについて」(『名作うしろ読み』中央公論新社、二〇一三年一月刊、所収)など。

(2) 実践女子大学本の本文は、久保田孝夫・廣田收・横井孝『紫式部集大成』(笠間書院、二〇〇八年五月刊)影印ならびに翻刻による。なお、同書の翻刻には誤植があるので、注意をうながしておきたい。

(3) 陽明文庫本の本文は、注(1)前掲書『紫式部集大成』所収の翻刻による。カッコ内の番号は、対応する実践女子大学本の歌序をさす。

(4) ここで参照した『紫式部集』(一部『紫式部日記』も含む)の諸注釈・研究書は以下の諸書と略号によった。

岡『基礎』=岡一男『源氏物語の基礎的研究』(東京堂、増訂版一九六九年八月刊)
今井『叢書』=今井源衛『紫式部』(人物叢書、吉川弘文館、一九五八年六月刊)
竹内『評釈』=竹内美千代『紫式部集評釈』(桜楓社、一九六九年六月刊。改訂版=一九七六年三月刊)
萩谷『全注釈』=萩谷朴『紫式部日記全注釈・上/下』(角川書店、一九七一年一一月/一九七三年三月刊)
南波『文庫』=南波浩『紫式部集 付大弐三位集・藤原惟規集』(岩波文庫、岩波書店、一九七四年一〇月刊)

南波『全評釈』＝南波浩『紫式部集全評釈』（笠間書院、一九八三年六月刊）
田中『新注』＝田中新一『紫式部集新注』（青簡舎、二〇〇八年四月刊）
廣田『世界』＝廣田收『紫式部と和歌の世界／一冊で読む紫式部家集』（武蔵野書院、二〇一一年五月刊）

（5）廣田收『家集の中の「紫式部」』（新典社、二〇一二年九月刊）、同『『紫式部集』歌の場と表現』（笠間書院、二〇一二年一〇月刊）などが最新の業績。

（6）以下の奥書等は、『私家集大成』（CD-ROM版）、冷泉家時雨亭叢書『平安私家集十一／十二』（朝日新聞社、二〇〇七年二月／二〇〇八年四月刊）、岩波新大系『とはずがたり　たまきはる』、横井清『中世日本文化史論考』（平凡社、二〇〇一年六月刊）、吉田幸一『松浦宮物語伏見院本考』（古典聚英6、古典文庫、一九九二・一一刊）による。

（7）横井清「「平家物語」成立過程の一考察――八帖本の存在を示す一史料――」（『文学』第四二巻第一二号、一九七四年一二月）。のち、注（6）前掲書『中世日本文化史論考』に所収。

（8）三角洋一「『たまきはる』解説」（岩波新大系『とはずがたり　たまきはる』岩波書店、一九九四年三月刊、所収）四三三～四三四頁。

（9）工藤重矩による評言。本稿の初出時における私信にあったものを、工藤の許可を得て使用する。

（10）平田喜信『平安中期和歌考論』（新典社、一九九三年五月刊）、一六頁。

（11）関根慶子『中古私家集の研究――伊勢・経信・俊頼の集――』（風間書房、一九六七年三月刊）、三八頁。

（12）森本元子「私家集とは何か」（和歌文学論集4『王朝私家集の成立と展開』風間書房、一九九二年一月刊、所収）、一二頁。

（13）平野由紀子「私家集研究の現在」（秋山虔編『平安文学史論考』武蔵野書院、二〇〇九年一二月刊、所収）、五三三頁。

(14) 杉谷寿郎「更級日記の構造」(橋本不美男・杉谷寿郎・小久保崇明『更級日記 翻刻・校注・影印』笠間書院、一九八〇年四月刊、所収)、三〇五～三〇六頁。

(15) 田渕句美子「『大和物語』瞥見――「人の親の心は闇にあらねども」を中心に――」(谷知子・田渕句美子編『平安文学をいかに読み直すか』笠間書院、二〇一二年一〇月刊、所収)、八四頁。

(16) 阿部俊子『校本大和物語とその研究・増補版』(三省堂、一九七〇年)、六一七頁。

(17) 横井孝「物語・終焉のかたち――『狭衣物語』結尾の位相――」(実践女子大学文芸資料研究所編『物語史研究の方法と展望(論文篇)』同研究所、一九九九年三月刊、所収)。なお、「『狭衣』結尾の風景――物語・終焉の位相として――」と改題・修正して『源氏物語の風景』(武蔵野書院、二〇一三年五月刊)に収めた。

(18) 萩谷朴「解説/作品について」、前掲注(4)書『全注釈』下巻、所収。五一〇～五二六頁から摘記した。

(19) 廣田收『家集の中の「紫式部」』(新典社、二〇一二年九月刊)、同『『紫式部集』歌の場と表現』(笠間書院、二〇一二年一〇月刊)など。

(20) 前掲注(11)(12)(13)書等による。

(21) 萩谷前掲注(17)書、五二七頁。

**付記**

本稿は、「紫式部集の末尾をめぐる試考――古典作品の終局の相というもの――」と題して『実践国文学』第八三号(二〇一三年三月)に掲載した初稿に修訂をほどこしたものである。注(9)に示したように、工藤重矩より懇切な教示があった。記して謝意を表したい。なお、本書4「『紫式部集』日記歌の意義」参照。

(横井 孝)

# 6　『紫式部集』における定家本とは何か

## ――表記からの展望――

### 一　『紫式部集』の諸本

『紫式部集』の研究史は近年になってやや厚みを増したとはいえ、この作者のほかの二作品――特に『源氏物語』についてはいうにおよばず、『紫式部日記』に比較しても、まだまだ手薄といわざるをえないだろう。その状況を打破すべく、本書の著者たちが二〇〇八年に基礎資料を集成して『紫式部集大成』を編んだのちも、研究の様相にさほどの変化がないように見うけられる。いましばらくは、資料ばかりでなく、調査自体も基礎的問題を積みかさねてゆくほか、研究動向に対する「挑発」の方法はないだろう。

『紫式部集』のテキストの検討も、池田亀鑑によって、

第一類　定家自筆本系統

第二類　古本系統

第三類　雑纂本系統

の三系統に分類されたところにようやく端を発する。(1)その後、南波浩が再検討を加え、

㈠　定家自筆本系統
㈡　古本系統
㈢　別本系統

と分類に修正を加えたのが現在の定説ということになろう。

さらに南波は㈠を細分して、

①　定家自筆本を癲老比丘なる人物が写したとする奥書をもつ本
②　定家自筆本を尊円法親王が写し、さらに某氏が転写したとする奥書をもつ本
③　定家自筆本系統であることを表記した簡単な奥書をもつ本
④　奥書はないが、定家本系統と認定される本

とし、多岐にわたる定家自筆本系統のなかでも①が優位に立つと論じたうえで、現在のところ、㈠の①に合致する本として、実践女子大学図書館蔵『むらさき式部集』（該本題簽による）を挙げた、という経緯がある。(2)

藤原定家の自筆本を「不違一字」書写したとする奥書を有する一群の本を「定家自筆本系統」と称することは他の古典作品と同様の理由による命名なのだが、ここでもご多分に洩れず歌道の家祖たる権威と相まって、「原形に近い」形態を一部に残しているとされる古本系統よりもさらに優先する評価が与えられている。特に『紫式部集』の場合、定家自筆とされる古筆切が七葉ほど残されており、(3)現存「定家本」たる実践女子大学本との関連もあって、南波のいう「定家自筆本系統」をより権威づけているのである。

さて、ここではそうした『紫式部集』の本文系統論を展開する場ではない。とはいえ、『紫式部集』

における当の「定家本」とは何か、とは重大な問いなのだ。定家が古典の多くを書写したおかげで、鎌倉初期という古い時期の形態をかろうじて残している作品は少なくない。『紫式部集』もまた同様である。しかし、定家の正真正銘の「自筆本」自体はともかく、「定家自筆」を称する本、あるいは単に「定家本」に端を発すると称する本は、「定家」を称するに足る検証がなされているものなのだろうか。

ここで、ここ数年、今西祐一郎を研究代表者とする科研の連携研究者として参加して、古典作品の表記のもつ情報に目をむける機会があり、ささやかながら成果らしきものの手探りを得た気がしている。本稿は、そうした問題意識をもって、『紫式部集』について表記をとおして考えてみようと試みたものの一端である。

## 二　『紫式部集』における「定家本」

「『紫式部集』における「定家本」」という命題をめぐって、既に幾度か述べたことがある。(4) そのうち書式について言及したことは、概略をしめせば次のとおり。

定家が規範とした世尊寺家・藤原伊行の『夜鶴庭訓抄』や定家自身の『下官集』（大東急記念文庫本『定家卿模本』）、あるいは冷泉家時雨亭文庫蔵『〔和歌書様・和歌会次第〕』などを閲すれば、少なくとも「定家自筆本系統」とされる実践女子大学本は、

▼染筆開始の丁を見開きの右頁（右枚）にするか左頁（左枚）にするか。
▼三代集のごとき勅撰と他の集の区別。
▼和歌を二行分かち書きにする際の句切れで改行すべきこと。

など、みずから定めた原理原則にこだわりをもっていた定家の面目を保つ形態を存していることは確認できたのである。

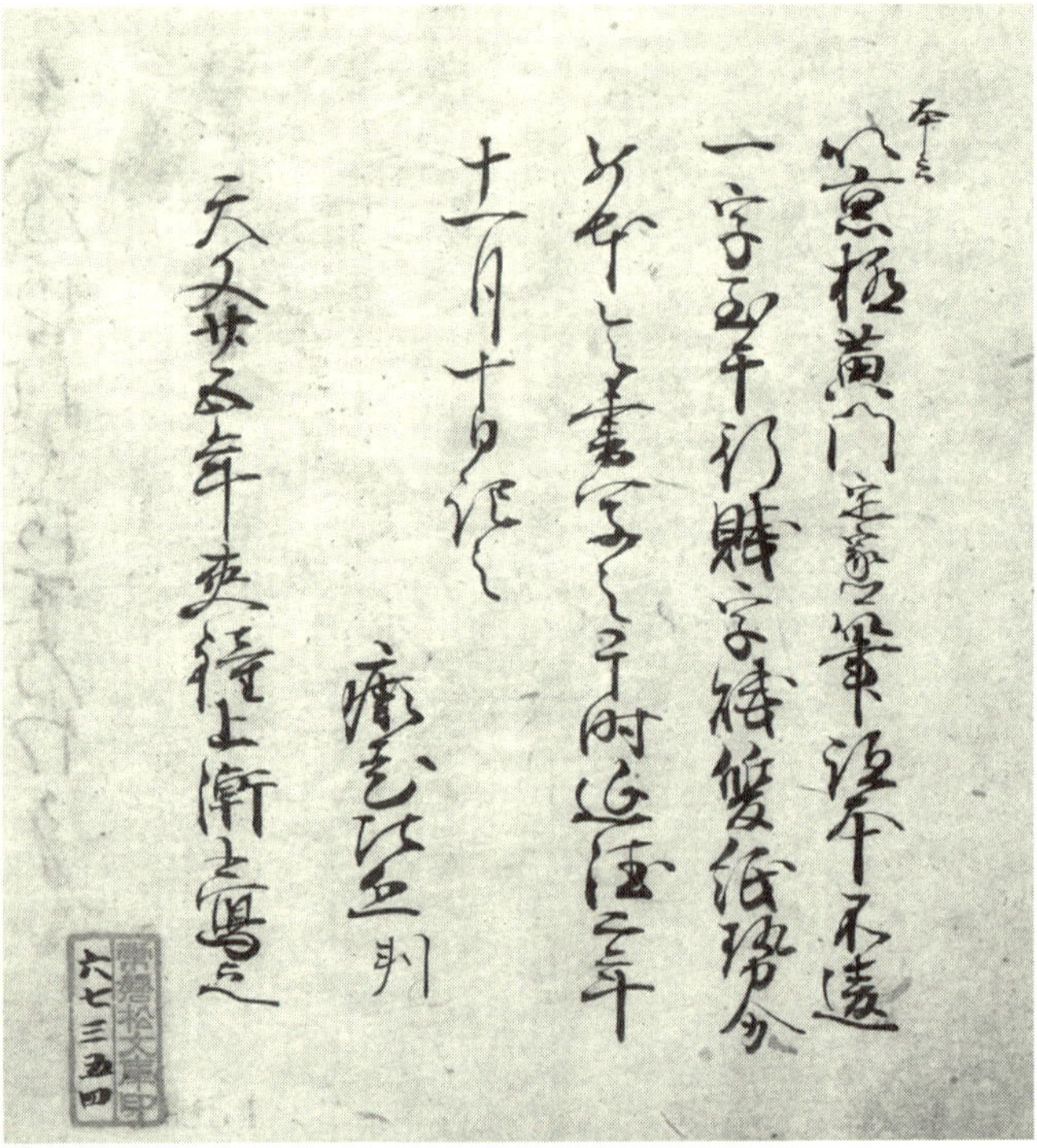

〔写真１〕実践女子大学本『紫式部集』奥書

〔写真1〕で示したように、実践女子大学本の奥書には「京極黄門〈定家卿〉筆跡本を以て、一字も違へず、行賦字賦に至るまで双紙勢分を本の如く書写せしむ」とある。これが字義どおりであるとすれば、右のような定家マニュアルとの一致も当然のこととなろう。

平安〜中世の奥書にある「不違一字」の実情をさぐった浅田徹の論は、いままで稿者の旧稿でたびたび言及したところであるが、ここでも、やはり重要な示唆をもたらしてくれるので、引かないわけにはゆかない。

親本の字母づかいをすべて保存することであり、親本の書風・筆意などは必ずしも保存されず、ミセケチ・補入なども保存されるとは限らない。……念のため言えば、「一字不違」という際に、字形以外は保存されてはいい、ならないというわけではもちろんない。保存してもよいのである。但し、字義としてはそこまで含意されてはいないと考えるべきだということである。(5)（傍点、浅田）

このように指摘し、定家自身は、『土佐日記』のような特別な場合を除いて、「不違一字」的書写には関心がなかったが、冷泉家の家学意識の高まりが「〈歌道家証本〉あるいは〈宗匠自筆本〉」への権威づけに繋がったとするのである。

浅田の論には、こうして表記に関する知見も示されていた。とすれば、定家自筆本を「一字も違へず」書写したという実践女子大学本において、表記もまた同様であることが期待される。実例をみてみよう。実践女子大学本の二丁ウラから〔写真2〕。

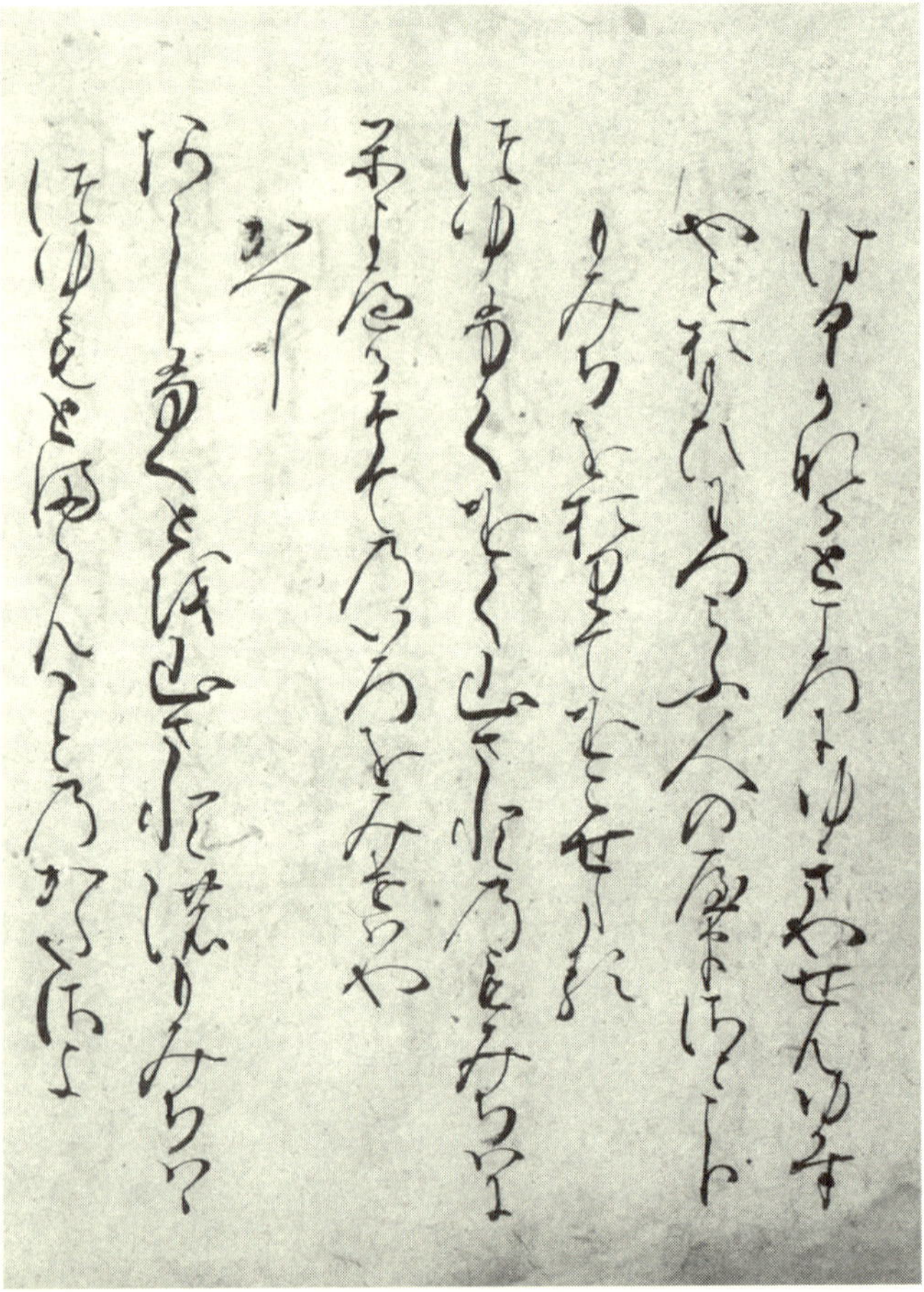

〔写真２〕実践女子大学本『紫式部集』２ウ

はるかなるところにゆきやせんゆかす 1
やとおもひわつらふ人のやまさとより 2
もみちをたをりて**をこせ**たる 3
八　つゆふかく**をく**山さとのもみちはに 4
かよへるそてのいろをみせはや 5
かへし 6
九　あらしふくとほ山さとのもみちはゝ 7
つゆもとまらんことのかたさよ 8

傍線を施した箇所が、いわゆる定家仮名遣いの表記である。歴史的仮名遣いでは、順に、3行目「**を**りて」「**お**こせたる」、4行目「**お**く山さと」、7行目「と**ほ**山さと」となるべきところである。7行目「とほ山さと」についていえば、至近の一丁オモテにも、

その人とほきところへいくなりけり

とあった。これは定家仮名遣いとして知られる表記法であると同時に、ほかの定家自筆の例との一致を見いだすことができる。たとえば撥音表記「ん」についても、鶴見大学図書館蔵の、池田利夫のいわゆる「藤原定家筆蹟模本伊勢物語」などのそれとも軌を一にするのである。(6)

ちなみに、右の実践女子大学本と同じ箇所を、古本系の陽明文庫本でみてみよう。

はるかなるところにゆきやせむゆかすやとおもひ
わつらふ人の山里よりもみちを〻りて**をこせ**たる

八（八）　露ふかく**をく**山里のもみちは葉にかよへる袖の色をみせはや
かへし

九（九）　あらし吹と〻山里のもみちは〻露もとまらむことのかたさよ

と、わずかながらもくい違いを見せている。

## 三　実践女子大学本の定家仮名遣い

実践女子大学本から、同様に歴史的仮名遣いと異なるところを中心に、用例を検索してみよう。

▼歴史的仮名遣い「をかし」が「お（た）かし」になる用例。
たかしく見えけり（3ウ1）
うみの／たかしきを（6オ4）
あさきりのたかしきほとに（18オ1）
たかし／くみゆれは（20ウ5）

▼歴史的仮名遣い「おく（置く）」が「をく」になる用例。
人のさし**を**かせたる（10オ2）
しらつゆはわきても**を**かし（18オ10）

つゆ**を**きそハん（22ウ4）

▼歴史的仮名遣い「おこす（遣す）」が「をこす」になる用例。

…といふ所より**を**こせたりける（4ウ2）
ふみ／**を**こせたるを（4ウ9）
とりあつめて**を**こせすは（8オ4）
みな**を**こすとて（8オ6）
くらうなりたるに／**を**こせたる（8ウ2）
おりて**を**こせたるに（10ウ4）
くすたま**を**こすとて（15オ4）
人の**を**こせたる（24ウ8）

▼歴史的仮名遣い「をし（惜し）」が「たし」になる用例。

よそなからわかれ／たしみて（4オ6）
さくらたしまし（9オ6）
まいらぬをくちたしなと（24ウ1）

▼歴史的仮名遣い「をり」が「たり」になる用例。

さか月のたりにさしいつ（20オ10）
たり〱にかくとは見えて（21オ8）

いかなるた𛂦にかくとみゆらん（21ウ2）
なにの**お**りにか人の返ことに（21ウ3）

▼歴史的仮名遣い「おる（折る）」が「たる」になる用例。
た𛂦てみはちかまさりせよ（9オ5）
**お**𛂦てをこせたるに（10ウ4）
たちよりてた𛂦たるところ（11ウ9）
をのれ**お**れふす（12オ1）
ひとえたたらせさせたまひて（18オ4）
こう梅をたりて（23ウ4）
おれるためしは（24オ5）

▼歴史的仮名遣い「おか（岡）」が「**を**（𛄚）か」になる用例。
かた**を**かのこす𛄚（3オ10）
かた𛄚かの（3ウ2）

▼歴史的仮名遣い「とほし（遠し）」が「と𛄚し」になる用例。
その人と𛄚きところへいくなりけり（1オ7）
をのかしゝと𛄚き／ところへ（4オ4）
と𛄚きところへゆきにし人の（9ウ5）

▼歴史的仮名遣い「なほ」が「なを」になる用例。

なをかきつめよ（3オ8）
なをからきみちなりや（5ウ9）
なをこれいてゝみたまへ（6ウ7）
けふもなを　（17オ5）
ましもなををちかた人の（19オ8）
なをさりのたよりに（25ウ3）

以上のように、「お」「を」「た」「を」については、いわゆる定家仮名遣いの原則にそくした実例を見いだすことができる。例外がないというところに一貫性を見いだすと考えてよかろう。ここで比較対照例とする「定家筆蹟模本伊勢物語」とも同様な結果である。

他にも、歴史的仮名遣い「まゐらす」「まゐる」が「まいらす」「まいる」になる用例。

ま**い**りて御てよりえむ（1ウ4）
いつかま**い**りたまふなと（14ウ3）
さとよりま**い**らすとて（23ウ4）
五せちのほとま**い**らぬを（24ウ1）

歴史的仮名遣い「うひ（初）」が「うゐ」になる用例。これは集中に一例しかないが、

またいとうゐ〱しきさまにて（13ウ9）

というのがある。これは陽明文庫本も同じ。『伊勢物語』初段に「うひかうぶり」（定家仮名遣いでは「うゐかうぶり」）があるのはよく知られている。

さらに池田利夫が「え」「江」の書き分けをめぐって、定家の用字法の特徴として「きこ江」の例をあげる。「定家模本伊勢」のほかにも御物本『更級日記』がその傍証だが、実践女子大学本にも、この語は一例だけであるけれども、次のように見えている。

〔写真3〕

ものもきこ江しと（8ウ5）〔写真3〕

陽明文庫本では「物もきおえし」（6オ2）。

こうして用例を積み重ねてゆくと、実践女子大学本の奥書にいう「京極黄門定家卿筆跡本を以て、一字も違えず、行賦字賦に至るまで、雙紙勢分、本の如く書写せしむ」とは、それはそれで一応の信憑性をもつことになる。

鶴見大学の『伊勢物語』は模本とはいえ定家自筆本の機械的コピーの如き複写本であり、実践女子大学本『紫式部集』も一応は「不違一字」の「定家本」であるという、仮名遣い資料としてはやや条件に恵まれている、というべきか、あるいは偏りがある、つまり、あたりまえの事実の確認といえるのかも知れない。では、他の「定家本」ではどうなのだろうか。

## 四　「定家本」とは何か

『古今』『後撰』『拾遺』など勅撰集の書写に心血を注いできた定家には、集ごとに数多くの写本を遺したことはよく知られている。これら勅撰集や私家集、または物語などの本文を検討しようとすれば、かならず「定家本」と向き合わなければならない。

——定家が由緒ある伝本の権威に盲従しない強烈な文学的個性の持ち主であったために□□本に自分の意志による校訂を加えてしまった——

とは、藤原定家という人物についての定評というか、いわば共通理解を指した発言であり、かならずしも本稿の主眼に沿うたものではないが、仮名遣いという表記自体についても、まさしく同様のことを考えなければならない。

実は、右の文中に「□□本」とあるところ、実際は「俊成本」とあって、引用は、定家が師としての父・俊成の教えと所持本を受け継いだことに関連した浅田徹の発言の一節だったのである。そして、浅田は右のような共通理解にいったんは賛同しながら、「単に個性に還元し得るもの」ではなく、(横井注—『古今集』の議論という限定つきではあるが)「貫之自筆本の権威を捨て、「師説」(横井注—つまり父俊成)相承の権威のほうに自分のアイデンティティーのありかを移し替えた」と説いている。(7)

三代集の諸本を渉猟した片桐洋一には、早くから「定家本」と向き合いつづけた歴史があった。『古今集』の「定家本」の成り立ちについて、定家がみずからの『古今集』を校訂するにあたって、親本の俊成本（昭和切）によらず、その傍記に依拠した場合について述べたのであるが、要は、傍記によったという事実ではなく、みずから求め得た資料（たとえば『新撰和歌』）、乃至はみずからの『古今集』観やみずからの解釈力によって、その傍記を可として用いたということである。(8)

といい、「定家は、その対立本文を採る場合も、また採らざる場合も、みずからの判断によってこれをなした」ともいう。その「みずからの判断」――つまり、校訂の際には、諸本を参照した結果というよりも、「論理が整い」「しらべのよい」『古今集』的な「完成された歌」「整った歌」への志向のもとに行なった「観賞的本文校訂」が定家の校訂方法であったという。

さらに片桐は『顕注密勘』の「何の証本をも不用。家の本は、ことはり叶て哥のききよき説を執侍也」とあるのを引いて、「これは、全く大胆な、いわば唯我独尊ともいうべき校訂態度である(9)」とも評する。「定家本」をつぶさに検討した後の見解表明であるだけに、まさに定評どおり、共通認識どおりというべきであろう。

しかも、「定家本」というのも一様ではないと片桐はいう。『後撰集』についてのものだが、

定家は、常に一つの「所伝之家本」を座右におき、それらを底本にして何度も新しく本を写していたのであるが、だからと言って承久三年から天福二年までの十二年もの間に、その底本の本文が少しも変らなかったわけではなく、その時々に応じてごく僅かながら変化を示しているのである。(10)

という。定家は「所伝之家本」に修正を加えながら、何度も書写をしていたのであり、であるとするならば、最も後期に写された嘉禎二年本が最終到達点と考えられてもよさそうだが、同本は特殊な成立過程を有するため、その任には適さないという。定家の校訂、あるいは、その結果の「定家本」とは何なのか、熟慮――再検討が必要なのではないか。

右の片桐の言述は勅撰集についての見解であり、さらに伝本間の関係、本文そのものについての論説ではあるが、むしろ「定家本」一般について応用しうる説述であると考えられる。

しかし、近年「定家本」の概念を拡大解釈するような向きがある。たとえば『源氏物語』の諸本研究において、「青表紙本」なる名称が「いわゆる」という冠称つきでないと使いづらい状況になってきたのに対応してか、尊経閣文庫蔵の定家自筆本以外の室町写本にまで「定家本」なる概念がもちいられている。その場合、勅撰集などで、本文のみならず表記自体も定家のそれをもちいている「定家本」などとくらべようのないこと、いまさら事改めて言うまでもないはずである。

『源氏物語』にくらべれば、『紫式部集』は定家自筆本の残骸ではあるが断簡が遺されており、また、それと比較すれば、実践女子大学本も「定家自筆本系統」の面目はなんとか保たれていると考えられる。旧稿において「勅撰集における「定家本」の位相についてはさまざまに論じられることが多いが、私家集のそれについてはいまだしの感がある」(11)と述べたことがあるが、その議論の必要性は高まりこそすれ、薄まりはしていないと思う。本文の検討もさることながら、表記についての問題意識も重要なことと考え、その序説として本稿を草した。

＊

ところで、『紫式部集』の索引は、

**実践女子大学本**

久保木哲夫「紫式部集用語索引」（『玉藻』第一二号、一九七六年七月）、「『紫式部集』歌語索引」（小嶋菜温子・渡部泰明編『源氏物語と和歌』青簡舎、二〇〇八年一二月刊、所収）、

**陽明文庫本**

今西祐一郎・上田英代・村上征勝編『紫式部日記語彙用例総索引〈付録　逆引き表・数表／紫式部集索引〉』（勉誠社、一九九七年二月刊）

などがあるが、使用の便宜性が優先されて、本文の標準化がなされ、歴史的仮名遣いに「訂」されている（今西以下三氏編のそれは読みやすく工夫はされているが）。本稿のような問題意識からすれば、今後は、表記の問題をも視野に含めた、多様な検索機能が必要とされるのではないか。

**注**

（1）池田亀鑑『紫式部日記』（至文堂、一九六七年六月刊）総説・第二章第三節「紫式部家集」。

（2）南波浩『紫式部集の研究　校異篇 伝本研究篇』（笠間書院、一九七二年九月刊）。

（3）横井孝「形態と伝流から『紫式部集』を見る」（『中古文学』第八五号、二〇一〇年六月）、「定家本系『紫式部集』と定家筆断簡――実践女子大学本の現状報告・二」（実践女子大学文芸資料研究所『年報』第三一号、二〇一二年三月）。

（4）横井孝「『紫式部集』実践女子大学本と瑞光寺本」（『紫式部集大成』笠間書院、二〇〇八年五月刊、所収）ほか、注（3）前出稿。

（5）浅田徹「「不違一字」的書写態度について」（井上宗雄編『中世和歌　資料と論考』明治書院、一九九二年一〇月刊、所収）一六〇頁。

（6）池田利夫『藤原定家筆蹟模本伊勢物語の研究』（汲古書院、二〇〇九年一一月刊）。以下、池田の論はすべて同書による。
（7）浅田徹「定家本とは何か」（学燈社『国文学』第四〇巻第一〇号、一九九五年八月）、五六頁。
（8）片桐洋一「俊成本・定家本の成立」（『古今和歌集の研究』明治書院、一九九一年一一月刊、所収）、二五八〜二六二頁など。
（9）注（8）稿に同じ。二七〇頁。
（10）片桐洋一「『後撰集』の伝本」（『古今和歌集以後』笠間書院、二〇〇〇年一〇月刊、所収）、二三六頁。
（11）注（4）稿に同じ。二五五頁。

（横井　孝）

# 7　帥宮追悼歌群における和泉式部の和歌の特質

## ——表現形式をめぐる紫式部の詠歌法との違い——

### はじめに

紫式部の和歌を批評する上で、同時代の歌人であるだけでなく、道長や中宮彰子という同じ主を共にした女性として、赤染衛門や和泉式部、伊勢大輔などは、比較材料として適切である。特に、詠歌法という点から顕著な違いを認めるのが和泉式部の和歌である。

さて、和泉式部について論じるとき、よく主情的とか情熱的とかなどと批評されることがあるが、そこには、人物評と和歌に対する評とが混在、融合しているという印象を受ける。平安時代の女性の人生については、これを記録した史料が希薄であるゆえに、私家集が女性史の資料とされたところに、国文学研究の不幸があったという他はない。すなわち、現実に生きた和泉式部その人がどのようであれ、国文学研究の対象はまず、その和歌そのものについてでなければならない。

私は、和泉式部歌に対する批評を印象批評にとどめるのではなく、これに一定の客観性を与えるには、詠法の表現形式[1]に留意することが有効であると考える。紫式部の詠法については、すでに少しばかり触れたことはあるが、これと対照的であるのが和泉式部の詠法である。紫式部は儀礼性の求められる和歌には少なからず、技巧や修辞を凝らしている。言い換えれば、紫式部はみずからの思いを率直に詠じた正述心緒の歌を、ほとんど残していない。紫式部が実際に正述心緒の歌を詠じたか否かは何とも分からない。家集には残していないとしか言いようがないのである。

和泉式部の歌の詠じ方には、大きな特徴がある。和泉式部は奔放で自由な詠みかたをしているように見えて、詠歌は幾つかの形式に還元することができる。詠歌の形式の中で代表的であるのが、今仮に名づけたものであるが、「謎と謎解き」の形式である。上句で示した事柄に対して、下句で実はこうだと、思いがけない意外な説明をすることである。そこに彼女の新しさが託されている。

ただ、その形式は細かく見れば、いくつかの種類が認められるということを、帥宮追悼歌群、すなわちG群（九四〇～一〇六一番）の和歌[2]をめぐって（下句を欠く第一〇〇七番歌を除く）、具体的に検討してみよう。

## 『和泉式部続集』追悼歌群の和歌の形式

伝統的な和歌は、周知のように『萬葉集』に見える、内在的な概念を用いれば、寄物陳思・正述心緒・譬喩歌の三つの様式に基くものであり、その多くは寄物陳思の様式に基くものである。

それに比べてみると、和泉式部の和歌は正述心緒の様式に基くものが印象的であるにしても、単純にはその分類をもって覆い尽くすことはできない。そこで今、句切れに注意すると、和泉式部の和歌にひとつの傾向のあることが分かる。極めて特徴的であるのは、いわゆる倒置法が多いことである。しかし和泉式部の和歌は、本当のところでは倒置法ではないのかもしれない。和泉式部の和歌の批評として、倒置法が多いという認識は、むしろなじまない。上句に主題や趣旨がまず示され、下句で説明するという様式が中心だという方が適切であろう。上句は、ただ感情が示されるだけで、その内実は何も分からない。だから上句は謎の提示である。その謎は下句によって明かされる。だから謎解きである。これが和泉式部の和歌の特質である。

今、和泉式部の和歌を表現形式から分類すると、次のようになる。

(一) 主題とその説明・謎と謎解き・問答

1 上句の提示した謎に対して下句が謎解きをする

(a) 上句・下句ともに終始形をとる形式

(b) 初句切れの形式

(c) 事柄の提示とその説明という形式

2 主題(心情)と条件法

3 序と心情

4 反復・表裏

(二) 問い掛け・呼び掛け・反語

(三) 平叙法・正述心緒

(四) 仮定・仮想

(五) 逆接・逆説

本来ならば、詞書の表現や和歌の配列を勘案して論ずべきであろうが、問題を単純化するために、和歌だけを取り扱うことで一定の目安を示してみたいと思う。以下に、事例を挙げて少しばかり説明を加えたい。

## （一）主題とその説明・謎と謎解き・問答

### 1　上句の提示した謎に対して下句が謎解きをする

句切れに注目すると、上句が示した事柄だけでは、内容の真意が了解できない。そこで、下句が内容に説明を加えるという形式である。この形式は、「主題とその説明」という形式をとる場合と、「謎と謎解き」の形式をとる場合とがある。このような形式は、和歌のもつ「問答」という基本的な属性に由来するものと見られる。

九四〇　うちかへし思へば悲し／けぶりにもたちおくれたる天の羽衣
九四三　亡き人の来る夜ときけど君もなし／わがすむ里や魂なきの里
九四七　君をまたかく見てしがな／はかなくて去年は消えにし雪も降るめり
九五〇　世に経れど君におくれて折る花は　匂ひて見えず墨染めにして
九五四　**思ひきや**／ありて忘れぬおのが身を君が形見になさむ物とは
九五五　今はただそよ／そのことと思ひ出でて忘るばかりの憂きふしもなし
九五七　目に見えて悲しき物は　語らひしその人ならぬ涙なりけり
九五八　**惜しきかな**／形見に着たる藤衣／ただこの比にくち果てぬべし
九五九　死ぬばかりゆきてたづねん／ほのかにもそこにありてふことを聞かばや
九六〇　**思ひきや**／塵もゐざりし床のうへを荒れたる宿となして見んとは
九六六　なぐさめにみづから行きて語らはん／憂き世の外に知る人もがな
九六七　**なぞやこは**／石やいはほの身ともがな／憂き世の中を嘆かでも経ん

九六八　あさましの世は山川の水なれや／心細くも思ほゆるかな
九七〇　われがなほ折らまほしきは　白雲の八重にかさなる山吹の花
九七三　すくすくと過ぐる月日の惜しきかな／君がありへしかたぞと思ふに
九七四　物をのみ乱れてぞ思ふ／誰にかは今は嘆かん／むばたまのすぢ
九七七　身よりかく涙はいかがながるべき／海てふ海は潮やひぬらむ
九七九　**おぼつかな**／我が身は田子の浦なれや／袖うちぬらす浪の間もなし
九八一　思へども悲しき物は　知りながら人に尋ねていらぬふちかな
九八六　飽かざりし昔の事を書きつくる硯の水は　涙なりけり
九九一　わりなくも慰めがたき心かな／子こそは君が同じことなれ
九九三　**思ひきや**／今日のわかなもしらずしてしのぶのくさをつまん物とは
九九七　たをれどもなに物おもひもなぐさまじ／花は心のみしなりけり
九九八　たれにかはをりてもみせん／なかなかに桜さきぬと我にきかすな
一〇〇三　いのちあらばいかさまにせん／世をしらぬ虫だに秋はなきにこそなけ
一〇〇五　**なけやなけ**／わがもろ声に呼子鳥／よばばこたえてかへりくばかり
一〇一三　なぐさめんことぞ悲しき／すみ染めの袖には月のかげもとまらで
一〇二二　かくしあらば死にを死なん／ひとたびにかなしき物はわかれなりけり
一〇二五　夕暮はいかなるときぞ／目にみえぬ風のおとさへあはれなるかな
一〇二六　だくひなく悲しき物は　いまはとてまたぬ夕べのながめなりけり
一〇三〇　忘れずはおもひおこせよ／夕暮にみゆればすごき遠の山かげ
一〇三二　さやかにも人はみるらん／わがめには涙にくもるよひの月かげ

一〇三四　こぬ人をまたましよりも侘しきは　物おもふ比のよひゐなりけり
一〇三五　宵ごとに物おもふ人の涙こそ　ちぢのくさばのつゆとおくらめ
一〇三六　いとへどもきえぬ身ぞうき／うらやまし／風のまへなるよひのともし火
一〇三八　人しれず耳にあはれときこゆるものは　もの思ふよひの鐘の音かな
一〇三九　かなしきは　ただ宵のまの夢の世にくるしく物をおもふなりけり
一〇四一　おきゐつつものおもふ人の宵の間にぬるとは　袖のことにぞありける
一〇四五　いかにしてくもとなりにし／ひと声にきかばや／よはのかくばかりに
一〇五〇　なかなかになぐさめかねつ／からごろもかへしてきるに目のみさめつつ
一〇五四　夜もすがら恋ひてあかせる暁は　からすのさきに我ぞなきぬる
一〇五五　わが胸のあくべき時やいつならん／きけばねかく鴫も鳴くなり
一〇五七　暁は我にてしりぬ／山人もこひしきによりいそぐなりけり
一〇五八　明けぬやといまこそみつれ／暁のそらはこひしき人ならねども
一〇五九　わがこふる人はきたりといかがせん／おぼつかなしや／あけぐれのそら
一〇六〇　それながらつれなき物はありもせよ／あらじと思はでとひけるぞうき
一〇六一　あふひぐさつみだにいれず／木綿だすきかけはなれたるけふの袂は

**（a）上句・下句ともに終始形をとる形式**

句切れにおいて、上句・下句ともに終止形（もしくは体言止めの形）をとるということは、上句と下句とが釣り合う形式である。すなわち、上句・下句が同義・同値であることを示すものである。

九四〇　うちかへし思へば悲し／けぶりにもたちおくれたる天の羽衣
九四三　亡き人の来る夜ときけど君もなし／わがすむ里や魂なきの里
九四七　君をまたかく見てしがな／はかなくて去年は消えにし雪も降るめり
九五九　死ぬばかりゆきてたづねん／ほのかにもそこにありてふことを聞かばや
九六六　なぐさめにみづから行きて語らはん／憂き世の外に知る人もがな
九七四　物をのみ乱れてぞ思ふ／誰にかは今は嘆かん／むばたまのすぢ
九七七　身よりかく涙はいかがながるべき／海てふ海は潮やひぬらむ
九九七　たをれどもなに物おもひもなぐさまじ／花は心のみしなりけり
一〇一三　なぐさめんことぞ悲しき／すみ染めの袖には月のかげもとまらで
一〇二二　かくしあらば死ににを死なん／ひとたびにかなしき物はわかれなりけり
一〇三〇　忘れずはおもひおこせよ／夕暮にみゆればすごき遠の山かげ
一〇三二　さやかにも人はみるらん／わがめには涙にくもるよひの月かげ
一〇三六　いとへどもきえぬ身ぞうき／うらやまし／風のまへなるよひのともし火
一〇五五　わが胸のあくべき時やいつならん／きけばねかく鳴も鳴くなり
一〇五七　暁は我にてしりぬ／山人もこひしきによりいそぐなりけり
一〇五九　わがこふる人はきたりといかがせん／おぼつかなしや／あけぐれのそら
一〇六〇　それながらつれなき物はありもせよ／あらじと思はでとひけるぞうき

和歌の形式について、少しばかり解説をほどこしたい。たとえば、九四三番歌の場合、亡き人の（霊の戻って）来る（と言い伝えられている大晦日の）夜ときけども君もいない（から、淋しい）／（なぜなら）わがすむ里は魂なきの里（であるから）。

というふうに訳出できる。つまり、上句に提示された心情を、下句で理由を説明する構造になっている。上句は、「君もなし」と恋人の不在を表現しているが、「淋しい」という心情が籠められているといえる。

また、たとえば、九四七番歌の場合、

君をまたこのように見たい（逢いたい）／はかなくて（恋しいあの人の）去年は消えてしまった雪も（今年は変わらず）降っているようだ。

というふうに訳出できる。つまり、やはり上句は「逢いたい」という率直な心情をまず投げ出しておいて、下句によって、不在の恋人と変わらない雪とを対照させて、説明しているのである。

### （b）初句切れの形式

特に注目できるのは、初句切れの和歌である。他の歌人がどうであるのか、は今問わないでおこう。また、追悼歌群の特徴であるのかどうかを問うことも今は措こう。

**思ひきや**／ありて忘れぬおのが身を君が形見になさむ物とは

**惜しきかな**／形見に着たる藤衣／ただこの比にくち果てぬべし

**思ひきや**／塵もゐざりし床のうへを荒れたる宿となして見んとは

**なぞやこは**／石やいはほの身ともがな／憂き世の中を嘆かでも経ん

**おぼつかな**／我が身は田子の浦なれや／袖うちぬらす浪の間もなし

**思ひきや**／今日のわかなもしらずしてしのぶのくさをつまん物とは

**なけやなけ**／わがもろ声に呼子鳥／よばばこたえてかへりくばかり

初句はただ、思いのたけを叫んだだけの体である。和泉式部にとって、歌はそれだけで済めばよいのかもしれない。いわば心の叫びがそのまま示されている体である。したがって、二句以下は、初句に対する説明にすぎないからである。つまり、「なぜかというと」と以下の句すべてが理由を説明するのである。

### （c）事柄の提示とその説明という形式

また注目できる形式は、上句に「…は」と呈示して、下句にこれを説明するものである。これは謎解きの典型的な形式である。

九五〇　世に経れど君におくれて折る花は　匂ひて見えず墨染めにして
九五七　目に見えて悲しき物は　語らひしその人ならぬ涙なりけり
九七〇　われがなほ折らまほしきは　白雲の八重にかさなる山吹の花
九八一　思へども悲しき物は　知りながら人に尋ねていらぬふちかな
九八六　飽かざりし昔の事を書きつくる硯の水は　涙なりけり
一〇二六　たぐひなく悲しき物は　いまはとてまたぬ夕べのながめなりけり
一〇三四　こぬ人をまたましよりも侘しきは　物おもふ比のよひゐなりけり
一〇三五　宵ごとに物おもふ人の涙こそ　ちぢのくさばのつゆとおくらめ
一〇三八　人しれず耳にあはれときこゆるものは　もの思ふよひの鐘の音かな
一〇三九　かなしきは　ただ宵のまの夢の世にくるしく物をおもふなりけり

一〇四一　おきゐつつものおもふ人の宵の間にぬるとは　袖のことにぞありける
一〇五四　夜もすがら恋ひてあかせる暁は　からすのさきに我ぞなきぬる

**2　主題（心情）と条件節**

これは、1の亜型である。ただ、形式の上では、上句に心情を提示しつつ、下句が条件法になっているものである。大掴みするために、仮定法も確定法も含めて眺めてみると、次のような和歌を挙げることができる。

九五一　かひなくてさすがに絶えぬ命かな／心を玉の緒にしよらねば
九五三　捨て果てんと思ふさへこそ悲しけれ／君に馴れにし我が身と思へば
九五六　語らひしこゑぞ恋しき／俤はありしそながら物もいはねば
九六二　向かひゐてみるにも悲し／けぶりにし人を桶火の灰によそへて
九七五　悲しきは　おくれてなげく身なりけり／涙の先にたちなましかば
九八九　今もなほ尽きせぬものは涙かな／蓮の露になしはすれども
九八三　飽かざりし君をわすれん物なれや／あれなれ川の石はつくとも
九八九　今もなほつきせぬ物は涙かな／はちすの露になしはすれども
九九四　手もふれでみにのみぞみる／萬代をまつひきかけしきみしなければ
一〇〇六　もとむれどあとかたもなし／あしたづは雲のゆくへにまじりにしかば
一〇一〇　さるめみて生けらじとこそおもふらめ／哀れしるべき人もとはぬは
一〇一一　いかでかはたよりをただにすぐすべき／憂きめをみても死なずとならば

一〇一二　とるもうし／むかしの人の香ににたる花橘になるやとおもへば
一〇四七　夢にてもみるべきものを／まれにても物おもふいを寝ましかば

1の謎と謎解きは、形式的な特徴をいうものであるが、根源的には問いと答えである。自ら問い自ら答えるという形式によって歌うものである。

このように可視的な形式によって分類してみると、元はひとつの発想によることが逆に明らかになってくる。2では、まず上句に主題が示され、下句に条件が付加されるのだが、条件というのも形式的に理解しただけで、上句の主題を下句で説明しているのであって、2の主題と条件法という形式も、

九七五　悲しきは　おくれてなげく身なりけり／涙の先にたちなましかば
（謎）　（謎解き）

というふうに、一首のうちに謎と謎解きという発想から詠じられたものと見做せる。

九四〇　うちかへし思へば悲し／けぶりにもたちおくれたる天の羽衣
（謎）　（謎解き）
九四一　藤衣きしより高き涙川／くめる心のほどぞ悲しき
（謎）　（謎解き）

という発想から派生したものと見做せる。

上句の悲しいことはわが身である、とか、涙が尽きないという表現そのものは、珍しいものではないが、下句の条件節の付け方に新しさがあるに違いない。

### 3　序と心情

九四一　藤衣きしより高き涙川／くめる心のほどぞ悲しき
九四二　流れ寄る泡となりなで涙川／はやくの事を見るぞ悲しき
九四六　君がため若菜摘むとて春日野の　雪間をいかに今日はわけまし
九四八　菅の根の長き春日もある物を／短かかりける君ぞ恋しき
九五二　いつとても涙の雨はをやまねど／今日は心の雲間だになし
一〇〇〇　かの山のことやかたるとほととぎす／いそぎまたるる年の夏かな
一〇〇一　わが心夏の野べにもあらなくに／しげくも恋のなり増るかな
一〇〇四　わびぬればゆゆしと聞きし／山鳥のありときくこそうらやまれぬれ
一〇二三　山のはにいる日をみても思ひ出づる涙にいとどくらさるるかな
一〇二七　おのがじし日だにくるればとぶ鳥の　いづかたにかは君をたづねん
一〇二八　夕暮は君がかよひしみちもなくすがける蜘蛛の　いとど悲しき
一〇三三　不尽のねにあらぬ我が身のもゆるをばよひよひとこそいふべかりけれ

### 4　反復・裏表

九四九　数ならぬ身をばさこそは問はざらめ／君とはなどかかけて忍ばぬ
九九二　きく人の忌めばかけてもいはでおもふ／心のうちはけふもわすれず

一〇〇二　わすれなばまたうき雲もかかりなん／芳野の山も名のみこそあらめ
一〇一五　かぎるらんいのちいつとも知らずかし／哀れいつまで君をしのばん
一〇一六　君をみであはれいくかになりぬらん／涙のたまはかずもしられず
一〇三七　月にこそ物おもふことはなぐさむれ／みまほしからぬ宵の空かな
一〇四四　こひてなくねだに寝ばや／夢ならでいつかは君を又はみるべき

## （二）問い掛け・呼び掛け・反語

問い掛け・呼び掛けは和歌本来の機能であるが、和泉式部の和歌も修辞や技巧を凝らすことなく、相手が生者か死者であるかを問わず、相手に向かって直接的に訴えかける形式である。

九六三　はかなしとまさしく見つる夢の世をおどろかで寝る我は人かは
九六四　ひたすらに別れし人のいかなれば胸にとまれる心地のみする
九六五　数ならぬ身をも歎きのしげければ高き山とや人の見るらむ
九七一　天照らす神も心ある物ならば　物思ふ春は雨な降らせそ
九九〇　目の前に涙に朽ちし衣手は　こぞの今日まであらむとや見し
九九八　たれにかはをりてもみせん／なかなかに桜さきぬと我にきかすな
一〇〇三　いのちあらばいかさまにせん／世をしらぬ虫だに秋はなきにこそなけ
一〇四七　寝覚めする身を吹きとほす風の音を　むかしは耳のよそにききけん
一〇四八　まどろまであかしはつるを　寝る人の夢に哀れとみるもあらなん
一〇五二　こふる身はことのものなれや／鳥のねにおどろかされしときはなにどき

### （三）平叙法・正述心緒

心情を率直に詠じる形式は、和泉式部の和歌の特質である。初句切れで簡潔に心情を示すのか、和歌全体で一気に心情を示すのか、という違いがあるに過ぎない。

九四四　聞く人やいはばゆゆしと思ふとて　かすむ雲ゐをみにのみぞふる
九四五　よそながら心のうちの通はぬに　思ひやらるる人のうへかな
九六九　身はひとつ／心はちぢにくだくれば　さまざま物の嘆かしきかな
九七六　いづこにと君を知らねば　思ひやるかたなく物ぞ悲しかりける
九八〇　君とまたみるめ生ひせば　よもの海の底のかぎりはかづきみてまし
九八二　身をわけて涙の川の流るれば　こなたかなたの岸とこそなれ
九八六　飽かざりし昔のことをかきすつる硯の水は　涙なりけり
九八七　限りあれば藤の衣は脱ぎ棄てて涙の色を染めてこそ着れ
九八八　遣る文にわが思ふことし書かれねば　思ふ心のつくる世もなし
九九六　むめの香を君によそへてみるからに　花のをりしる身ともなるかな
九九九　花みるにかばかりものの悲しきは　野べに心をたれかやらまし
一〇〇九　なぐさめんかたのなければ思はずに　生きたりけりとしられぬるかな
一〇一四　ひる忍ぶことだにことはなかりせば　日をへて物はおもはざらまし
一〇一七　やみにのみまどふ身なれば　すみ染めの袖はひるともしられざりけり
一〇一九　日ふれどを君を忘れぬ心こそ　忍ぶの草のたねとなりけれ

一〇二一　きみなくていくかいくかとおもふまに　影だにみえで日をのみぞふる
一〇二四　今のまのいのちにかへてけふのごと　あすのゆふべをなげかずもがな
一〇二五　ひのやくとなげくなかにもいとせめて物侘しきは　夕まぐれかな
一〇四二　わが袖はくらき夜なかの寝ざめにも　さぐるもしるくぬれにけるかな
一〇四三　物をのみおもひねざめのとこのうへにわが手枕ぞありてかひなき
一〇五一　住吉のありあけの月をながむれば　とほざかりにし人ぞ恋しき
一〇五三　夢にだにみであかしつる暁の恋こそ　そこひのかぎりなりけれ
一〇五六　たますだれたれこめてのみ寝しときは　あくてふ事もしられやはせし

### (四)仮定・仮想

九七八　絶えしとき心にかなふ物ならば／我が玉の緒によりかへてまし
九八一　身をわけて涙の川の流るれば／こなたかなたの岸とこそなれ
九八五　忘れ草われかく摘めば／住吉の岸のところは荒れやしぬらん
一〇四九　いをしねば夜のまもものはおもはまし／うちはへさむる目こそつらけれ

### (五)逆接・逆説

かつて触れたこともあるが、紫式部は和歌が論理的に構成されていて、上句が下句へと逆接的につながって行くという形式が特徴である。したがって、逆接的な詠法は和泉式部の和歌には希薄であることが分かる。

九五二　いつとても涙の雨はやまねども　今日は心の曇りだになし
九六一　片敷きの袖はかがみとしぼれども　影にも似たる物だにぞなき
九七三　わが袖は蜘蛛のいがきにあらねども　うちはへて露の宿りとぞ思ふ
九八一　思へども悲しき物は知りながら　人のたづねていらぬ淵かな
九八四　あけたてばむなしき空をながむけど　それぞとしるき雲だにもなし
九九五　いつしかとまたれし物を　鶯の声きかまうき春もありけり
一〇〇八　たぐひあらばとはんと思ひし事なれど　ただいふかたもなくぞ悲しき
一〇一八　もろともにいかでひるまになりぬれど　さすがに死なぬ身をいかにせん
一〇二〇　君をおもふ心は露にあらねども　日にあてつつもきえかへるかな
一〇二一　夕暮は蜘蛛のけしきをみるからに　眺めじとおもふ心こそつけ
一〇四〇　なぐさめてひかりのまにもあるべきを　みえてはみえぬ宵の稲妻

ところで、すでに竹内美千代は、宣孝の没後間もないころの紫式部の和歌について、独泳歌には縁語や掛詞が少く、贈答歌や儀礼の歌に修辞が多いという対照性があることを指摘し、逆接の接続助詞を用いて「心の屈折を効果的に表現している」という。そして、

薄きを見　つつ　薄きとも見ず　（陽明文庫本、五二番）
消えぬまの身をも　知る知る　露とあらそふ　（同、五三番）
世を憂しと厭ふ　ものから　ゆく末を祈る　（同、五四番）
心に身をばまかせね　ど　身に従ふ心　（同、五五番）
思い知れ　ども　思ひ知られず　（同、五六番）

などという例歌を挙げている。(3) 確かに、これらの紫式部の和歌は、論理的に逆説において成り立っている。

とすれば、注目すべきは、和泉式部の和歌において、形式的には上句と下句の関係が逆説で結ばれているように見えて、実は肯定的なものが多いことである。

九六一　片敷きの袖はかがみとしぼれども　影にも似たる物だにぞなき
（帥宮を亡くして泣きはらし、ひとり寝る私の涙に濡れた片敷きの袖は、まるで鏡のようになるほど涙が溜り、袖を絞るとしても、その鏡に映るものは、亡き帥宮の面影に似たものはない）
　私の袖は（まるで）鏡である（問い）。面影は映らない（答え）。

九七三　わが袖は蜘蛛のいがきにあらねども　うちはへて露の宿りとぞ思ふ
（私の袖は、蜘蛛の掛けた巣ではないが、まるで私の涙を露と宿す場所だと思える）
　私の袖は（まるで）蜘蛛の巣である（問い）。涙が露と置く場所である（答え）。

いずれにしても、形式は逆接であるが、それは本来の意味の論理的な逆接ではない。

## まとめにかえて

かつて私は、紫式部と和泉式部の和歌について、次のように批評したことがある。

紫式部の表現は和泉式部の歌の表現よりも屈折している。和泉式部が全体重を掛けて「はかなきは我が身なりけり」と、自己の存在への不安を嘆くのに対して、紫式部は、悲しみなどはもはや自明の事柄であるかのように、

消えぬ間の身をも知る〳〵

と上句にまとめて相対化してしまう。失意や悲哀の中にありつつ、これを超えた次元に彼女のこだわりが示されているのである。(4)

そうであるならば、句切れという形式的な切り口から見ると、和泉式部の和歌は、結局のところ、和歌がさまざまな形式をとるにしても、つまりは同じ発想から生じているといえる。それが彼女の和歌の教養からくるものなのか、もっと生来の資質からのものなのか、今それは問わないでおこう。

いずれにしても、和歌は上句と下句との関係が問われる。そもそも和歌は基本的に「謎と謎解き」であり、「問いと答え」である。それが幾つかの形式をとって表現されるといえる。まさに和泉式部に対して、和歌はそのような形式を得意とした。追悼歌群の和泉式部の和歌は、むしろこの和歌本来の属性を襲うものであり、翻って紫式部の和歌が、論理と技巧とに過ぎるといわなければならなくなるのである。

**注**

（1）廣田收『家集の中の「紫式部」』新典社、二〇一二年、第七節参照。

（2）清水文雄『和泉式部集』岩波文庫、一九五六年。
たとえば、藤平春男は、かつて清水文雄が『和泉式部続集』の中の歌群一二二首に与えた呼称を支持し、「連作性」が「心情的」にも連作性のあることを手がかりに、歌群の分析から「和泉式部自身の手に成る原態」を探ろうとする。しかしながら、「帥宮挽歌群自体の構造の不安定さ」を指摘する。そのとき、連作性は「歌材上の連環」や歌群における「緊密な構成」の有無、「心情的共通性」などにおいて認めようとする（「和泉式部〝帥宮挽歌群〟を読む」『藤平春男著作集』第五巻、笠間書院、二〇〇三年）。

しかるに、今私の関心は『和泉式部続集』の成立や構成にはなく、おしなべて和泉式部の和歌の表現のもつ特質はどのようにして把握できるかにある。

なお、この家集の編纂的特質を考えるためには、藤平が説くように「とくに正集では贈答の他人歌を略した上に詞書を刈りこんである箇所が少なく、場に即した歌でありながら場が具体的に示されていない」ことや、「詞書がない歌は一番近い詞書があてはまるのが原則なのにそれでは妥当でない場合」があり、「歌集的整備が不十分な部分が」あることにあるとされることがヒントになる。

（3）竹内美千代『紫式部集評釈』桜楓社、一九六九年、一一九頁。

（4）注（1）に同じ、一八五〜一八六頁。

（廣田　収）

# 8 『紫式部集』の中世

## 一 『紫式部集』における中世という問題

紫式部の時代にさかのぼることが至難であるにせよ、『紫式部集』の伝本が存在するということは、ごくあたりまえのことながら、作者の手をはなれて平安後期、中世、近世をへて現在にたどりついたということである。その経過したいずれも『紫式部集』にとって重要な時代だったはずではあるが、「定家本」が生まれ書写され展開した中世は、ひとつの画期として銘記されねばならない時代であった。本稿の意義もそこに存する。

藤原定家（一一六二～一二四一）が書写した現実的な証拠である「紫式部集切」は、現在知られるところわずか七葉。現存「定家本」完本たる実践女子大学本に徴して、61番歌以降の後半部しかないため、断簡がもともと『紫式部集』の完本であったか否かという不安はなきにしもあらずではあるが、残存情況が、

a 断簡「61詞書・歌／62詞書」

b 断簡「63詞書・歌／64詞書・歌／65詞書」

c　断簡「67詞書・歌」
d　断簡「86詞書・歌」
e　断簡「87詞書・歌／88詞書」
f　断簡「106歌／107詞書・歌／108詞書・歌」
g　断簡「122詞書・歌／123詞書・歌」

と飛び飛びながらも後半全体におよんでいるかに見える情況からすれば、断簡はもと完本かそれに近い形態のものであったと推定してほぼまちがいないだろう[1]。

しかしながら、断簡あるいはその原態の冊子本がどのように伝来したか、どのような情況のもとで古筆切になったのか、これまでまったく検討されず、不明とせざるをえない研究情況であった。紫式部の作品とはいえ、『紫式部日記』と同様に『源氏物語』ほどには古い伝本にめぐまれず、したがって、伝流史・享受史の研究が極端に手薄になっているのが『紫式部集』なのである。

しかも、右のような情況であるからこそ、というべきであろうが、いったん「定家本」から離れても、『紫式部集』自体が中世においてどのように伝流し享受されたのか、勅撰集入撰歌の典拠のほかには確かな記録を見出そうという努力も、これまではさほどなされたことがなかった。

たとえば、つぎのような事例はどうだろうか。

『河海抄』は、いったん貞治年間（一三六二〜一三六七）に中書本ができたあと、嘉慶元年（一三八七）〜応永元年（一三九四）のころに増補本である「覆勘本」が成立したと推定されている[2]。天理図書館蔵文禄五年（一五九六）書写本『河海抄』巻一五に、

かりがゐしなはしろ水のたえしよりうつりし花のかげをだにみず

「鴈が」の「が」の字は定事也。「かりがね」といふ定也。万葉にも「鳥がなくあづま」といへり。紫式部が集に

いづかたの雲ぢとしらばたづねましつらはなれけんかりが行ゑを

とある。傍線部に注目していただきたい。幻の巻、前年に紫の上をうしなった寂寥に堪えきれなくなった源氏が、慰藉をもとめて女性たちを歴訪する。その来訪を受けた明石の君の歌が「かりがゐし……」。『河海抄』が「かりが」の用例として引く「いづかたの……」は、まさしく『紫式部集』39番に該当する（定家本・古本ともに同じ）。

ただしわずかに本文異同あり、二句「きかは」を榊原本のみ「きか」をミセケチ「しら」と訂する。四句「つらはなれけん」を古本系の陽明文庫本・橘常樹本（中田剛直旧蔵）のみ「つらはなれたる」とする。一見、既知の諸本と異なる本文によって『河海抄』が書かれたかと見えるが、当該本を底本とする角川版の活字本(3)には「紫式部が集に」の「集に」に「〔不本哥に真本哥ニ云〕」と校異を示しており、『河海抄』本文としては「紫式部が歌」が本来の形と思われるのである。ちなみに稿者の手近にある実践女子大学黒川文庫本（寛正六年〈一四六五〉写、文明四年〈一四七二〉校合の本奥書あり）は末流の江戸後期の写本ではあるが、これにも「紫式部哥」とある。

当該歌「いづかたの……」は、『千載集』巻九・哀傷歌五六四に収められていて、『河海抄』所引本文と同じ。こと『河海抄』の典拠に関するかぎり、『紫式部集』本文伝流の問題とは直結しないということになる。博索の努力を惜しむべきではなかろうが、『紫式部集』伝本の書承関係で良質の資料を見出せていない、というところが現状ではなかろうか。

## 二　《定家自筆本Z》の存在

『紫式部集』の研究史のなかで中世における伝流が記録類で確認されることは近年までなかった。それは専門の領域のちがいもあったろうし、また右にふれたように、伝流史・享受史の研究が手薄であったことにもよろう。ただしかし、三条西実隆（一四五五―一五三七）の日記『実隆公記』の天文三年（一五三四）に定家本『紫式部集』の名を見出すことは、早く一九七二年に井上宗雄『中世歌壇史の研究　室町後期』によって指摘されていた。のち一九九三年に木藤才蔵、一九九五年に宮川葉子が追随してようやく知られることになった事実[4]だが、中世の歌壇の情勢を俯瞰するのに井上の書が必須の文献であることを鑑みれば、当該分野の研究者が放置していたことは、けっしてほめられることではなかったのだ。

『実隆公記』天文三年（一五三四）閏正月二一日条には、このように記されている。

廿一日、戊戌(子)、天気和暖、行水、念誦、午後周桂・宗牧、伊勢山田者――可対面之由申来之間、召前謁之、献折帋、百疋、不慮事也、紫式部集定家卿□、新写事誂周桂了、（後略）

（天気和暖なり。行水、念誦。午後、周桂・宗牧、伊勢山田なる者――〈なにがし〉と対面すべき由申し来たるの間、前に召しこれに謁す。折紙百疋を献ず。不慮の事なり。紫式部集〈定家卿□〉新写の事を周桂に誂へ了んぬ）

実隆は、常日頃出入りしてさまざまな雑務を弁じてきた連歌師周桂に『紫式部集』の新写を「誂へ」たというのである。「定家／卿□」の欠字について、続群書類従完成会版の活字本に「筆」と推定していて、これは妥当なものであろう。——とすると、実隆の手許に天文三年段階で定家自筆本『紫式部集』が存した、という重大な事実を示すことになるわけである。

さらに『実隆公記』同年二月一〇日条には、その末尾に、

　紫式部集周桂書之持来、自□、高野詣日記令見之、

　（紫式部集、周桂これを書きて持ち来る、□……）

とある。閏正月二一日に貸与された定家自筆本を、周桂がこの日返却したということである。

ここで当然考えなければならないのが、定家筆断簡の原型たる「定家筆紫式部集」と『実隆公記』のそれとの関係である。

『紫式部集』の伝流については旧稿で、定家筆断簡の本来の冊子体を《定家自筆本X》、実践女子大学本の祖本「京極黄門定家卿筆証本」を《定家自筆本Y》と仮称したことがある(5)。いまその称をふたたび用いるならば、伊井春樹・小松茂美の両者には(6)、現存断簡の原型と実践女子大学本の親本と二種類が存したとする見解があり、つまり《定家自筆本X》≠《定家自筆本Y》だというのである。それに対し、現存断簡・実践本を対比するかぎり、表記の差こそあれ、本文異同というべきものは誤写の範囲のものでしかない。したがって、果たして《X》≠《Y》は確定的といいうるのか、あるいは遡源すれば、その二種に径庭はなく、つまり《X》≒《Y》、あるいは《X》＝《Y》の可能性も無視できないのではないか、と説いたのが稿者・横井の旧稿であった。

その議論の当否についての検討はひとまず措いておく。ここで新たに『実隆公記』という信憑性の高い記録に「紫式部集定家卿□」の記載があったのである。この「定家／卿筆」本を、とりあえずどう位

置づけるか、という問題が浮上してきたわけである。いま、あえて《定家自筆本Z》という仮称を与えておこう。

さらにいえば、実隆が依頼し周桂が新写した本のゆくえも、関連する問題として浮上してくる。《定家自筆本Z》に対する《Z'》である。この「周桂本」にその後どのような伝流があった。

そもそも、この周桂、あるいはその人に付随して『実隆公記』に名前が登場してくる連歌師と呼ばれる人たちは、どのような人びとなのか。どのような関連を持つのか、『実隆公記』に具体的な事情が記される以上、『紫式部集』の伝流においてかれらは重要な位置を占めると考えざるをえない。《定家自筆本X》、《Y》、《Z》それぞれの位置づけを論ずる前に、『実隆公記』の記主、三条西実隆の周辺の人物の動きを探る必要があるのではないか。（付表「『紫式部集』伝流関係者生没年一覧表」参照）

## 三　連歌師と『紫式部集』

右のごとくキーパースンと見なしうる周桂（一四七〇―一五四四）は永正一七年（一五二〇）以後『実隆公記』に頻出するようになる。もっとも、『実隆公記』の欠失部分が多く、それに鑑みれば、その数年前ころから実隆の許に出入するようになったかと推定されている。やがて年貢の取り立てなどの三条西家の家計に関わる仕事に勤仕するうちに、より親密になったとも考えられているが、もともとは師の宗碩に伴われて参上するようになったのが機縁ともいわれている。[6]

宗碩（一四七四―一五三三）は、生没年を見てのとおり、周桂よりも年少ではあるが、周桂が中年に至るまで九州に在住だったため、上京して宗碩を先達として仰ぎ、師事したのである。

宗碩は天文二年（一五三三）九州の地で客死しているが、西国には縁が深かったようで、請われて『源氏物語』講釈をおこない、その聞書が残されていたという証言がある。天理図書館蔵・三〇冊本

『紫式部集』伝流関係者生没年一覧表

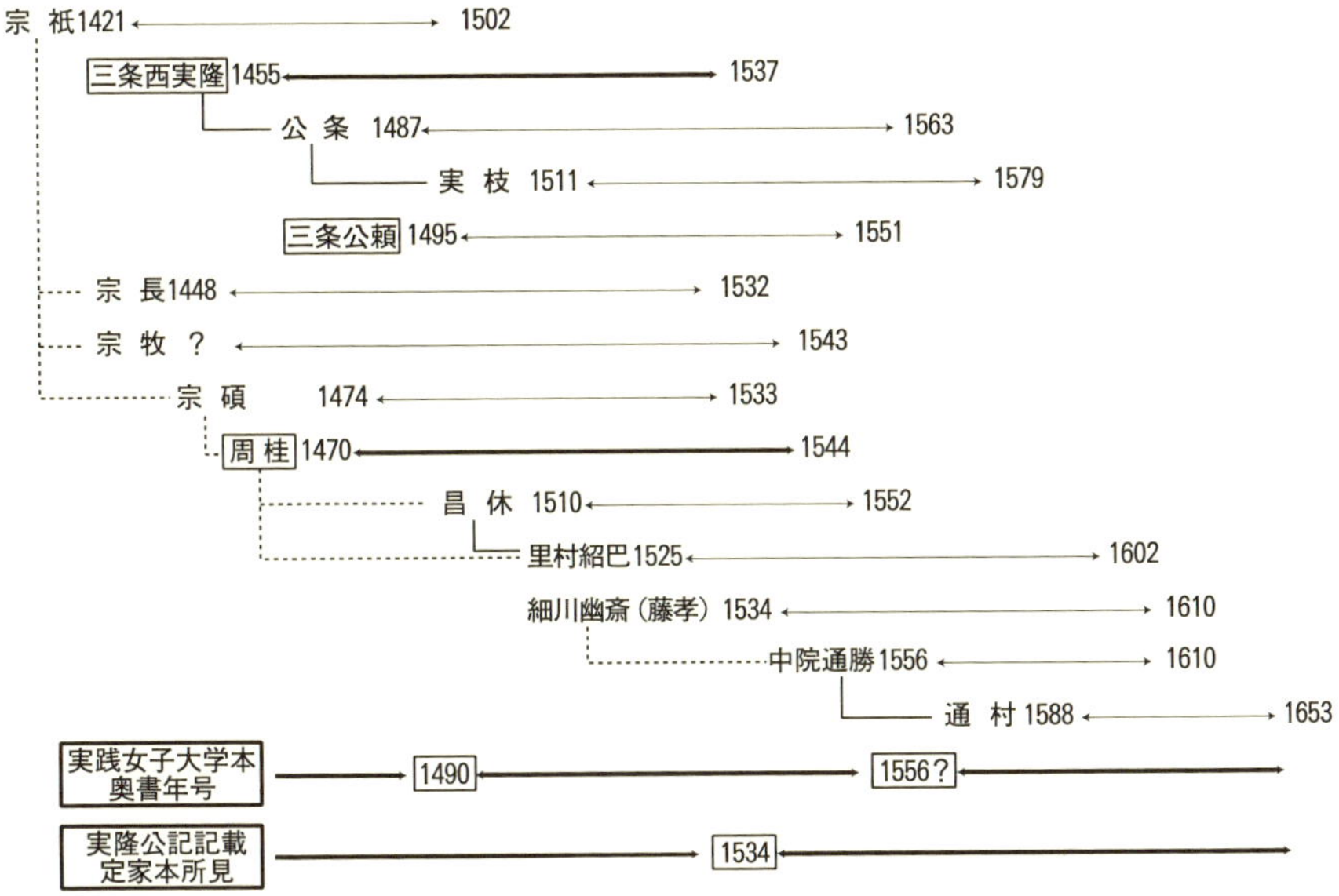
宗 祇 1421 1502
三条西実隆 1455 1537
公 条 1487 1563
実 枝 1511 1579
三条公頼 1495 1551
宗 長 1448 1532
宗 牧 ? 1543
宗 碩 1474 1533
周 桂 1470 1544
昌 休 1510 1552
里村紹巴 1525 1602
細川幽斎（藤孝）1534 1610
中院通勝 1556 1610
通 村 1588 1653
実践女子大学本 奥書年号
1490
1556？
実隆公記記載 定家本所見
1534

『源氏物語』（九一三・三六―イ一四七）は大庭賢兼（宗分）・藤原護道（ともに毛利家臣）の筆写によって詳細な奥書が付せられていて、その伝流と周辺事情についての貴重な資料となっている。かつて実践女子大学本『紫式部集』(7)の奥書年紀の、いわゆる延長年号の実例のひとつとして引いたことがあったものである。その第一冊・桐壺の巻尾の奥書に次のようにあった。

右以正徹自筆青表紙本挍合之証本一挍訖句切自元在之
永禄十年六月朔日　　加賀守平賢兼
此一巻以冷泉民部卿入道宗清御奥書御自筆御判証本
重而令挍合加朱書者也自元亀三二朔始之
右以原中最秘鈔類字源語抄千鳥加海殊去永正拾
三年度於防州山口県陶安房守弘詮所宗碩法師講
尺聞書等自今日読合之引哥漢語以下書加之而已
元亀四暦五月朔日始之　大庭加賀前司入道宗分（花押）
這一帖事河海抄花鳥余情一葉抄之諸説
集以写加之仍至今度遂三挍之功者也
于時天正八年龍集庚辰衣更着十八日　任弄叟宗分五十八歳書之　（花押）　（傍線、横井私意）

（右、正徹自筆〈青表紙本を校合す〉の証本を以て一挍し訖んぬ〈句切元より之れ在り〉
　永禄十年六月朔日　　加賀守平賢兼
此一巻、冷泉民部卿入道宗清御奥書〈御自筆／御判〉の証本を以て、／重ねて令挍合せしめ朱書を加ふる者也〈元亀三・二・朔より之を始む〉。／右、『原中最秘鈔』『類字源語抄』『千鳥』『河海』、殊に去んじ永正拾／三年の度、防州山口県陶安房守弘詮の所に於ける宗碩法師の講／尺の聞書等を以て、自今日より之れを読み合せ、引哥・漢語以下を書き加ふるのみ。
元亀四暦〈一五七三〉五月朔日之れを始む。　大庭加賀前司入道宗分……下略）

これを要するに、永禄一〇年（一五六七）に正徹本、その後も冷泉入道宗清奥書本との校合を果たし、『原中最秘鈔』以下の諸注釈を引用注記し、そのなかには去る永正一三年（一五一六）に連歌師宗碩が陶弘詮の所望によっておこなった講釈の聞書をも書き加えた、という徹底したもので、元亀四年（一五七三）五月一日、第一冊・桐壺の巻がテキストとして完成した、というものである。

いうまでもなく宗碩の源氏学は師・宗祇の流れを汲むものであり、延いては出入りする三条西家学のそれでもあった。周桂は宗碩について学びつつ古典の教養を深めたわけであり、その縁でまた天文三年の『紫式部集』書写の依頼につながったと見ることができよう。

この周桂が書写のために貸与されていた「紫式部集定家卿□」——ここでいう《定家自筆本Z》は、翌月一〇日に実隆の許に返却されているが、大名などの所望に応じるためであったのか否か、その後のゆくえはどうなったのかわからない。欠脱が多いせいか、『実隆公記』にその名は見えない。

現在宮内庁書陵部に三条西家旧蔵本『紫式部集』が蔵されている。「三条西家本」と略称されているのがそれである。南波浩の解題によれば、「本文は定家本系第一種の実践女子大学本・瑞光寺本に最も近く、この二本に次いで誤文の少ない善本」と評されている。(8) 案外知られていないことのようだが、「もとは三条西家本として有名な「和泉式部日記」と合綴されていたが、昭和廿四年、書陵部蔵となって後、切り離して改装され、単独本となっている」——と。さらに、吉田幸一によって「両書は、紙質も書型も異にしてゐたから、便宜の合冊だつたのであらう」(9) とはいわれるものの、「その筆跡は三条西家本「和泉式部日記」と同筆」（南波）であるともいわれている。さらに吉田は「和泉式部日記の書風には軽快な若さがあり、それは明応六年（一四九五）九月書写の新撰菟玖波集（平瀬家旧蔵本）よりも更に若書きを思はせるので、三十代前半以前の書写本か」と推定する。当否について、いまの段階では判断する材料がないので、この意見に依拠するならば、次のような推理が成り立つのではないか。

――実隆は「三十代前半」に定家自筆本『紫式部集』を書写した。その親本（書本）となったのは、現・実践女子大学本の書本と（おそらく）同一の本であった。仮称《定家自筆本Y》である。実隆書写本は、その後公条以下三条西家に相続され、近世に入って献上されたかして禁裏文庫を経て書陵部に収められた。――

しかし、いったんそう推理はできたとしても、疑問点や問題点いくつも浮上してくる。のちに天文三年の段階で所持していた「定家卿筆」つまり《定家自筆本Z》と右の書本は同一か否か、そして現存断簡の原型《定家自筆本X》との関係は如何、という具合に。

またさらに、『実隆公記』天文三年条をめぐってすぐに想到されるであろう点として、実践本と周桂書写本の接点の有無が気になる、ということである。要するに、両者に接点はないのか、ということである。しかし、実践本の奥書を信頼できるものと仮定すると、その年紀は延徳二年（一四九〇）と天文廿五年（一五五六?）。一方、周桂本の書写は（一五三四）。接近はするものの、両者が重なりあう部分はほとんどない。

周桂本のゆくえも不明であり、比較対照して実隆所持の《定家自筆本Z》をあきらかにする方途に乏しいといわざるをえない。ただしかし、《Z》の実態がわからないからこそ、《定家自筆本X》＝《Z》の可能性が残されていることにはなるわけである。そして、実践本が《定家自筆本Y》の面影

を留めているとするならば、現状で判断しうる《X》と《Y》との微妙な差異によって、

《X》≒《Z》≠《Y》

という関係式が成り立つのかも知れない。これはあくまでも憶測の域を出ない。

事情をややこしくしているのは、室町後期という時代がなせるわざなのかもしれない。この時代はすでに藤原定家の「権威」がほぼ確立している時期であって、「定家自筆本」への憧憬と親昵は、連歌師のような地下の人びとも、実隆のような堂上の公家も大名たちにも、並行して高まっていたと考えられる時期でもある。

『実隆公記』によれば、享禄元年(一五二八)閏九月一〇日、久しく訪れがなかった周桂を呼び出したところ、

定家卿千載集透写本令見之、

(定家卿〈筆?〉の『千載集』透写本を見せしむ)

とあり、定家筆『千載集』(現存せず)の透写本——おそらく周桂自身の書写本であろう——を実隆が見せられた、という。また、享禄三年(一五三〇)一二月八日、茶人として有名な(そして、この頃連歌の勉学に勤しんでいた)武野新五郎が訪問し、「八雲抄/釈名抄」の銘(写本の題簽)執筆を請われた際、手土産とともに、

定家卿色帋表背絵結構令見之、

（定家卿色紙の表背絵の結構を見せしむ）

と定家の「色帋」（小倉色紙であろうか）を見せた、という。新五郎、のち俗体をすてて「紹鷗」と称し、こちらの名の方で歴史に名を残している。こうした記事からは連歌師のなかでは、すでに定家人気があったのであろうことがわかる。そして、享禄五年（一五三二）五月の条、

廿六日、甲戌、六月節、

武野入道紹泡一壺・瓜携之来、千載集定家卿筆持来、索麵賜盃、（後略）

（……武野入道紹泡、一壺・瓜を携えて来たる。『千載集』定家卿筆〈本？〉を持ち来たる……）

とあり（「紹泡」は「紹鷗」の誤り。実隆が聞き誤ったまま表記したか。実隆、当時七八歳）、さきに周桂の所持していた透写本のおそらく親本——定家自筆本『千載集』を実隆が実見することを得た、それをわざわざ日記に記す価値のあるものであったということなのである。井上宗雄が「当時の善本は多く連歌師の発掘による」(10)と評価するのもむべなるかな、の感がある。

## 四　陽明文庫本の中世へ

さて、「紫式部集の中世」という命題をたてた場合、実践女子大学本と関わりで「定家自筆本」が論じやすいこと、室町後期の情勢はこれまで述べたとおりである。いわば、「定家本の中世」であった。「陽明文庫本の中世」についてはどうだろうか。

現在の陽明文庫本再検討の契機を作ったのが、廣田收の論考だった。それにはこういう一節があった。

なお名和修氏の教示によると、『紫式部集』の本文は、陽明文庫蔵『桧垣嫗集』『九条右丞相集』『猿丸太夫集』『菅家集』などの表紙題字と同筆。また本文は、同文庫蔵『桧垣嫗集』『九条右丞相集』『猿丸太夫集』の本文と同筆。また、同文庫蔵の『三十六人集』は寄合書で、題字は近衛信尹の筆とは別筆と見られるが、その内『赤人集』『遍昭集』『敏行集』『頼基集』などの本文とは同筆である。いずれにしても『紫式部集』は他の歌集とともに、江戸初期に書写、整理されたものとみられる。

これは『紫式部集大成』に陽明文庫本の影印を掲載するにあたって付せられた解題論文[11]として書かれ、のち右の一節をふくむ書誌記事が『『紫式部集』歌の場と表現』（笠間書院、二〇一二年一〇月刊）の第四章「『紫式部集』の研究史」の冒頭に再録されている。

この廣田の指摘に敷衍して、横井は、近衛信尹（一五六五―一六一四）の周辺で集中的な書写活動があり、それは後陽成・後水尾・後西・霊元という、中世末から近世初期の歴代の天皇による禁裏文庫の充実期――典籍の蒐集活動――と重なりあうことを論じた。それが先出の旧稿である。

ただし、旧稿はもうひとつ依拠した論があって、それが久保木秀夫の研究[12]であった。

江戸初期に禁裏周辺にあった私家集その他（記録・物語等々）の副本が多量に書写され、官庫に収められて禁裏文庫の重要な一部を占めている、という事実がまず指摘され、万治四年（一六六一）正月一五日の禁裏火災で正本が多く焼失したにもかかわらず、生きのびた副本のおかげで正本の復元が可能だ、という。さらに久保木は、陽明文庫本『紫式部集』が廣田が指摘するように、他の私家集と同じ体裁でセットをなしていて、なおかつ万治四年の焼失以前の副本の体裁と一致している、ということから敷衍して、

これら四点（『桧垣嫗集』『九条右丞相集』『猿丸太夫集』『菅家集』）の陽明文庫本と同時期写・同体裁の禁裏文庫本を親本としていた可能性が俄然高まってくるようである。(13)

と指摘する。ただし残念ながら、「他の四作品と違い、紫式部集に関しては、禁裏文庫本の副本たる御所本が……伝わっておらず、……御所本を介する形で確認することができない」のである。

しかし、陽明文庫本を検討するうえで重要なヒントを与えてくれる本が、ほかにあった。資料部蔵桂宮本の一本（桂宮本甲本ともいう。所蔵函架番号「特・四七」）、南波浩のいうところの「也足叟素然本」の存在である。該本には、

此一冊自三条羽林実条朝臣伝領之於筆
者故中将公陸《ミチ》朝臣也〈三光院内府二男歟 十四歳而卒去 母廓然院入道内府公兄公女〉
幼年之時之所為歟仍聊録事状了
此本端八行者称名禅府筆也
也足叟素然
元和六後臘仲一以官本一校了

（此の一冊、三条羽林実条朝臣より伝領す。筆者に於いては故中将公陸朝臣なり〈三光院内

府二男か。／十四歳にして卒去す。／母は廓然院入道内府公兄公の女。幼年の時の所為か。
仍って聊か事の状を録し了んぬ。　也足叟素然。

此の本の端八行は称名禅府の筆なり。

元和六（一六二〇）後朧仲一、官本を以て一校し了んぬ

という奥書があり、素然（中院通勝）の名とともに、三条西家歴代の名（称名禅府公条――三光院実枝――故中将公陸朝臣／〔公国〕――三条羽林実条朝臣）が出てくるので、同家にあった本であり、由緒ある本であることは間違ない。さらに「此の本端八行は称名禅府の筆なり」とあり、公条（一四八七―一五六三）自筆部分があるということは、かろうじて「中世」の領域に足をかけた本でもある。

ところが、また錯綜しているのは、この本が古本系に属する一本で「陽明文庫本と同じ内容」（南波）ということなのだ。さきに問題にした《定家自筆本Y》だとか実隆所持《定家自筆本Z》とはまた別物だということなのである。つまり三条西家には定家本系も古本系も伝本があったということになる。

ここで重要なポイントといえるのは、「素然本」自体が陽明本と直結し、同一の様相を示すということではないだろう。問題はもうすこし重層している。つまり、

①　南波浩の指摘によれば、素然本には「イ本」と校合の箇所が五五箇所あり、そのうちの五二箇所が陽明文庫本本文と一致する。その事実から、「也足叟本が校合に用いた「イ」本＝官本は、陽明文庫本に比較的近い本文をもつ古本系の一伝本[14]」だったと評価している点がまず第一。

②　南波が「イ」本が、陽明文庫本そのものではなかったという相違点は、久保木秀夫によれば「当該本が、禁裏文庫本からの転写本であるために生じた現象[15]」と修正した点が第二。

特に、この二人の指摘①②をつきあわせることによって、陽明文庫本はますます禁裏文庫本（焼失）に肉迫することになるのではないか。

## 五　禁裏・冷泉家をめぐる情況

ここではもう、陽明文庫本は禁裏文庫本からの転写本であった、と断定してよいだろう。だとすれば、禁裏文庫本の本文はどこまで時代を遡ることができるのか。残念ながら、『紫式部集』に関するかぎり直接の証拠となるような記録・文書は見つかっていない。間接的な情況から類推するほかは、今のところない。

その「間接的な情況」というのにヒントになりそうなのが、天皇と侍臣による度重なる書写活動の模様である。

冷泉家九代・上冷泉為満（一五五九―一六一九）は、四条隆昌（為満の実兄）・山科言経（為満の姉の夫）とともに正親町天皇の――原因はいろいろ取りざたされていて、宮中の女房に手を出したとか、所領のことで朝廷と対立したとか諸説あるだが、それはともかく――勅勘をこうむって京から出奔していた。この為満は、勅免を得るために豊臣秀次・細川幽斎・徳川家康ら有力な武家たちに働きかけ、その代償として、冷泉家伝来の貴重書――特に定家自筆本を見せたり、相手からの請求に応じて冊子から切り取って古筆切にしたりなどもしたらしく、ついに徳川家康には定家自筆本『僧正遍昭集』を譲渡したことが、『言経卿記』文禄三年（一五九四）九月二〇日条に記されている。

一、江戸亜相へ八時分ニ罷向了、冷・梅庵（大村由己）同道了、……次夕飡相伴了、次奥ノ座敷
亜相・予・冷泉・梅庵等ニテ冷家伝三代集定家卿筆被見了、奇特被感了、……又僧正遍昭家集定家卿筆、

亜相へ被進了、事外祝着也、冷可相抱之由直談也、

こうして、貴重な代償を払った結果、慶長五年（一六〇〇）四月、徳川家康の取りなしによって、冷泉為満は後陽成天皇（一五七一—一六一七、在位一五八六—一六一一）の勅免をえた。その直後の五月六日、『言経卿記』によれば、為満は勅免の御礼言上の参内をした際、献上品に馬や太刀のほかに「先拾遺愚草三冊定家卿筆、被懸御目」とあったという。その後『拾遺愚草』は為満に返却されたらしいが、帰参がかなった見返りでもあったのか、翌慶長六年より冷泉家本の書写と献上をうながし、天皇は和歌関係の蔵書を急速に充実させていった。[16]

中世から近世への動乱期にあって、典籍の散佚、断簡化、書写活動といったことは冷泉家に限ったことではなく、蔵書をかかえるどの家でも共通する問題だったのであろうが、冷泉家の蔵書の規模と記録が集中していることもあって、当家を象徴的な存在と考えざるをえない。為満の後、上冷泉家には為頼（一五九二—一六二七）、為治（一六二六—一六五〇）、為清（一六三二—一六六八）と、短命の当主が続いたことも事態の混乱の原因になったようだ。この間の事情を藤本孝一は次のように解説している。

次に当主になったのは二歳の為治である。幼い当主の後見人になったのは、為満の次男で藤谷家を創立した叔父為賢であった。……為賢は御文庫の管理にあたっていた。さらに、為治が慶安三年（一六五〇）十月二十三日に二十五歳の若さで亡くなると、五十八歳の為賢は二十歳の子息為清……を冷泉家の養子にして継がせた。このような状況下で、為賢周辺で『明月記』の間《あい》批《へ》ぎが行われた。

さらに、為賢は御文庫の古典籍も取り出して、人手に渡していた。……[17](下略)

このために、将軍徳川秀忠の奏請により「御文庫を封印することを朝廷へ申し入れたことが、勅封の起こり」だという。そうして流出をふせぐ一方で、歴代の天皇――特に後西・霊元両帝――の発意で冷泉家の歌書が集中的に書写されていることが酒井茂幸によって報告されている。[18] 後陽成・後水尾両帝の築きあげた禁裏の蔵書群の多くが万治四年(一六六一)正月一四日の火災によって焼失したあと、その補填が喫緊の課題とされたのだろう、万治・寛文年間に後西天皇によって緒に就いた事業は、次代の霊元天皇によって本格化し、天和二年(一六八二)、貞享二年(一六八五)と、とくに冷泉家本の集中的な書写がおこなわれ、近臣を動員するだけでなく天皇自身も筆を執っているようすが記録されている。後者、貞享二年の場合、東園基量の『基量卿記』四月一五日条には、

一、従冷泉家文庫書籍三百廿冊余定家為家為相卿俊成行成卿寂蓮西行等筆也為書写被召、自明日、諸家中可被触由也、

(冷泉家文庫より書籍三二〇冊余〈定家・為家・為相卿、俊成、行成卿、寂蓮・西行等の筆なり〉書写のため召さる。明日より、諸家中に触るべき由なり)

とあり、『中院通茂日記』の翌一六日条にも、

四月十六日、晴、有召参　内、冷泉家哥書召御覧、三百部斗、被仰付書写云々、予周防内侍可書写之由仰也、俊成卿筆也、其後退出、……

(……召しありて参内。冷泉家の歌書召して御覧ず。三〇〇部ばかり、書写仰せ付けらると

云々。予、『周防内侍（集）』書写すべきの由の仰せなり……）

と見えている。両日記に「三百廿冊余」「三百部斗」と無視しがたい微妙な差があるが、いずれにせよ、相当な部数が書写のために借り出されたことはまちがいない。さらに『中院通茂日記』同一七日条には、書写にあたることになった近臣の一覧があげられているが、ここでは省略したい。

ただ、ここで何とももどかしいのは、肝心な『紫式部集』の名が記録類には見出せないことなのである。大部の貴重な影印を江湖に提供してくれた「冷泉家時雨亭文庫叢書」は現在までに第一期〜第六期を経、全八六巻（別巻二冊を含む）のラインナップは錚々たるものである。しかし、刊行が見送られた書目もないわけではないらしいものの、[19] 定家自筆本であろうが非定家本であろうが『紫式部集』が現在の冷泉家に存在するという話は、残念ながら関係者の口から聞いたこともないのである。その現実と近世の記録類に『紫式部集』の名が登場しないことと関係があるのだろうか。

古筆切原型本《X》といい実隆所持本《Z》といい、早くから定家自筆本が冷泉家の手から離れていたと見るべきだろう。では、藤原定家が「定家本」を編集する以前の本はどうだったのか。現在諸家の見解では、この「定家が「定家本」を編集する以前の本」により近い形態の現存本が「古本系」だということとなっている。「古本系」の代表的本文が陽明文庫本であることは言を俟たない。定家の手許――あるいは手近にあった『紫式部集』は、その後どのような「中世」を通り過ぎたのか。

時雨亭の現状を見るかぎりでは、「定家が「定家本」を編集する以前の本」も冷泉家の手から離れたと見るべきなのだろう。「その後」の手がかりは、やはり陽明文庫本と絡めて考えざるをえないのではなかろうか。

二〇一三（平成二五）年三月二六日に陽明文庫を再訪、再調査したところでは、『紫式部集』の本文は、まさしく前節の引用にあった廣田の指摘するとおり、「同文庫蔵『桧垣嫗集』『九条右丞相集』『猿丸太夫集』の本文と同筆」であり、また、同文庫蔵一〇冊本「三十六人集」中の第四冊が『家持集』『赤人集』『業平集』『遍昭集』『素性集』『友則集』の合綴本で、ふたりの書写者による「寄合書」であった。うち、家持・業平・素性・友則が近衛信尹の筆、赤人・遍昭が『紫式部集』書写者と同筆と見なされるものであった。

ごく最近の蔵中さやかの研究[20]によれば、『紫式部集』をはじめとする一群の筆者は、大蔵少輔・進藤長治であることが判明した。長治は近衛家の家士であり、文禄三年（一五九四）から五年（一五九六）の信尹の薩摩配流に同行するほどの側近であった。陽明文庫所蔵の『宋雅百首』ほかの歌集の多くを信尹とともに書写しているという。ことの経緯と詳細は、氏の論に拠られたい。

**注**

（1）横井孝「定家本『紫式部集』と定家筆断簡――実践女子大学本の現状報告・二」（実践女子大学文芸資料研究所『年報』第三一号、二〇一二年三月）に、表題の両者を比較、分析した。

（2）伊井春樹『源氏物語　注釈書・享受史 事典』（東京堂出版、二〇〇一年九月刊）。

（3）山本利達・石田穣二校訂『紫明抄　河海抄』（角川書店、一九六八年六月刊）。

（4）井上宗雄『中世歌壇史の研究　室町後期〔改訂新版〕』（明治書院、一九八七年一二月刊）。元版一九七二年一二月刊。木藤才蔵『連歌史論考　増補改訂版』（明治書院、一九九三年五月刊）。宮川葉子『三条西実隆と古典学』（風間書房、一九九五年一二月刊）。木藤の元版には実隆所持の「紫式部集定家卿□」の記載はなかったが、井上の〔改訂新版〕が出たのち、増補改訂版に「定家筆紫式部集」の記述が年表に

「増補」された。井上の「発見」のプライオリティを銘記すべきであろう。

(5) 横井「形態と伝流から『紫式部集』を見る」(『中古文学』第八五号、二〇一〇年六月)。

(6) 伊井春樹「定家筆紫式部集切と大弐高遠集切」(『日本古典文学会々報』第九七号)、小松茂美『古筆学大成』第十九巻(講談社、一九九二年六月刊)。

(7) 横井「実践女子大学本『紫式部集』奥書考――年紀への疑惑をめぐって――」(『国語と国文学』第八四巻第一号、二〇〇七年一月)。

(8) 南波浩『紫式部集の研究 校異篇 伝本研究篇』(笠間書院、一九七二年九月刊)。

(9) 吉田幸一『和泉式部研究 一』(古典文庫、一九六一年一〇月刊)。

(10) 井上、前掲注(4)書、二九八頁。このあたり連歌師の動向については本書に多く依存している。

(11) 廣田收「陽明文庫蔵『紫式部集』解題」(久保田・廣田・横井編『紫式部集大成』笠間書院、二〇〇八年五月刊、所収)。

(12) 久保木秀夫「万治四年禁裏焼失本復元の可能性――書陵部御所本私家集に基づく――」(吉岡真之・小川剛生編『禁裏本と古典学』塙書房、二〇〇九年三月刊)。

(13) 久保木秀夫「陽明文庫本紫式部集の素性」(『特別展示/近衞家陽明文庫 王朝和歌文化一千年の伝承』図録、国文学研究資料館、二〇一一年一〇月刊)。

(14) 南波、前掲注(8)書、三七六頁。

(15) 久保木、前掲注(12)稿、一一四頁。

(16) この一連の冷泉為満の事件と典籍の動向については、井上、前掲注(4)書、林達也「後陽成院とその周辺」(近世堂上和歌論集刊行会編『近世堂上和歌論集』明治書院、一九八九年四月刊、所収)、酒井茂幸『禁裏本歌書の蔵書史的研究』(思文閣出版、二〇〇九年一一月刊)、藤本孝一『本を千年つたえる――冷泉家蔵書の文化史――』(朝日新聞出版、二〇一〇年一〇月刊)を参照した。

(17) 藤本、前掲注(16)書、一八〇～一八一頁。文中の「間批《あいへ》ぎ」とは「一枚の紙の表と裏を剥がして二枚に分離する技術」(同書一八〇頁)。

(18) 酒井茂幸「江戸時代前期の禁裏における冷泉家本の書写活動について」(吉岡・小川編『禁裏本と古典学』塙書房、二〇〇九年三月刊、所収)。

(19) 岩坪健『源氏物語の享受――注釈・梗概・絵画・華道』(和泉書院、二〇一三年二月刊)「あとがき」。冷泉家時雨亭文庫蔵『花鳥余情』が叢書に入る予定だったものの、途中で外された由が八一五頁に書かれている。

(20) 蔵中さやか「陽明文庫蔵宋雅百首に関する考察」(『国語国文』第八二巻第一一号、二〇一三年一一月)。なおこれに先立ち、「陽明文庫蔵『宋雅百首』奥書をめぐって」(第一五回陽明文庫古典資料研究会、二〇一二年九月一五日)「陽明文庫蔵宋雅百首について」(平成二四年度和歌文学会第五八回大会・発表資料、二〇一二年一〇月一四日)の発表があった。陽明文庫・名和修文庫長の教示による。また、廣田收を介して蔵中より資料の提供があった。記して両氏に謝意を表したい。

(横井　孝)

# 9 鼎談 『紫式部集』研究の現状と課題 Ⅰ

会場・同志社大学　徳照館２F　共同利用室
日時・二〇一二年九月一〇日（月）・一一日（火）

## 実践女子大学本からの眺望

**廣田收（司会）**　この三人がいつも集まって勉強するというのも、『紫式部集大成』（笠間書院、二〇〇八年五月）の準備から刊行まで、苦労をともにしてきたということが、そもそもの出発点です。

　次の作業の進行にあわせて、現在、『紫式部集』研究にはどのような問題があり、またこれからどのような問題があるのか、ここで一度整理しておいてはいかがかと思います。

廣田　收

　そこで、まことに羨ましいことですが、いつも『紫式部集』の貴重な伝本である実践女子大学本のそば近くで調査・研究を続けておられる横井さんから、まず口火を切っていただければ幸いです。すでに横井さんは、実践女子大学本の奥書の謎について、何度か論文を書いておられますが、この奥書について今、どのように御考えですか。

**久保田孝夫**　横井さんのところで黒川文庫の座談会（「座談会「黒川文庫の過去・現在・未来」」実践女子大学文芸資料研究所『年報』第三〇号、二〇一一年三月）をやった時、久保木秀夫さんが、陽明文庫本の位置づけのところで、あれは禁裏本だろうと言っていました。時雨亭文庫などを調べて行くと、どうも陽明文庫の祖本は、冷泉家あたりまで、つまり鎌倉時代まで遡れるんじゃないだろうか。となると実践女子大学本が新しいものに見えてくるんですが。

**横井孝**　今まで書いたことの蒸し返しになって恐縮なのですが、結局実践女子大本のアポリアというのでしょうか、この本については、奥書の摺り消し、「天文廿五年」というものが、最後まで付いて回るような気がします。

　話が脇にそれるようですが、今年（二〇一二年）の七月、東京立川の国文学研究資料館で、その時購入予定だった『源氏物語』の新しい写本について縁あって、拝見したことがありました。近世初期とおぼしき写本で、全四十五冊（九冊欠）。奥書が各巻にあって、「天文十六年丁未正月廿五日／蒲池近江守鑑盛（花押）／右筆以泉（花押）」といったような内容です。その各巻の奥書の干支のところと書写者、所蔵者の名前のところに摺り消しがあるのです。――この天文十六年の「丁未」の「丁」の部分ですね。書写者は祐筆《ゆうひつ》の以泉とかという人らしいのですが、ところが、明石巻のところだけ、「近江守」の「近江」が摺り消されていて、「武蔵守」になっている。で、この奥書は、書写奥書のように見えるけれども、どうも本奥書なのではなかろうか、と。――そう考えてみると、思い当たるのが実践女子大本なのです。その奥書、「天文廿五年」の、「五」のところが摺り消しになっているのと思い合わせられるんですよね。前々から慶応大学斯道文庫の佐々木孝浩さんから注意されていて、実践本の奥書は、どうも全体が本奥書なのではないか、だから奥書を掘り下げても、あまり意味がない、という教示を受けたことがあります。ただ、私が今までこだわっているのは、「廿五年という存在しない年紀が書いてあるから信用できない」という論理は、ちょっとおかしいのではないかという、部分についての異議申し立てなんですよね。

久保田　孝夫

「天文廿五年」というのは、ほんとうに存在しないのか。理論上はありえたんじゃないか、ということを「実践女子大学本『紫式部集』奥書考」（『国語と国文学』一九九九年三月号）に論じたことがありました。

**廣田**　この年紀の問題については以前、横井さんに、「天文廿五年」というのは結局、平成の年号なのに、昭和七〇年とか八〇年とかいうことと同じじゃないですかと、申し上げたこともあって、横井さんの御意見に賛成です。その後、私信を送ったときにも、『広辞苑』の第六版（二〇〇八年）の、「天文」の項に、廿四年十月二三日に弘治に改元したとあり、ちょうど年号の変わり目にあたることが指摘されていて、何か意味があるのではないかと御尋ねしたことがあります。古い年号にこだわった意味があるかもしれません。

**横井**　廣田さんがおっしゃるような考え方があるので、「天文廿五年という年紀が存在しないから奥書が信用できない」と短絡するんじゃなくて、写本の全体像から判断すべきであって、部分だけを取り上げてあれこれ言うのは、おかしいのではなかろうかと思います。

佐々木さんの御意見は、資料館が購入した『源氏』の写本を考え合わせても、なるほどと思えることがあって、実践本は江戸初期のある時期に改装されていることはまちがいない。緞子装のものはすべて江戸のものという定評がありますから。ただ逆に言えば、江戸に改装されているということは、本体が若干遡ることになる。

横井　孝

緞子の表紙に題簽が張ってあって、「むらさき式部集」と書かれています。題簽が鳥の子で、本文料紙とよく似ているんですね。それで、以前に田中登さんと久保田さんが実践女子大にお越しになって御覧いただいたときに、お二人が言うには、もともとの表紙は、本文と共紙《ともがみ》で、打付に書いてあった外題のところを、改装するときに切り取って、表紙に貼り付けたのではないか、とおっしゃったんです。実際に実践本の題簽には、上のところに少し墨で汚れたところがあって、お二人のおっしゃることはなるほどと気づかされました。切り取った痕にも見えるので、となると室町の最末期と考えてよいのではないかと、現在のところは考えています。

実践本の伝流ということに関しては、奥書以外にデータがありませんが、考えるヒントは瑞光寺本です。瑞光寺本については南波浩先生が龍谷大学の宗政五十緒さんから紹介され、瑞光寺本の調査に行かれて、瑞光寺本はよい本文だということを『国語国文』一九六七年五月号に書いておられる。あれは非常に良い論文だったと思うのですが、瑞光寺本がどういう成り立ちなのか、見極めて行くと実践本が見えてくる。廣田・久保田お二人の助力があってようやく『紫式部集大成』に解題を書くことできました。あの、瑞光寺開基の元政さんが若いころに書き写されたものだろうと思います。現在の実践本が、当時元政さんの周辺にあって、瑞光寺本がそれを直接写したものだろうと推定しているわけですが、そうすると、元政さんの出自ということを考えると、現在の実践本が昔どこに在ったか、ということがある程度推理できるのではないか、ということを、『紫式部集大成』に書かせていただきました。元政さんの出自からいうと、三条衣棚、桃花坊のあたり、あのあたりにいた松永貞徳、というキィ・ワードが浮かび上がり、元政さんと『紫式部集』との接点が浮かび上がってくるようですね。

あとで集中的に議論になると思いますが、陽明文庫本というのも、前に中古文学会のシンポジウムの報告を『中古文学』第八五号（「形態と伝流から『紫式部集』を見る」二〇一〇年六月）に書かせていただいたのですが、陽明文庫本の出自もかなり明らかになってきつつあります。現存の陽明文庫本は袋綴の大本で、明らかに江戸期のものですが、その元本は、かなり遡れる可能性があるのではないでしょうか。一方、実践本の方に話を戻すと、実践本も京都の地域的に限定されるとすると、ひょっとしたら、定家本とかかわって、冷泉家周辺とどこかしらで細い糸のようなものでつながるか、などと考えています。

そこでどうしても気になるのが、定家筆の断簡のことです。先ほどのシンポジウムでも言及させていただいたし、つい最近、廣田さんのつよいお勧めがあって書いた「定家本系『紫式部集』と定家筆断簡」（実践女子大学文芸資料研究所『年報』三一号、二〇一二年三月）の中で、定家筆の断簡と定家本との関係はどうなのか、定家筆の断簡は影印で確認することのできるのは七枚だけですが、現在の定家本つまり実践本と比較してみますと、表記の若干の違いはあるけれども、本文の違いといえるようなものはほとんどない。となると、「定家筆の証本を以て、一字も違へず写した」という奥書は、ある程度信用できることになり、非常に悩ましい結果になりました。

**廣田**　恐縮です。私が予想して参りました、今考えられる書誌的な問題を全部出していただいたと思います。

ひとつは、奥書をどう見るかということは、どのテキストでも重要な問題で、本奥書の意味合いと書写された奥書、奥書のもってくる意味は違うでしょうから、どう考えるかはひとつの大きな問題です。ただ、ふと思い出しましたのは、松平文庫本は奥書が天文六年になっています。天文という年号のもつ意味、後奈良天皇の時代の奥書のもつ意味はあるのでしょうか。

もうひとつは、横井さんがおっしゃった、書いたものを摺り消すということですが、見せ消ちではなくて、摺り消すということは、どんな意味があるのですか。私は書誌的なことは分からないのですが、それは一般的に行われることなのですか。横井さんの御経験から何か……。

**横井**　二〇〇九年一〇月の中古文学会の『紫式部集』のシンポジウム（於関西大学）のときに、いろんな人をつかまえては、特に奥書のところで摺り消したりする実例はないですか、と聞き回ったのですが、どうもはかばかしい返事がありませんでした。本文ではあるのですが。有名な青谿書屋《せいけいしょおく》本の『土佐日記』、あれは萩谷朴さんが書いておられますが、もとは池田亀鑑さんですが、本文注で、摺り消して、あるいはその上にさらに、薄い紙を張ってあるみたいですが、奥書に摺り消しのある例を集めるのに、苦労したことがあります。中古文学のシンポジウムのときに、ぎりぎりまでいろんな人に聞いたのですが、「ありそうだね」というふうにおっしゃるのですが、実例が出て来ないですね。ここで、先ほど申し上げた、資料館の購入した二六巻本の、これはひとつ例を見つけたというので安堵したというわけです。

**廣田**　横井さんのおっしゃるもう少し事例があれば、手がかりがあるかもしれないですね。

それから、題簽のことですけれど、切り取った、要するに、天が詰まっていて、地が余裕がある、それとおっしゃった天の汚れに意味があると、……

**横井**　そこだけ汚すというのも、変ですよね。切り取ったという考えが、魅力的だと思う。しかもどう見ても本文料紙と同じだと。そして本文料紙よりも汚れているんです。

**廣田**　実践本も陽明文庫本も、ルーツを遡ると、同じ中世に至るという可能性を示していただいたことは、うれしいというか、わくわくするような気分です。その問題がいずれ、今対立している現在の二系統ということに、波及する問題が大きくて、一番歌から五一番歌の共通している部分はおそらく、『紫式部集』の元の形を強く記憶している、と。後ろの歌のばらつきをどう考えるのか、ということと関係してくると思います。実に魅力的なテーマです。

それから、断簡の問題について、横井さんに御尋ねしたいことがあります。『竹取物語』の断簡は幾葉か知られていますが、古本系か、流布本系か、あるいは両者に対立するものか、その中には大きな異同があり、天正年間の武藤本よりも古い形があった、きっと色々な『竹取物語』が存在したことを感じさせます。

たとえば、田中登さんが十年以上も前に中古文学会の大会で紹介された御架蔵の断簡は、古本系・流布本系両方と比べて大きな「欠落」のあるものを報告されています。帝が翁に対してかぐや姫を献上するように命じるのですが、かぐや姫は拒否する。すると帝は、命婦に命じてかぐや姫を参上させようとするのですが、その転換点にかかわる説明が、田中さん架蔵の断簡にはない。古本系や流布本系には、いったんあきらめながら「この女のたばかりにや負けむ」と考え直して、もう一度入内を要請するに至るという、帝の心の動きが記されているのですが、断簡には、帝の内面は描かれず、ただちにかぐや姫に対する入内要請に向けて、次の手を打とうとしている。内面を描かない断簡が、古態の本文である可能性があります。

『紫式部集』の断簡のお話は、逆に言うと、安心するというか、定家本がそんなに揺れがないのだと分かったということが非常に大きな成果で、感謝しています。

**横井**　それに敷衍して言わせて戴くと、『紫式部集』の断簡は、結局ある程度の表記の揺れしかなくて、本文として同じなんですね。たった七枚だけなので、どこまで厳密な議論ができるかということはありますが、ただその七枚も『紫式部集』の後半に偏っていて、先頭のものが六一番（実践本の番号）。その後、結構接近していて、六三番、六四番、六七番、少し飛んで八六番、八七番、そして百番以降。ということは前半の五一番まではきっちりしているが、後半の方がルーズで、今実践本のような形で見ざるを得ないけれども、もともと定家が書いた、断簡になる前の定家本というのと、かなり重なる。となると実践本の本文の形は定家の近辺まで遡れるかもしれない。もちろん実践本ではなくて、あくまでも定家本としてですが、けっこう遡れるものじゃないんですかね。
　それなら実践本で紫式部の手がけた『紫式部集』が復元できるか、というとそれはまた別な問題です。それで私は定家本ということにこだわっているわけです。結局、類推するしかないわけで、『源氏物語』における定家本、色々な本の定家本を考えると、現在の『紫式部集』、実践本が定家本だと、紫式部まで遡れるかというと、逆に難しくなるのではなかろうか、その突破口は、陽明文庫本に求めるしかないのではないか、と。一方だけ見ていてはだめで。

**廣田**　確かに、本文系統の対立が、古いものを考える手がかりになると思います。そういうと、横井さんは前に瑞光寺本の字母《じぼ》を調べておられましたが、それで、どういうことが分かるのですか。

**横井**　意外だったのですが、全く定家かな遣いなのです。調べてみて、ほんとにびっくりしましたね。断簡は定家筆ですから当然なのですが、国語学者に言わせると定家かな遣いも微妙に揺れがあるというけれど、定型的な部分がありますね、それで見ると、実践本も瑞光寺本も、まったく定家かな遣いであり、例外はない。で、陽明文庫本も調べてみたところ、定家かな遣いの部分もありますが、基準から外れる部分も多い。いわば陽明文庫本は定家かな遣いの洗礼を受けていない。
　これは今西祐一郎さんがやっている科研（基盤研究Ａ「日本古典籍における【表記情報学】に関する研究」）に入れていただいて、表記情報という、きっかけを与えていただいたことはありがたいことでした。

**廣田**　久保田さんにコメントをいただけるとありがたいですが。

**久保田**　僕は教えてもらうばかりです。ただ、さっき言った実践の黒川文庫についての座談会の時にも示唆的な形で調べられていた、結局は陽明文庫の方、本文じたいは禁裏本の写しだと言えそうなところまで、調査に入って、一応の結論として、陽明文庫の祖本が、時雨亭文庫の本文関係からもかかわってくる、というふうに言われてしまうと、今のお話が定家本の本文と、陽明文庫の本文とがどこかで、関連性がもてる、そういう問題を久保木さんは、言ってくれていたと思うんです。その後のことについて、横井さんにお考えがあったら教えてください。

## 陽明文庫本からの眺望

**廣田**　陽明文庫本については、われわれは陽明文庫文庫長の名和修さんに教えてもらうばかりですが、横井さんから御覧になると、陽明文庫本はどんなふうに見えるのでしょうか。実践本は書き入れもない、見せ消ちもあまりない、という印象ですが、陽明文庫本は傍書、見せ消ちもあるが、最初から最後まであまり乱れがなく、丁寧に清書されている印象があるんですけれど。

**横井**　陽明文庫本を最初見たときには、大型本だし、新しいな、と思っていたんですが、久保木秀夫さんの「万治四年禁裏焼失本復元の可能性——書陵部御所本私家集に基づく」（『禁裏本の研究』塙書房、二〇〇九年三月刊、所収）や、酒井茂幸さんの『禁裏本歌書の蔵書史的研究』（思文閣出版、二〇〇九年一一月刊）などを読むにつれて、これはちょっと奥が深いな、と思い直しました。つまり、禁裏火災前後の色々な歌書の集成、収書の流れの中で、陽明文庫本は見えてくるわけです。じゃあ元本はどうなのかと考えて行くと、これもかなり遡って行けるのじゃないかと思えます。名和さんもおっしゃっていた、「近衛信尹《のぶただ》は、これは善本だ、これは悪い本だと見極めて書写しているのではなくて、とりあえず手近にあるものを書き写して、それを勉強の材料にしているんだ」と。陽明文庫本の祖本がよいと判断して陽明文庫に入れたのではなくて、手近なものがたまたまあったというわけで、それからすると近衛さんの近辺、つまり禁裏にあった、ということだ、と。

つまり、その当時、近衛さんのところには適当な、その他の私家集はなかった。言い換えると、禁裏にあった『紫式部集』を書き写して自己の所蔵のものとした。書写者は分かりませんけれども（後に近衛家の家司・進藤長治と判明）、外題そのものは信尹さんが書いた、何年ごろ書いたということも分かる、と名和さんは教えてくださいましたが、そうなると信尹さんの指導のもとに写された、その元は、じゃあ禁裏にあった、というふうに話は続いてゆくんですね。禁裏に集められた写本はどうだったかというと、久保木さんや酒井さんの文献に教えられたわけです。禁裏も色々なところから集めているのですね。あちらこちらにあるものを召し寄せる、出させているものなんかもある。信尹と禁裏本の書写にたずさわっている人の中に冷泉さんがいた。そうすると近衛家と冷泉家との接点は当然ながらある。御公家さんとしての接点はもちろんですけれども、文化史的な接点があったと考えると、冷泉、禁裏、近衛というトライアングルがあったとすると、陽明文庫本も冷泉家と全く無関係ではありえない。しかも現在、冷泉家には『紫式部集』がない、ということ自体……。

**廣田**　そうですね。それは、考えても不思議ですね。

**横井**　本自体はともかく、陽明文庫本の源流を考えるだけで、ずっと中世まで遡ってしまうのではないか、というふうに。ずっと遡ると、いつの間にか実践本の源流と陽明文庫本の源流も、冷泉家さんのあたりで交わるような、交わらないような、モヤモヤした悩ましい問題です。

**久保田**　冷泉家に陽明文庫本系統の本が一冊あって、定家本系統の本文も一冊あって、二種類あった可能性があって、ひとつが陽明文庫に入ったというような可能性もある。

**横井**　定家本の元本があったはずなので、となると、二つあったと考えることも不思議ではない、のかな。

**廣田**　結局、『紫式部集』の二系統の対立がどこで生じたかということと絡む問題ですね。

**久保田**　結ぶか、結ばないか、何か別のものが出てこないかぎりは、二つの系統があったということを前提に考えてゆくしかない。久保木さんのいう万治四年ですね、禁裏が、火災を受けて焼失する、その前に写したものと想定したのですね。名和さんのところに行って、『紫式部集』だけを見せてもらったときに、『三十六人集』の中の一冊として見せてもらってびっくりしたことがある。

**廣田**　私はせっかちなので、源流を辿って行ってどこまで行けるのかということと、これは横井先生に教えてほしいのですが、形態から見て、後ろの方にどんどん追加されて行くというのは、私家集の常ですね。そういうこととどう絡むのか。昔、河内山清彦さんの『紫式部集・紫式部日記の研究』（桜楓社、一九八〇年）や、佐藤和喜さん（『平安和歌文学表現論』有精堂、一九九三年）が指摘されたように、古本を定家が改作したのが現在の定家本だという仮説は魅力的だが、それはどこまで言えるのか。分からないとしておいた方が学問的かもしれないが、いかがでしょう。

それと、清水好子さん（「紫式部集の編者」『関西大学　国文学』第四六号、一九七二年）や久保木寿子さん（「紫式部集の増補について（上）」『国文学研究』第六一集、一九七七年三月）がおっしゃっているように、現在の『紫式部集』は一度に成立しているのではなくて、何度か書き加え、書き改めがあると。久保木さんは三段階の成立過程があるとおっしゃっている。そのような増補をどう考えたらよいでしょうか。源流を遡ることと、現在形の本文とどうかかわらせるか、その兼ね合いだと思います。

**横井**　色々な例があるだろうと思いますが、たとえば『伊勢集』などは、幾つかの歌群があって、後から団子状にくっついてゆきますよね。それを、スケールを小さくしたのが『紫式部集』ですかね。『紫式部集』も、後から後から手が入るということはあるかもしれない。実は、廣田さんが色々と論文を書く前から、人と同じことは言いたくないと思っていて、『紫式部集』は、後半はバラバラなのじゃないか、と思っていました。特に、八〇番あたりに旅の歌が混じっていることも、これは錯簡という議論もあるのですが、これは想像でしかないのですが、始めの部分は紫式部がひとつのものとして作ったけれども、後半の方は歌反古《ほうご》を強引に寄せ集めた形になっている、寄せ集める立場にある人が集めた結果になっている。紫式部の周辺の人がやった可能性はあると思うんですが。

**廣田**　その印象に共感・共鳴する部分があります。『紫式部集』の後ろの方は、配列もグズグズなんですね。前の方は配列の原理が緊張しているのですが、後半は緩いのです。私は、今のところ厳密な分析は留保して、歌群単位で『紫式部集』の配列を考えています。

　少し違う角度から申しますと、国東《くにさき》文麿さんが最初だったと思いますが、『今昔物語集』には、類似した二つの説話がひとつの纏まりとして編纂されている、という有名な指摘があります。これを受ける形で、『宇治拾遺物語』研究においても、西尾光一さんによると、明確な出典のある二話一括の類聚性が働いていることが指摘されています。ところが、それが『宇治拾遺物語』の前半と後半に片寄っているのです。構成の緩やかなものや出典の分からないものがまん中に多く集まっている。それはなぜか、です。

　今年の説話文学会の大会の折、二松学舎大学の磯水絵さんが、歩きながらのお話だったのですが、ひとこと「最近感じることなのだけれど、『宇治拾遺物語』の後半は、配列、編纂の意識が希薄だと思う」とおっしゃったのです。これは大変興味深い御指摘で、なるほどと思いました。説話集の編纂においても、前半は編纂原理が強く働いているのですが、後半になるとそれが緩んでくるという現象があります。『古今著聞集』では各巻ごとの末尾に、説話が後代に順次付加されていくという現象がみられます。

『紫式部集』に戻して申しますと、『紫式部集』の後半が乱れてくることと関係しているのかどうかです。ある段階で、紫式部ではない誰かが、付加したものなのか。あるいは、『伊勢物語』の狩使本（小式部内侍本）を、定家が全体を織り直して、初冠本に整えたということを考えると、古本を定家が全体を織り直したものなのか、どちらなのでしょうか。

**横井**　おそらく定家自身がかかわって、陽明文庫本の「日記歌」を本文の中に織り入れた可能性は高いですから、もともとバラバラなものが、後に団子状に付け加えられたのか、そこに定家の手が加わるという、二重の可能性がある。

定家本ということを考えると、たとえば、『更級日記』ですが、前半部は旅の記録があり、宮仕えのことがあり、末尾の方になると、年次もかなり断片的な記憶になり、短い記事が、文反古《ふみ》のように。それから連想を誘うものといえば、『平家物語』の成立のときに議論されるんだけれども、横井清という先生が『平家物語』という資料があって、前半が何条、後半が何条というふうに、非常に少ない。それが、切れ切れ散々な状態、……。今のようにきちんと出来上がっているが、やはり清盛の死まではある程度、諸本で一致しているんだけど、『平家物語』も末尾の方はかなり違ってくる。スケールの違いは、程度の差こそあれ、そのような現象はありうる。

**廣田**　私は『源氏物語』を早く読んだので、テキストの完結性、統一性を前提として考えるくせがありますが、それがかえって古典を読むときの妨げになる。私はあちこちで書いてきたのですが、かつて和辻哲郎が、『源氏物語』悪文説を主張し、合理的に読めないということを説いた（『日本精神史研究』岩波書店、一九二六年）のですが、これが戦後のいわゆる成立論の端緒になったと思います。完結性、統一性がないということが、判断の基準になってしまうのです。ですから、西洋小説を規範とする和辻説の近代性を撃つことが重要だと思います。『宇津保物語』のように、最初は大変面白いのですが、長く中たるみが続き、急にバタバタと結末になる。そのほうが古典本来の性格で、『枕草子』には「物語は、住吉・宇津保」とありますから、平安時代には、『宇津保物語』のように、一貫性の弱い、緩い物語のほうが一般的だった、と考えられます。物語として主題の一貫性を求める『源氏物語』の方が珍しいと、ひっくり返して考えた方がよいと思います。そういう現象のあることも、『紫式部集』を読むときには、ひとつの可能性として考えておく必要はあります。

**横井**　晩年の歌が入っていると言われますが、誰が入れたのかというと、本人の入れている可能性はむしろ低いのではないかと思う。

**廣田**　一般に『紫式部集』は長和年間、紫式部晩年の編纂とされているので、もしそうだとすると、『紫式部集』の成立の問題に絡みますね。師匠南波浩は、紫式部は晩年になって家集を編み、娘大弐三位にプレゼントしたのだと。そういう意味で、家の記録としての家集と考えておられました。

**横井**　大弐三位というのは、歌人としても自負があったと思う。あれほどの歌合に、大小六回くらい出席している。あの当時では、大変な誉れだと思います。そうなると、大弐三位が自分の歌の道の点検として、母親の家集を編纂するということも考えてよいのではないかと、想像してみても面白い。だから後半のグズグズになっているというのも、紫式部本人がかかわっていない、大弐三位のおおらかな性格からすると、考えうると。

**廣田**　大学を卒業してから以降ずっと、私は南波先生の『紫式部集』研究会はサボっていましたが、岩波文庫には『大弐三位集』の注釈が入っていますね。先生から何か聞いていますか。

**久保田**　南波先生の研究会では、輪読が『大弐三位集』までいかないで、『惟規集』までで終ってしまいました。ただ、今のお話になった、「日記歌」を家集に取り込むという考え方には、違和感がありますす。廣田さんも書いていたけれど、陽明文庫巻末の日記歌は、あとから付け足され付け足されたという方が説明しやすい。横井さんは大弐三位編者説だけど、南波先生はずっと自撰説でしたからね。

**廣田**　私も今のところ、陽明文庫巻末の日記歌は、古本系に『紫式部日記』から付加させたと考えていますが、日記歌そのものを眺めていると、小少将君や大納言君など女房仲間との贈答、道長との贈答、それらの人間関係の贈答をそれぞれひとつずつに代表させて、何度も同様の人物たちが登場する重複を避けているように感じます。紫式部自撰説の立場からいうと、元の家集では、同じような人間関係の贈答の繰り返しを避けて排除したのに、誰かが『紫式部日記』からまたぞろ、排除された歌を抜き出して付加したように感じます。

それから「水鳥の」とか「年暮れて」のような、いわゆる独詠歌は、修辞や技巧がない歌で、紫式部にとって歌の誉れとなる歌ではない。だから家集から排除されていると思います。ただ自撰説が崩れると、これは成り立たなくなるのですが。

**久保田**　『紫式部集』は基本的には自撰でできている。それがあって、別な第三者、大弐三位でもよいですけれど、後ろの方に入れた。歌は前の方には入れられないから、少しずつ膨らんだと考えています。また、『伊勢物語』の成長のように、有常の物語があると有常の物語を加える。ところが家集の場合、前には入りにくい。旅の歌があったから、「おいつ島」の歌をここに入れよう、というふうに成長していった可能性がある。その方が説明しやすいと思う。僕も、前のほうは割合きちっとした配列になっていると思う。南波先生が自撰だという思いでおっしゃっていたから、われわれもずっとそのように考えてきたが、実際に考えて行くとなかなか説明しにくいこともある。

**廣田**　南波先生は一貫していて、『伊勢物語』の注釈をするときには古本系の塗籠本、『竹取物語』の注釈をするときには、古本系の新井信之蔵本。だから、『紫式部集』のときには、あえて陽明文庫本を、定家の関与しない非定家本を選んでいる。先生は、物語の古い形を求めようとした気がする。

先生は定家が大嫌いだった。定家は必ず手を入れる、だから、先生はなんと言っていたかな、表現としては「定家は的屋《てきや》だ」とか、「定家は香具師《やし》だ」と。「こいつは信用ならん」と授業でも、言葉を極めておっしゃっていたので、これは具合悪いな、こんなエピソードは書けないなと思いました。ただ南波先生の中では、定家の印象は一貫している。貫之と定家とが大嫌いでしたね。

**横井**　なるほど（笑）。はしなくも本音が現われたということですね。結局アポリアが生じるのが定家なんです。確かに定家までは遡れそうなんだけど。

『源氏物語』と同じですね。そこから先は闇で。

**久保田**　「香具師」なんて、僕は聞いていないよ。

**廣田**　私は授業で何度も聞きましたよ。

**横井**　学年が違うと、いい方が違うんですかね。

**廣田**　いつも学生に言うのですが、『源氏物語』の冒頭「いづれの御時にか」は、諸本間に異同がない。だから、これは間違いなく紫式部の表現だと。そうすると、『紫式部集』には歌の表現の次元では異同のあることと、配列の次元では異同があるということとは同じ次元のことなのか。つまり、元の形は構成では議論できるが、表現での議論はなかなか難しい。この表現は古いのか、新しいのかの判断は、なかなか難しいですね。

**横井**　最近は『源氏物語』が小説のネタになっていて、「雲隠」は道長が抹殺したのだとかいうのがありますよね（横井「丸谷才一『輝く日の宮』を読む――『源氏物語』の商品化の方法――」『実践国文学』六五号、二〇〇四年三月）。いわゆる「五十四帖」以外の巻が実際にあったのが、処理されてしまったのだとか。

**廣田**　そのことは、風巻景次郎が「『源氏物語』の成立に関する試論」（『風巻景次郎全集』第四巻、桜楓社、一九六九年）で言っていますね。鎌倉期に、特に『源氏物語』の冒頭数巻には、巻の出入りがあったと。古代には「かがやく日の巻」が存在したが、帚木三帖と交替するように、この巻は姿を消した。それは定家のしわざだという論旨です。『源氏物語』のような長い物語が、初期形と最終形とを考える上で、興味深い考察です。ただ、ここにも和辻さんのいうような、小説的合理性を規範とする物語理解は抜きがたくあります。

**横井**　五十四帖と明記したのは『明月記』で、それ以前にはない。となると、五十四帖以外に巻があったとも考えられる。

**久保田**　『更級日記』の記す「よ巻」は……

**廣田**　「四巻」なのか、「余巻」なのかが分からない。

**横井**　ひらかな書きで、しかも定家本だから「こいつは信用ならん」と（笑）。ところで、今井源衛さんが翻刻した、了悟の『光源氏物語本事』には非定家本のごく一部が載っていて、これが違う。『更級日記』も定家本以外の『更級日記』があったのかもしれないということですよね。結局陶汰されてしまって、ましてや国宝になってしまうと、権威化されて。

**廣田**　私が学部学生時代に、一番衝撃的だったのは、片桐洋一さんの『伊勢物語の研究〔研究篇〕』（明治書院、一九六八年）ですね。『伊勢物語』は最初二十数段だった、と。さらに初冠本と小式部内侍本とでは、配列が全く違う。定家はここまでやるのかという驚きです。

**横井**　片桐洋一さんが、ああいう段階的増益ということを言い出したというのも、定家の存在は大きいですね。影を落としている。

**久保田**　南波先生が非定家本を選んだというけれど、一方で言うと、定家本や定家の手の入ったものが多くて、すでに翻刻、注釈されているものばかりだから、南波先生はまだ出版されていないものを、底本に選んだのだと思っていたんだけど。

**廣田**　そうやって非定家本を重視しながら、文庫本（『紫式部集』）の校訂本文では、なぜか底本に実践本を採用している。南波さんの頭の中で、瑞光寺本が一番良い本だと思っていた。ところが実践本の出現で、考え方のやり直しになったのだと思う。

**久保田**　結局、定家に戻ってきたということか（笑）。瑞光寺本は落丁があるからね。僕が聞いているのは、三谷栄一さんが、南波先生に見てもらったと。南波先生が太鼓判を押したと。それで三谷さんが買うことを決めたと。実践本と瑞光寺本との関係云々よりも、南波先生は責任感から、どれが善本かという意識が強かったのではないかと思う。

**廣田**　横井さんにお聞きしたいのですが、実践本の中の古態性と、実践本の中の定家らしいところと、どういうふうに見えますか。陽明文庫本では議論しにくいことで。

**横井**　空白のところですかね。あれは奥書に、「行賦字賦」を変えずにと、裏側が透かして見えますね。歌二首ならきちんと四行空けてあるところ、空けているところが合理的なのです。ここに確かに一首くらい入りますよ、というふうに空白があるので、現存の本は親本を忠実に写しているといえる。その前は分からない。

**廣田**　長い間、大学の一年次の基礎演習で『伊勢物語』の写本を読んでいますが、定家本の奥書には字数や行数などそのまま写したと記していますが、奥書のスタイルには類型性がありますよね。それと、実践本の奥書とどこか違うところがありますか。

**横井**　同じようですね。ですが、用語が微妙に違う。

**廣田**　それはどういうところですか。

**横井**　それで、奥書の中の用語の例を探しているのです。

**廣田**　定家よりもずっと後の時代の奥書は類型的でしょうが、実践本の奥書は、まじめに書いていると見えるので、奥書の性質の微妙な違いについて教えてくださるとありがたい。

**横井**　「行賦字賦」の四文字では出てこないが、『入木抄』に出てきます。
**廣田**　それはもうどこかでお書きになったのですか。
**横井**　いえ、まだです。断片的なものを集めていましてね。奥書だけでは、ものは言えないんだよ、といいたくて。奥書の表現自体はまともなものようですね。実態はともかくとして、張扇的なものじゃないようです。もちろん内容を保証できるかどうかは別として。ここら辺は浅田徹さんの意見（「「不違一字」的書写態度について」、井上宗雄編『中世和歌　資料と論考』明治書院、一九九二年一〇月）に寄りかかっています。浅田さんは、冷泉家が歌の家として自立して行くときに、経緯を書いたということで、冷泉家を中心にして「一字も違へず」という奥書が、もちろんその動向は平安末からあるらしい。それはもう定型化してきます。何しろ、定家自身が一字も違えずということをしなかった人ですから（笑）。

## 旅詠をめぐる課題

**廣田**　さて最初は、横井さんから書誌的なことをお話しいただきましたが、久保田さんのほうからどのように考えて行けばよいのか、お考えをいただけますか。少し角度を変えて。
**横井**　結局、旅の後半の部分も二箇所に分かれていますよね。錯簡ということが言われていますけど、八〇番から八二番の歌が、越前旅行の一部として外に追いやられて、実践本あるいは陽明本で何行になるのか、元の本では別の行数になるかもしれない。それがもし錯簡で外に出たとしたら、他にも連動して同じようなことがあるはずなんで。それを論じないで、錯簡と簡単に言ってしまっていいのかということ。『中古文学』六五号（「形態と伝流から『紫式部集』を見る」二〇〇四年六月）に書いたんですが、この問題について久保田さんにうかがいたいですね。
**久保田**　難しい。空白部分が三ケ所ある。あれの問題と今の問題と、これをどうにか、くっつけて考えないといけないと思うんですけれど。先ほど廣田さんから話があったように、いちおう紫式部自撰の家集があって、それ以降に何がしかの形で見つかったものが、くっついてくるという方が説明しやすい。実際に写していて、旅の歌が二十何番歌かがあって、ちょうどそこに入れようというふうに、普通入れられるかどうかですね。入れることを良しとしない人が、付け足して成長させた、そういう立場の人としか思えないんですが。

**廣田**　久保田さんは、欠歌の問題をどう考えていますか。南波先生は、欠歌はあるけれどもそんなに沢山は欠けてはいないと。そんなに大きな傷ではないという考えでしたが。

**久保田**　山本淳子さんが復元みたいなことをされた（『紫式部集論』和泉書院、二〇〇五年）けれど、歌群として取り扱っていったときに、何がしかの方法で欠歌の部分を補うこと、想定することはできるかもしれないが、今の段階では無理で、答えは出ないと思う。工藤重矩さんが「『紫式部集』の和歌解釈―伝記資料として読む前に―」『平安朝和歌漢詩文新考　継承と批判』風間書房、二〇〇〇年四月）で発言されていて、根拠となる資料のないときには言うなと。これは相手が宣孝だとみんなが思っているのは、もともと意識させられたのは岡一男さん、清水好子さんの仕事なんかでそう読んできたけれど、工藤さんの発言以降、そうは読めないと一時期躊躇した時期があります。

　前に『松浦宮物語』の注釈（翰林書房、一九九六年、改訂版二〇〇二年）をしたときに、片桐さんと会って御話して、「久保田君、そこまで言うべきではない」と。あの頭注は、関係あると思うものは全部付けようと考えて付けましたから、可能性のあるものをどんどん入れて、影響論だとか、享受論だとか網羅して、それを使うか使わないかは読む人の責任だと考えたけれど、そういうおおらかな編集方針を、たぶんたしなめられたのだと思う。ちょっと滅入った時期がありましたけれど。

　旅のところでいうと、日程とか、行路の推定とか、場所とか、しつこくやっていたのですが、廣田さんからいただいた『家集の中の「紫式部」』（新典社、二〇一二年）、九三頁で、これは「みおの海」の歌で、「現在のどこであるかは結局のところどうでもよい」という。「地名というものに喚起されて歌が詠まれるところ」が重要だとして「地名がどこに比定できるかにこだわっても虚しいのである」という。

**廣田**　紫式部の旅というのは今まで一番議論の多いところじゃないですか。だから私は、久保田さんとの違いを出そうとしているのです。今別途、花園大学の丸山顕徳さんの編で、三弥井書店から『奈良伝説探訪』という企画があって、そこに桜井市椿市の項目が担当にあたり、古代の道と和歌に注目して書くことになり少し調べました。そこで、『赤染衛門集』によると、赤染衛門はあちこちに行くでしょ。尾張だけでなく、石山寺とか、長谷寺とか、行く度に歌を歌って残しています。紫式部の旅の歌とは違うな、という気がしたのです。これから新しい切り口、角度を考えて行かないといけないと思う。今まででなら、日程や行路の推定、土地や場所の比定などをやってきたわけだけれど、もう少し視野を広げて、女性の旅、女性の物詣と歌の比較の問題などをやっていないといけない。どう思いますか。

**久保田** 喧嘩を売られたか（笑）。たとえば、「三尾崎」については、今まで明神崎と呼ばれていたが、今の高島町で、夕方という時間帯で、これはあの歌は夕景の歌なのかと思ったけれど、漁師が網を引くのは普通早朝。『赤染衛門集』で大津に泊まったとき、「網引かせて見せんとて、まだ暗きより……」と、地引網を引くのを見る。これも朝なんですね。

**廣田** 私の言いたいのは、ほんものの漁労ではなくて、座興として、見せ物としてさせたのではないかと、私は理解している。地引き網云々は、地方歴覧のイベントなのです。

**久保田** それにはちょっと異論があるんです。高島郡には大きな港があって、僕が想定した鴨川まで二キロくらい先にある。網引くを見てというときに、『赤染衛門集』に「朝ぼらけ」というから、朝早く饗宴とか、余興を見せることがありうるだろうか。余興を見せるからといって二キロ先までというのは無理がある。もうひとつは、廣田さんは「網引くということには注釈は加えられていない」というが、松村博司さんが「『赤染衛門集』尾張下向歌注解考」（『南山国文』第四号、一九八〇年三月）で、すでに「土地の漁師が網を引いて見せよう」と訳注している。有力者が座興で引いたのか、見せようと解釈したらまた変わってくる。

**廣田** 私が言いたいのは、『枕草子』に、清少納言がほととぎすを聞きに行く段があって、地元の人たちが田植歌を歌って見せてくれる、それが地元の都人に対する饗応になっている。問題は、そのような機会の歌を、すぐそこで歌うというよりも、後ほど、饗宴の場で各自披露するということで、歌が残るということなのです。だから、私は網を引いてもらうことは演出だと思うが、そのことよりも、『紫式部集』の歌「三尾の海」は、為時・紫式部一行が饗宴の折に披露した歌のひとつなのではないか、ということなのです。

**久保田**　実際の場所が固定できたらいいけれど、高島に泊まったとして、二キロ先の鴨川の場所だとすると、饗応の場所が対応できるのか、という気がする。

**廣田**　『赤染衛門集』でも旅先で、御寺に泊まるだけでなく、仮屋を造りますね。想像する以上におおごとですね。運営というか、設営というか、準備と演出が予想できる。

**久保田**　そんなに贅《ぜい》を尽くしているわけではない。

**廣田**　『蜻蛉日記』でも道綱母は「寺めく所」にも泊まっている。饗宴も宿泊の仮屋も、仮設の空間ということが重要です。私が言いたいのは、歌が抒情的なものではなくて、旅中の場における儀礼的なものだという主張です。

**久保田**　みんなが寺社に泊まるから、禁止令が出たが、基本的には守っていなかったと思う。愛知川だったか、仮屋を建てる。「手間もなく」とあるからバタバタしていて、大津の有力者だからやった、ということがあるかもしれないが、どういう場で大津に泊まったかどうか分かりませんが、松村さんが言うように、解釈できるかもしれない。

**廣田**　ただ、この歌は、上句が修辞となり「手間もなく」もしくは「暇もなく」に懸かることによって、下句の心情へと転換して行くところに、一首の構成が成り立つ。そこが重要なので、土地の人々や旅の一行が忙しいとかなどということは関係がない。

**久保田**　もうひとつ気になっているところがあって、加納重文さんが『源氏物語の舞台を訪ねて』（宮帯出版社、二〇一〇年）で言っておられるのですが、加納さん自身も、歌群としてのまとまりを考えていているから、旅の歌としての『紫式部集』を考えていて、往路と帰路の歌が順番に並んでいてほしいということがあるらしい。その中で「おいつしま」の歌ですが、これは『隆信集』で「竹生島」を「沖つ島山」というのが出てくるんですよ。「沖つ島山」が「おいつ島」だということになると、順番が良いと。だが「沖つ島」にあたる、普通名詞しか用例がない。「竹生島」は「沖つ島」であるが、「沖つ島」のことではない。加納説は、「沖つ島」が「おいつ島」へと、韻変化を考える。ただ、僕はまだ、南波説を引きずっていますから。

**横井**　「竹生島」という名前はいつから。どのくらい遡れるんですかね。

**廣田**　古くは、式内社ですが、一字一音で「都久夫《つくぶ》須麻《すま》」ですね。それで仮説が成り立たなくなる可能性もありますね。

**横井**　固有名詞がありながら、わざわざ置き換える理由、必要が分からないんですけど。

**廣田**　私が考えるのは、歌が残る理由は、饗宴の場における集団の歌の中から残る、と考えた方がよいのではないかということです。どういえばよいのかな、古代的な歌の歌いかた、古代的な歌の残りかたがあるのではないか。

**横井**　廣田さんの言葉を、ねじ曲げて使うかもしれないが、それが「発表」されるかどうかです。赤染衛門があちこちに行って、歌を詠みまくる。土地の神様に対する挨拶もある。

**久保田**　旅に出ても、そこの土地の神に対する畏敬の念のようなものがあるはず。

明神社というのがあって、氏族としてもあって、継体天皇の非常に古い土地柄で、おいつ島神社も、その地の神、そういうものに対する思いが、必ず歌の中に籠っているのではないか。横井さんと一緒に琵琶湖を回ったときに、塩津神社に行ってみて、塩津山の話をしたときにも、やはりそこの土地の神に、国褒めの歌を歌う思いが入って行く。たとえば、夕立の歌は自分の思いが思わず出てきたものだが、基本的には寺社仏閣を廻る意識をもって回っていて、そこで歌を歌う。

**横井**　ポイントポイントが現在神社になっている所が多い。あれはもちろん後から、付会されたものもあるのでしょうし、どこまで遡れるか分かりませんが、土地の伝承と、紫式部が行って拝むことと、土地の神というものは必ずあるもので、街道筋には必ずそういうものがある、道守《も》る神はあるはずなんで、そこを拝みながら歌を詠んで行く。後になって神社ができようができまいが、それは後の問題で、どうでもいい。

**久保田**　たとえば、三尾神社も一緒に行きましたが『延喜式』に載っている。あそこへ行ったときに、おいつ島、奥つ島、どちらも入っている。

**横井**　久保田さんに案内されて行ったときに思ったんだけれど、あそこ三尾のあたりは、川の三角州みたいに、成長したところでしょ。ああいうところにまず、古代の人たちは住むわけですね。あそこは山が湖の岸辺まで迫っていて、なかなか平地がないんだけれど、あそこだけ平地が広がっていますね。

**久保田**　あれは安曇川。そのまま琵琶湖に、かなり急流で入っている。その分だけ三角州が伸びた、扇状地。

**横井**　古くから人が住んでいたということは、神を祭っていたことですよね。むべなるかなと思います。

**久保田**　あそこには古墳もあって、古い。資料も集めましたが、土地柄としては古い。

**廣田**　講義でも南波先生は、為時・紫式部一行が寺社仏閣を繋いで行ったのではないかとおっしゃっていたし、確かに、『万葉集』以来、古代における旅の歌が、土地の神々を讃美する表現をもつことは、基本的なことだと考えられますが、私が主張しているのは、『紫式部集』にはそれが希薄で、言語遊戯的な歌を詠むことに傾斜している、ということです。

**久保田**　それとは逆に、湖で夕立の歌「かきくもり」はほんとうに心情的に、赤染衛門が雨に打たれて難儀したというのとは別の問題で、心情の噴出した歌だ。歌わずにはいられなかった歌だと思う。

**横井**　話が横道にそれて申し訳ないけれど、その夕立の歌「かきくもり」は、『源氏物語』の浮舟に再生して行くでしょ。ところが他の歌というのは、『紫式部集』の中に定着していて、他に作品に展開して行かない。『紫式部集』の歌と他の作品の歌と考えたときに、夕立の歌は、紫式部の心の残したもの。これは別に挨拶の歌ではない。挨拶の歌は転用できないし、すべきものではないが、これは他の作品に転用されてゆくのは分かる気がする。

**廣田**　紫式部の歌だからきっと内面的で深い苦悩や、心情的なものがあると考えて、それを採れるかというと、すぐにはできない。その中で、確かにこの夕立の歌は違う。むしろ、それ以外の歌の読み方が難しい。逆に言うと、『源氏物語』とすぐに関係の見える歌が少ない。

**横井**　『紫式部集』には、物語と結び付く歌がないですよね。

**廣田**　ただ、身と心の歌は、抽象的な内容の歌で、これらは他の歌とは次元が違う。私は、あちこちで述べていますが、身と心の相克を詠む、この歌二首は、『源氏物語』における物語の展開にかかわる根本的な原理を示すものと見ています。ただ、具体的で心象的な風景を歌うものは少ない。

**横井**　ただ、あの歌も五一番までの前半と後半、上巻下巻との分かれめに当たるので、問題は残る。

**久保田**　越前まで行きますけれど、歌謡の道の口、日野山の歌は歌うけれど、日野山とは言わないだろうなと。別の位相のもので、朝霧橋という歌謡もありますが、残っているのは滋賀県と越前とが多いんですね。そういう形でむしろ物語の、自分の歌を直裁に、という感覚ではなかった。言われたように、『源氏物語』への、ストレートにするタイプではなかったと思う。そういうふうに考えざるをえない。

**廣田**　私は武生《たけふ》へ行ったのは、三回くらいかな。私と違って、久保田さんは何度も武生へ行っているでしょ。南波先生を車に乗せて、何度も連れて行っている。何かおっしゃっていましたか。

**久保田**　三度くらいかな。お世話するのが大変で（笑）。やっぱり最後は、原田敦子さんと話して一度お連れしようと、それまで行けなかった木《き》の芽峠、あそこにスキー場ができたので、車で行ける。あと国道の階段、木の芽峠のところに出るので、これだったら行けるだろうと。そこから白山《はくさん》が見えましたから、それをぜひ先生に見せたいと思って、それが最後だったと思います。工藤さんも言っているように、白山が見える。南波先生は僕と話するわけじゃない。納得して「白山が見えるんだね」と非常に嬉しがっておられた。そこで歌の解釈がどうとか、こうとか言いませんけど（笑）。

**横井**　それはそうでしょ。あそこまでは全く越の白山が見えない、登ったところでようやく見える。かなり遠景ですよね。逆に遠いから、あれだけ感慨があるのかな。

**久保田**　武生で紹介したと思いますけれど、武生の教育委員会の真柄甚松先生が、今、橋のところくらいまで、あそこからでも天気がよければ白山が見える、と。ただ今では気候とか、時間帯とか、自然の状況があるけれど。

**横井**　紫式部は武生に着いてしまったら、外には出ない。お姫さまですから建物の中にいるでしょ。きょろきょろしないで。

**久保田**　木の芽峠のちょうど敦賀のほうからあがってくる坂道って、最後の峠のところ、あれがほんとに南波先生の注釈に出てくる、手輿《たごし》か何かに乗っても、とてもこわいし、すごい角度で、歩いて行ったほうがいいくらいの斜面ですよね。紫式部は歩いて越の国に行ったとすれば、われわれもそれなり感じたけど、そこで初めて越の国に行ったことを強く実感したんじゃないかな。

**横井**　われわれは久保田さんのＢＭＷに乗せてもらったので、そんなに感動はないんだけど（笑）、もっときつい坂を登って、やっぱりほっとしたと同時に、感動はわれわれより何倍かで。あの坂の登りきる最後の所は、手輿は無理でしょう。自分の足で歩くしかない、きつい坂ですよね。

**久保田** あそこは石畳が敷いてあり、あれは多分中世に、完成されたものだろう。敦賀側に降りるところ、かなり道としてはひどい。あれを石敷いて、というわけはいかない。木造で階段とか付けないと、登りづらい道筋になっていると思う。階段とかがないと、とても歩けない。あれから武生へ降りて行くのは、あれは途中でだめ、道が使わなくなっている。二つ屋という集落は、廃村になっているし。そこまでしか、帰る山から車では、入ってこれない。

話が出たついでに、加納重文さんが、また面白いことを言っていて、僕と違うのですが、僕はどちらかというと、紫式部一行は、木の芽峠越えで行って木の芽越えで帰ってきたと思う。加納さんは帰る山から、そのまま日本海に抜けたと。日本海に抜けて、杉津だとか、五幡（いつはた）、海路で敦賀に入ったんじゃないかと。それでもいいですけれど、そう言ったとたんに、また工藤さんに怒られそうで（笑）、結局説明のしようがない。遠まわしに言うと、五幡の歌を、そういうことで説明されようとするのもいいけれど、紫式部が海に回ったとかあってもよい。加納さんと話していても、確かに海路の方が楽ですよね。ただ、琵琶湖の湖の舟旅と、帰路の季節にもよりますよね。日本海の冬の海と、「ましもなほ」の歌で秋の季節、そんなとき日本海ではどうか。

**横井** 入江は多いけれど、リアス式でしょ。舟着場がそんなにないのじゃないかな。

**久保田** 武生から、そのまままっすぐ日本海に抜ける道がある。そこに河野と書いて、河野《こうの》という地名がある。地元の郷土史家の説ですけれど、もともと国府《こふ》の浦、が訛《なま》って、河野浦と言ったと。それもいいかもしれないなと思う。かなり大きな船が出るので、そこから可能性はあるかもしれない。これも季節の問題、どこからどうという場所、絶えず旅程を考えて、問題にせざるをえない。

**横井** 以前、夏休みに能登半島を一周した時、晴れているのに、日本海の空は鈍色《にびいろ》に輝いていたんですよ。偏見なのでしょうが、どうも越前・越中というと、晴れているんだけれど鈍色という印象があって。ああいう、太平洋側にない、海、湖にはないインパクトというのは感じます。紫式部にとって初めての海ですから、何らかのインパクトがあるはずなんだけど、『源氏物語』には何もない。印象批評で恐縮だけれど、海路の説は飛躍していると思う。

**久保田**　さっき磯の浜で見た、竹内美千代さんが、後で撤回されて、危険を伴うということはしないだろう。やっぱり違うだろう、一番幅広いところで、これは加納さんも言ってた。どこに雷が落ちるか分からない。そんな状況があるから、あの歌は分かる。

**横井**　滋賀、京都の人は比良八荒の怖さを知っていますね。

**久保田**　日本海から回ってくるというのも、天候しだいですね。

もうひとつ、廣田さんに注文がある。この前、同志社大学の授業で、「奥山里」の歌に対して「遠山里」と返した歌について、学生が廣田さんの『紫式部と和歌の世界』（武蔵野書院、二〇一一年五月刊）を使って、「遠山里」は造語ですと発表した学生がいた。これには『赤染衛門集』一三四番に「珍しくけふ聞く声をほととぎす遠山里は耳なれぬらむ」という歌があって、「遠山里」が出てくる。『赤染衛門集』に用例があるとすべきでした。

それから、「奥山里」も用例が少なく、『公任集』一一七番に「露深く奥山里の道なれやきのふもけふもあとの見えぬは」とあって、『紫式部集』の中でこれを意識して、むしろ「遠山里」と言い換えているという、紫式部の意識を考えるべきじゃないか。

**廣田**　そこのところ、むしろ久保田さんには論文を書いてほしい。

そうだとすると、同時代に一斉に同じ語の用例が出てくることをどう考えるかですね。そのことが重要かもしれない。あるいは他の語でも、紫式部だけが新しいのでなくて、清少納言も新しい表現を作り出していることもありうる。影響関係というよりも同時代的に同様の表現が発明される可能性があるのかもしれない。あるいは、紫式部が公任の髄脳に学んだものか、公任は紫式部の歌の先生かもしれない。

**久保田**　表現として特異だということを廣田さんは注目しているが、実はわりと接近したところで、前から気になっていたんです。「奥山里」をなぜ「遠山里」と返したのか。

**廣田**　ただ、同じ語であっても、ひょっとすると、『紫式部集』の「遠山里」には、心理的に遠いものと感じる意識が働いていることにおいて、紫式部特有の表現なのかもしれない。

**横井**　それ、おもしろい問題だと思う。いま連想したのは、萩谷朴さんが、反撥し意識すると逆にそれに影響を受けるんだ、と指摘したことと関係するかもしれないですね。『紫式部日記』の冒頭は、『枕草子』の冒頭の影響を受けている（『紫式部日記全注釈・上巻』角川書店、一九七一年一一月）というのは、いささか牽強付会だと思うけれど、確かに『源氏物語』総角の巻に、「よの人のすさまじきことにいふなる師走の月」という箇所があるでしょ。あれは『河海抄』に引くところの『枕草子』に「すさまじき物　しはすの月、女のけさう」とあるそうで。それがほんとうなら、そのままなのです。古注にも指摘されている。公任を無視したことも微妙な意味合いにも見えてくる。

**久保田**　公任と紫式部との師弟関係はないだろう。二人の男女関係をいうつもりですか。

**廣田**　私は、そういう男女の問題にはまったく興味がない。道長に対しても公任に対しても、紫式部は結局女房の身分でしかありませんからね。むしろ、『紫式部日記』で、公任が登場して歌を詠むとなると、紫式部たちが緊張している、あの公任だというふうに。そのことが面白い。

**横井**　よく言われることだけれど、『枕草子』の中に引かれる漢詩文は、たいてい『和漢朗詠集』にある。『朗詠集』の成立そのものは後だけれど、原形になるものはすでに存在していたと考えられるので、そうすると紫式部は当然、見ているはずで、清少納言が紫式部を軽蔑しているといっても、このレベルで？　という意識があるのかもしれないし、『朗詠集』の原型があったと仮定して、紫式部からすると、初学の本というような意識があって、基本はこんなもの？　というような意識がね、あったかもしれない。

**廣田**　竹内美千代さんが『紫式部集評釈』（桜楓社、一九六九年）の最後に、紫式部の和歌の上手・下手について論じている。紫式部は父為時の影響で、本格的な和歌の学問をしていたという。『源氏物語』の帚木巻の雨夜の品定めでも貴公子たちの議論で、和歌の髄脳のことに触れている、と。

**横井**　『紫式部集大成』を作ったときに、久保田さんの「旅程考」に『赤染衛門集』のことが出てきて、旅の途中のところで琵琶湖に触れている。あれを読んで『赤染衛門集』は面白いなと。雑纂的で、あんまり編集の痕が見えない。

**廣田**　『赤染衛門集』は、歌の数が多いということもありますが、あまり取捨選択がない。詠んだものは、いちおう書いて置こうと。

**横井**　『赤染衛門集』には、編集の跡というか工夫があまり見られない。他と比較してみたいと思う箇所はずいぶんある。

## 『紫式部集』は厳選家集か

**廣田**　赤染衛門は石山寺に何度も出かけますね。紫式部は石山寺に行ったことは書いていない。玉鬘巻にも触れられていますが、長谷寺にも行ったと思いますが、どうして家集には残さなかったのか。

**横井**　行っていたはずだけど、残していない。だから、『紫式部集』はセレクトされた作品だと。つまり、石山寺へ行って歌を詠んでいるはずです。だから、『紫式部集』は曲者だと思います。

**廣田**　南波先生は「厳選歌集」だと言っていますが、相当捨てているといえるでしょう。

**横井**　厳選というよりも、何らかの意図があって捨てられていて、その意図が見えないだけじゃないでしょうかね。仮に、『紫式部集』に石山寺が入り、初瀬寺が入り、宇治が入るとなると家集の印象がずいぶん散漫になる気がします。一二六首（実践本）というと、スリムな、スマートな感じがする。そうでないと、『赤染衛門集』に近付いてくる。清水好子さんのいうように、かなりスリムなのだが、意図されたスリムさだと思う。

**廣田**　私は最近、初瀬詣のことについて書く機会があったと申しましたが、初瀬には右大将道綱母も、赤染衛門も、清少納言も同じ地名を辿り、同じ行程を辿って、旅をしている。法性寺から今の大和大路を行き、椿市から初瀬寺に向う。清少納言は歌を歌わないので、「池は」の条などを見ると、地名だけしか残さない。赤染衛門は、都だったら今日は子の日だから、小松を引かないといけない、などと歌を詠む。自分の生活を背負って旅をする。赤染衛門は、風景を見ていない。行ったら最低一首は残す。

ところが紫式部は違う。ばっさり切って歌を捨てている。『紫式部集』では、友人との別れや友人の旅の歌は、自分の若い時代だけに偏って置かれている。私などは捨てている方が多いと感じる。

**久保田**　『源氏物語』に七九五首の歌を散りばめているのに、『紫式部集』はなぜ一二六首なのか。確かに厳選されているという、南波先生の考えには納得させられると思う。

**廣田**　昔、南波先生が知人の俳人に、一日何句詠むかを聞いて計算し、紫式部が生涯で何首詠むかを考えた、すると何千首だとか、何万首だということを講義で話されて、だから『紫式部集』は厳選だと話されたことがある（笑）。

**久保田**　『蜻蛉日記』を読むと、牛車で行くとなると視界が狭くて、あまり見えていない。一日では行けないから、泊まらないといけないので、そこで歌う場が生まれてきているはずなんですね。この前、婦人学級を連れて明石へ行ったんです。ここは光源氏が実際に明石に通った場所だ、何とかの小道だと。どう説明してよいのか（笑）。

**廣田**　光源氏が住んだという場所は、須磨にもありますね。

**久保田**　そのとき、光源氏が須磨へ行くのに、舟に乗る。ところが途中の歌がない。すぐ向こうに行ってしまう。ほんとに紫式部は景色を知っていたか。為時は播磨掾《じょう》になっている。明石や須磨を選んだ意味について藤井貞和さんは言っているが、紫式部は実際には須磨を知らないでしょう。

**横井**　為時は播磨掾になったということも、前は遥任だということだったが、最近は実際に赴任していると。でもやっぱり聞いた話でしょ。

**久保田**　やっぱり歌枕。須磨の歌、明石の歌、歌枕で世界を構築して行くのが、彼等の日常だったと考えられる。

**横井**　歌枕では歌を詠まないといけない。そういうときに歌が詠めない清少納言は、肩身が狭いでしょうね。

**廣田**　苦しかったでしょう。

**横井**　清少納言は記憶力が良いから、個人の歌を思い出して。赤染衛門はどうもキィ・パーソンですね。

**廣田**　『栄花物語』を読むと、仏教的なことは良く知っていることが分かる。

**横井**　ただ、『源氏物語』は、むきつけに書かない。そうそう、親族に僧がいたでしょ。

**廣田**　定暹《せん》ですね（丸山キヨ子「紫式部と定暹」『源氏物語の仏教』創文社、一九八五年二月）。

**横井**　『河海抄』の料簡では、紫式部は「檀那院贈僧正の許可を蒙て、天台一心三観の血脈に入れり」とあって、園城寺の覚運から学んだことになっていますね。

**廣田**　紫式部は唯識《ゆいしき》を学んでいると思うが、そのまま『源氏物語』に描くわけではないですね。

**横井**　たとえば、女三の宮や紫の上の、身の周りのものは、河添房江さんじゃないですけれど、ほとんど輸入のものでしょ（『光源氏が愛した王朝ブランド品』角川書店、二〇〇八年）。読者に意識させつつ、それを露骨には書かないっていう姿勢が一貫している。だから、私は最近「源氏物語の風景」（武蔵野書院、二〇一三年五月刊）ということを考えていて、本文を読んでいるだけでは本文の味わいというのは分からない。復元できない。

ただ、『赤染衛門集』は本文が杜撰《ずさん》ですね。肝心のところが字足らずになっていたり。写本がよくないのかもしれないが、歌を詠み捨てているという気がする。

**久保田**　考えてみると、私家集の中では、『紫式部集』が突出して研究は進んでいるのですよ。他は伝本が少ないとか、本文研究がまだ進んでいない。

**廣田**　和歌文学会における『紫式部集』の評価はいかがですか。

**久保田**　山本淳子さんが中心でしょう。『紫式部集』の発表そのものがあまりない。

**横井**　『紫式部集』は、例えばベートーベンで、音楽通の人からベートーベンの名が聞かれないように、和歌文学会では、メジャーすぎて専門家は引いてしまうんじゃないかな。

**廣田**　確かに私たちの若い頃だと、講読で発表するにも、文学の側の先行研究は竹内美千代さんの『紫式部集評釈』しかなかった。清水好子さんの『紫式部』は注釈じゃないからね。

**久保田**　南波先生の『紫式部集全評釈』は、土橋寛さんから角川書店に紹介されたが、断わられたという。そのころはまだ勅撰集の注釈もなかったから、私家集の注釈は嚆矢だったでしょうね。

## ふたたび「日記歌」について

**横井**　「日記歌」のことはどう考えるのか、この際お二人に教えていただきたいな。勅撰集、それから私家集の後ろに、歌はなぜくっついてくるのか。『古今集』の墨滅歌とかありますね、私家集にもありますね、肩付があったりして。少しおくれて中世以降に付加されるというイメージがある。墨滅歌は別の次元の問題なんでしょうが。「日記歌」はたまたま『紫式部日記』があるから、「日記歌」というタイトルがついているわけで。

**廣田**　「日記歌」は難しいですね。ひととおり調べているのですが、たとえば『和泉式部集』では、岩波文庫の清水文雄さんの解説によれば、歌群にはA群からE群までがあって、重出歌もかなりある。何度も違う時期に付加されている。

ところが、『紫式部集』の場合、この『紫式部日記』がどのような段階のものなのかということがあってややこしいのですが、「日記歌」は、わずか一七首しかないので、もともと『紫式部集』が同じ人物との贈答が、重複しないように編纂しているように思う。逆に考えると、この「日記歌」の存在によって、逆に編纂の「厳選」ぶりが分かる。言い換えれば、小少将君や大納言君など女房たちとの贈答、道長との贈答などが、家集本体の贈答と重複が避けられていると感じる。つまり、女房たちとの贈答、道長との贈答などは、一組あるだけで代表されているということが、逆に浮かび上がってくると思う。「日記歌」の成立を考えようとすると、家集本体の成立が分からない、併せて『紫式部日記』の成立が分からないので、非常にややこしくて、決め手がない。稲賀敬二さんのように、『紫式部日記』が寛弘五年の夏の記事を反古にして消息文を書いたというような、思い切った仮説を立てないとどうにもならないのだが。

**久保田**　南波先生は、成立とかそんなことは捨象していたと思う。先生が研究をすすめている段階では、まだ本文の確定が優先ということだった。

**横井**　そうでしょうね。何しろまともな本文がなかった時代だから。松平文庫本のような本文で読んでいたくらいでしょうか。いまひとつしどけなくて、まとまった作品としては読めない。『紫式部集』の研究が進んだのは、南波先生の仕事があったからです。

**廣田**　それと実践本の発見ですね。

**横井**　それはたまたまそういう「時代」ということがあるんじゃないでしょうかね。研究者の執念によって本が出てくる、というようなことがありますよね。南波先生の仕事があったから実践本が出てきたともいえると思いますよ。三谷栄一さんや野口元大さんが一誠堂の二階にいらしたわけで。そこで、三谷さんが実践女子大学への購入を決めたわけです。

**久保田**　南波先生はそのあとで、目録を見て、たまたま写真が一葉しか出ていなくて、これはたいしたものではないだろうと、見ていたら、三谷さんが買ったと。

**廣田**　「日記歌」のことですが、これは、ひととおり諸説は拝見していますが、どうも取り扱いが難しい。ひとつつっ突くと全部に波及してくるので、「日記歌」は今後の課題です。

**横井**　そうですね。『紫式部集』本体と切り離せない。作品という立場から『紫式部集』を読むのと、ここに写本があるという見方からはどうしてもずれる。書誌的な視点から見て行って、築き上げて行くと到達点は微妙に違うような気がしますね。私はどうしても後者になってしまう。

私の、今のところの観点は、後半の緩いところですね。これがキィ・ポイントになるのではないかということです。五一番歌まで、同じところをいくら議論してもあんまり意味がない。「切れ切れ散々」が、実践本に収まってしまうのか、それとも陽明文庫本に切り出された形なのか、

**久保田**　南波先生が追い求めた自撰家集というときに、今の「日記歌」は後の人が、一定度の距離を置いて、後半のモヤモヤしたところは、これは彼女がくっつけたもので、その前までの『紫式部集』の原本と考えたときに、今在るのは追補されたもので、作品として「日記歌」まで入れて読むか読まないか、という前提が出てくるでしょうね。

**廣田**　南波先生のように原形尊重、元の形が重要で、追補されたものは後人の改作だという立場、もうひとつは現在の『紫式部集』をひとつのテキストと見る立場があるということですね。

**久保田**　私自身は、「日記歌」が後から付け加わったどうか、断言する自信はない。どうも全体で見ることへの違和感、今のような二段階でもよいし、どこかで吹っ切って考えないと説明ができない。どうしろと言われてもなあ、全然違う百首くらいの『紫式部集』が出てきたら、「日記歌」は吹き飛んでしまう（笑）。切り口というか、立ち位置が難しい。

**横井**　『紫式部集』をひとつの作品だと前提すると、「日記歌」が入ってくることがおかしくなるということですか。紫式部がひとつの作品を作ったということになれば、重複を避けるのが自然ですが、「日記歌」を入れるというのは後人の処置ということなんでしょうね。

**廣田**　『紫式部集』の補遺篇を作ると、「日記歌」は『紫式部日記』から採ったものとしか考えられない。ただ、ここからどんな問題を出してゆけるかということ、今の私にはそんなに展望がない。

**久保田**　南波先生の編の名前になっているけれど、

笠間書院の『紫式部の方法』（二〇〇二年）は、実際南波先生の亡くなった後、企画して挫折しかかったとき、三谷邦明さんから「手伝うから出せ」と言われて、ちょうどそのとき、テクスト論が台頭してきて、一方では翳りもあり、三谷さんも「勝手読み」をしていた時期であり、そこで三谷さんには、テクスト論で読むことの問題について書いてほしい、自己点検、自己批判ですね、そういう視点で三谷さんには書いてほしいと、でも結局、中身は違いましたけれどね。すでに書いた原稿があったということで。

　今の問題でいうと、『源氏物語』でも宇治十帖には別筆説がある。光源氏の物語と、宇治十帖を含めて『源氏物語』の全テクストと見るのが、テクスト論。そこでは、作者というものは捨象されて行くじゃない。それも、なんとなく最近は空中分解しつつある。そのとき『紫式部の方法』を編むときにあたって、作者・作品をどう考えるか、テクスト論をどう展開するか、ということが念頭にあった。「日記歌」を入れて『紫式部集』を考えると、テクスト論者と同じですよ。日記研究の場合だと、実名作者と日記との距離、そういう問題はついて回る。今度の『紫式部集』研究においても、作品としての『紫式部集』と、作品として読むというが、ついつい紫式部はと言ってしまったときに、これは作品世界として読んでいればいいんだというときに、テクスト論の陥穽とどう向き合うか。廣田さんの『家集の中の「紫式部」』を読ませてもらっても、ある時は作者として読んで、紫式部はと言ってしまったときに、

**廣田**　私は最近、あちこちで書いているのですが、『源氏物語』でもテクストとしてだけで読むのは無理だと思う。強力に作者が介入することで物語に転換を齎《もたら》すことがある。物語の転換点には必ず作者が介入する。作者が池に石を投げ込むと、波紋が広がって行くように。ですから、私は『紫式部集』を考えるときにも、完結した本文として捉える次元と、実在の紫式部を言うときでは、次元を分けています。

　たとえば、従来の『蜻蛉日記』研究では、右大将道綱母と日記の中の私とが重なり合っている。あるいは『栄華物語』の研究発表を聞いていると、今だに物語と歴史とが融通無碍《むげ》に論じられやすい。表現された本文と、実在の作者とは別だ。南波先生だと、『紫式部集』の中の私と、実在の紫式部とは同じでしょ。

　さらに言うと、たとえば『紫式部集』には「数な

らぬ心」という表現があります。先行する表現例もあるのだが、これは実践本の表現なのかどうか分からなくなる。定家の表現かもしれない。どこでどう違いを見出すかは難しい。

**久保田**　僕は、テクスト論者ではないけれど、作品の表現と、実在の紫式部とどう折り合わせるか。

**横井**　テクスト論云々ということでなく、紫式部が作品をどう読んでほしいか、というとらえ方じゃないでしょうかね。『紫式部日記』でも、『源氏物語』でも、どう読まれたいかという作者――「語り手」でも「何とか主体」でも、名まえはどうでもいいんですが、そういう存在――がいる、としか言いようがない。

**廣田**　論証とか、注釈という手続きがないと、一定の客観性と説得力が保てない。私（わたくし）の読み、だけではどうも。……

　ところで、『紫式部集』の詞書は独特なところがありますね。『紫式部集』は他の私家集にはない文体を持っています。その性格は、前半と後半で違いますか。たとえば、二番歌の終止形で閉じる詞書がありますね。これは『紫式部集』の後半にも出てきます。つまり、この問題に限っていえば、前半と後半にあまり大きな違いはない。

| | （陽明文庫本） | （実践本） |
|---|---|---|
| ・七七番詞書 | さし出づ。 | 同。 |
| ・八二番詞書 | なりにけり。 | 同。 |
| ・八八番詞書 | よまむといふ。 | 同。 |
| ・九九番詞書 | 葉にかく。 | 同。 |
| ・一〇四番詞書 | あけぼのなりけり。 | 同。 |
| ・一〇七番詞書 | 返しけり。 | 返しやる。 |

しかも、実践本とほとんど異同がなく、一〇七番歌を除いて、どちらも終止形で終ることでは変わりがない。確かに、『紫式部集』の後半の構成は緩いのだけれども、終止形で終る詞書の独自性は、対立する本文間において前半、後半に関係なく共有されている。そのへんは、これからもっと丹念にやって行かないといけない。

**横井**　だから、索引にも、ちょっと工夫が必要なんじゃないかな。形態素解析の方法が必要かどうかは別として。単語だけではなく、表記の問題も絡むので、色々な問題がでてくると思う。

## 『紫式部集』研究の展望と課題

**廣田**　さて、いろいろ議論してきましたけれど、残っている問題は、これから『紫式部集』研究にとって、どういう展望があるのか、です。また実際の授業の中で、どんな問題があるのかなどという問題を出していただければ、と思います。

**横井**　「研究」という全体に拡げた場はともかくとして、われわれの立場としては、どう考えるかです。

近未来としては、『紫式部集大成』『紫式部集注釈大成』『紫式部集研究大成』の三部作を完成させたい。いまやっている「注釈」が済まなくても、早く手がけたいのが『紫式部集研究大成』（仮称）です。その中で、埋もれかかっている、やや古いけれど重要なものを再評価したい。以前に三人で話したことがありましたけれど、たとえば清水好子さんの「紫式部集の編者」（前出）、南波先生の「定家本紫式部集についての一考察―新資料瑞光寺本紫式部集による―」（前出）、などがラインナップにあがっていました。

**久保田**　「磯の浜」など旅程の地名についての論文などもあるし。

**横井**　解題を添えて、ね。それと、われわれが現役の間にできることとしては、同時に個々の本を書くということで。

**廣田**　工藤重矩さんが目の仇にしているような形だけれど、清水好子さんの論は、堅い注釈ではないのですが、抑制されているけれども奥が深い、と思うんです。もう少し心静かに読めば、編纂の問題にしても、和歌の表現にしても、こんなことを言っているのか、そういうことなのかと、教えられるところが多い。

**横井**　『清水好子を読む』という本が必要なのかも知れないね（笑）。

**久保田**　若いころ、清水さんから「『古今集』をどれくらい覚えましたか」と聞かれたことがある。だって紫式部は、三代集を暗記していたんだから、と。

**横井**　『拾遺集』は紫式部に近い時代なので、誰でしたっけ、紫式部が撰に漏れたのを嘆いた、という意見。萩谷朴さんとか言いそうだ（笑）。ただ、『紫式部日記』にはある種の「効用」があって書いたのだ、というのを最近書きました（『源氏物語の風景』武蔵野書院）。あれだけ貴重な紙を用いて書いたというのは、何かの効用がなければならない。中宮の御産と主家の讃美だけでなく、そのあとの部分があるのは、何か効用がなければならない。そもそも萩谷さんも『紫式部日記全注釈』の中でいっていましたけどね。

**廣田**　ところで、今日、横井さんの用意された、この「課題と問題点」という資料を拝見しますと、纏める小冊子のタイトルを考えておられるのか、論点の整理ということなのか、どうなんでしょう。

**『紫式部集』研究の課題と問題点（横井メモ）**

1　伝流の徹底的解明
2　現存形態から原態の復元は可能か
3　私家集としての『紫式部集』
4　近未来の課題
5　『紫式部集』によって私家集研究の底あげは可能か

**横井**　最初の問題は、これは私の立場で、二番目はともかく、三番の話題は昨日出た、ホットな話題です。「奥山里」「遠山里」が『公任集』『赤染衛門集』にあるというのは、廣田さんも見落としたということは、この座談会で初めて分かったことですね。

**廣田**　そのことについて少しばかり弁明しますけれども、武蔵野書院『紫式部と和歌の世界』の注釈で私は、断定せず「造語か」としていて、赤染衛門、清少納言、紫式部たちは、同じ時代で、同じ言葉を使うけれども、表現の意味するところがそれぞれ違う。そこがやっかいなところで、「奥山里」に対して「遠山里」というのは、心理的で気分的な遠さ、遥かな印象を表現していると思うんです。

同じ語彙が『伊勢集』にあっても、『源氏物語』で使うときには少しずらしているということはありうる。用例の検索だけだと同じ語彙だということだけなのですけれど、使い方の違いということは今後の課題です。

**久保田**　言葉遣いだけ論ずるんでは不十分で、歌の背景、紫式部流の意味合いを加味するということも必要ということです。公任の歌で知っている言葉を紫式部が用いた可能性がある。

**廣田**　そうですね。私は、一つ感じていることがあって、この紫式部の時代、『拾遺集』の時代に、和歌の表現が変わるという印象がある。歌の伝統が変わるということが、ひとつです。もうひとつは、清少納言『枕草子』が標準にはならないということで、清少納言は伝統的な言葉の使い方をずらしているということです。用例を集めても、全部同じように行かないところがなかなか難しい。

**久保田**　定家まで来ると、色々な造語とか、掛詞でも意味合いを拡げてしまうとか、かなり顕著なことがある。そのような似たようなことが、紫式部の時代にあったかどうか。

**廣田**　定家は中世和歌でしょ。『紫式部集』は古代和歌であって、同じ五七五七七の和歌でも、そこは決定的に違う。それで、今までは『古今集』をひとつの基準として見てきたけれど、『拾遺集』のエポックがあるのではないか。風巻景次郎は、それぞれの勅撰集の歌風を説明するけれど、私は和歌の専門ではないので、全く分からない。

**久保田**　清水好子さんも、三代集をいうけれど、ひとつのまとまりとしていうので、『古今集』と『拾遺集』の段階を分けているわけではない。和歌世界をひとつのまとまりとして見ていると思う。

**廣田**　清水好子さんが『紫式部集』を論じるときに、これは『古今集』の問題で、これは『後撰集』の問題だというような、そんな腑分けはないでしょう。久保田さんは、授業で講読を毎年やっておられるから、そういう問題を敏感に感じると思う。『紫式部集』の詞書は難しくて、言い足りないと思うときもあるし、詞書が説明し尽くしていて、歌はあってもなくてもよいときもある（笑）。

**久保田**　工藤重矩さんが言うように、『紫式部集』がどこまで言っているか、ですね。

**横井**　「人の」というだけの詞書もあるけど、これは他の私家集にはあまりないでしょう。あれも極限まで切り詰めている例ですね。

**廣田**　この前、実資の『小右記』を読んでいたんですが、賀茂社に夜参詣している記事がありまして、ふと思いついたのは、『紫式部集』一三番歌です。これは、賀茂社に詣でたとき、木末が神々しく見えたという歌です。あの歌は、次の歌の賀茂川における禊祓の折の歌と対照的に置かれています。この歌は色々と説があって、旅の前に安全を祈ったものだとか、清水さんは恋の気分を歌ったものという。しかしこれは、ちゃんと参詣したときのもので、賀茂神のありがたさを詠んだものでしょう。あの詞書は饒舌で、悩むのです。切り詰めた詞書もあるし、言葉足らずの詞書もある。それこそ『赤染衛門集』なら、どこに行った、行くとどんな歌を詠んだと、きっかけや事情は必ず書いてあるから、『紫式部集』の省略なのかどうか分からないですが、この詞書は分かりにくい。

**横井**　一五番歌で「文の上に姉君と書き、中の君と書き」云々とある、あれも長い詞書ですが、何を言わんとするのか、実はよく分からない。御互いを意識して、何かを切り詰めて言っているところがあるとしか思えない。かなり極私的なものがある。

**廣田**　私家集の難しさはそこですね。

**久保田**　むちゃくちゃ乱暴な言い方ですが、皆まで言わないで思わせるとか、ほんとうに紫式部が人に見せるための家の集を編纂したのなら、もっと分かりやすくしたのでは。

**廣田**　私の家の集だったら、皆まで言わなくとも分かるだろうというところもあると思うけど。

**久保田**　私の家の集は、他に見せることが前提で。

**横井**　紫式部のころは、まだ公開の形式が定まっていないんでは。私家集の定まった形というのがいまひとつ。勅撰集の素材としての私家集などというのは、限定的に入手可能な私家集が勅撰集の素材になるということであって、勅撰のために私家集を編むという時代では、まだないですよね。『紫式部集』は「効用」を考えるなら身近にいる人がターゲットであって。

**廣田**　南波先生は、紫式部は『紫式部集』を、娘大弐三位のために書いたというのだが、それは論証のしようもないけれど、ひとつの考え方です。

**久保田**　南波先生は、伯父の『為頼集』との関係も重視していましたよね。紫式部が『紫式部集』を残して、大弐三位は『紫式部集』の詞書を読んで、分かるものになっているのかどうか。

**横井**　残すものだからいいんじゃないんですか。萩谷朴さんなんかは、『紫式部日記』自体は、庭訓だといっていて、天皇の乳母になるという夢を実現した藤原有国夫婦に対しての嫉妬心があったとか、大弐三位が実現したとかいうが、それは結果論。日記というものが記録として残すものだったんだから、構わないんじゃないか。道長ですら日記を書いているわけだし、実資だって自分の子どもは、まともなのは女の子ばっかりで、養子はいたけれども、とりあえず養子たちは養子たちで日記を作っているし。「効用」を考えると、大弐三位を意識しているというのは、ある程度あたっているんじゃないんでしょうかね。すべてとは断定はできないけれど。

**廣田**　大弐三位説は、いい線は言っているということですね。

**久保田**　この『家集の中の「紫式部」』（新典社選書・新典社、二〇一二年九月）でも、廣田さんは随分『赤染衛門集』を気にしているけれど、

廣田　『紫式部集』の特性を浮かび上がらせるのに、『赤染衛門集』は好材料です。

横井　ほかにも『曽丹集』なんか面白いんじゃないですか。私は前に『源氏』の「霧のまがき」という用語を調べていて、――壬生忠岑が先かな、その次が『曽丹集』かな――『曽丹集』の言葉が『紫式部集』にあるんじゃないかと思う。先ほどの廣田さんの言葉じゃないですけれど、もちろん同じ言葉を使っても、同じとは限らないのだけれども、用例自体はまず調べないといけない。

久保田　基礎的には、紫式部の特異な用語例は、今検索は楽にできますから、新造語を調べてみたい。

横井　大野晋さんが『日本語をさかのぼる』（岩波新書、一九七四年）で書いているけれど、たとえば、「おほやけ」なんて名詞を形容詞化した「おほやけおほやけし」などという語は、確かに他に用例が見当たらない（『落窪物語』にも一例）。

久保田　僕は、『同志社国文学』で、「片生ひ」と「片成り」とを調べ始めたのは、『日本国語大辞典』の新編が出るというので、項目をあたったのだが、補説には採用されなかった。辞書では、未成熟だと、同じ意味になっているが、『源氏物語』ではちゃんと使い分けられている。その前は『伊勢集』、「うなゐ処女《をとめ》」、虫麿の伝説歌にしか出てこない。二例しか出てこない。『源氏物語』をやっていても、「片生ひ」と「片成り」とがちゃんと整理できていると書いた。女三宮と、紫上の用例と、雲居雁の用例と見比べて、結婚前と後で、「片生ひ」から「片成り」に変わるわけ、言葉じたいが良い例は少ないけれど、国語学の人はみんな未成熟というけれど、使い分けがあることを、説明できない。

廣田　南波先生は、『紫式部集全評釈』でも、『曽丹集』を結構、重視していると思います。『源氏物語』全体で見ると、面白い表現、新しい表現があるんです。

久保田　それと、南波先生は確かに『曽丹集』を使っていたけど、師氏の『海人手古良集』をよく使っていたことを思い出すなあ。『紫式部集』の研究会を、先生の御宅で、清水好子さん、吉池浩さんがやっていたのが最初で、その中で、『曽丹集』や『海人手子良集』などを使うようになったのではないかと思います。

廣田　古代歌謡の土橋寛さんは、柳田国男の影響が強いけれど、南波先生は、折口信夫の影響が強いんです。折口は曽丹を評価していますから。先生は昔、御自分の本に色鉛筆で赤い線、青い線を引き、疑問に思う箇所には△印をつけていた。研究室に寄贈された先生の本では、折口信夫をよく読んでおられた痕が残っています。

**久保田**　南波先生の本を、宇治市の源氏物語ミュージアムに寄贈するかどうかという話もあったけど、御家庭の事情もあって、実現しなかったが、――先生の本は線だらけだった。ただ南波先生が何を考えていたかは、分からないけど。

**横井**　頭の良い人の本って、書き込みがなくて、調べようがないんですよね。阿部秋生さんの蔵書が、（実践女子大学）文芸資料研究所に寄贈されていて、つぶさに見ることができるんですが、鉛筆や萬年筆で線が引かれているだけなんですよ。それも、ビッシリというほどでなくて。もうちょっと、何か書いてくれていると、いろいろヒントになるのに（笑）。

**久保田**　日本古典全書の『大和物語』（朝日新聞社、一九六一年一〇月刊）には、先生はよく書き込んであった。大阪成蹊女子短期大学の僕の本棚に、宮田和一郎さんの蔵書が一部、入っているんですが、『更級日記』に宮田さんの書き込みがある。「訂正本」と書いてあるから、次のことを考えて、書き込みしたのだろうと思う。南波先生の『紫式部集全評釈』の校異篇も、今こんな形になっているけれど、学部や大学院の授業のとき、全部このとおりの形で、毎年調べてこられた異本が増えるから、先生の原稿を借りてガリ版で毎年作っていた。

**廣田**　南波先生が、タイプ印刷の簡易製本で、校本の途中段階のものをもらった記憶がある。だけど、その校本の冊子は、阪神大震災のときに行方不明になり、紛失しました。

**久保田**　僕はもう少しあとで、笠間書院の『紫式部集の研究　校異篇・伝本研究編』（一九七二年）刊行の後、先生は最後に、大阪の中ノ島図書館本を追加していた。江戸の写本だから、借り出せた時代で、コピーもできた時代です。そんなにいい本ではないのですけれど、それを最後に入れた記憶がある。

**廣田**　その校本が最新版で、最後版ですね。ともかく、横井さんは徹底して書誌的に考察を進めて行かれるのですが、私などは印象批評から入っていきます（笑）。

**横井**　書誌も印象批評です（笑）。こういう研究は、多面的に攻めないと。飛鳥井雅道、『栄華物語』の周辺などと書いて、小松茂美さんが『古筆学大成』（第一九巻、講談社、一九九二年六月刊）のなかで、実践本の奥書に「癩老比丘」とあるのを飛鳥井栄雅だといったんですが、蓋然性はあるものの、根拠はない。ひらめきなんです（笑）。

**廣田**　書誌的なことで思い出しましたが、陽明文庫本の歌の頭に、合点ですかね、後半だけですが、一一首分に点が打たれているのです。最後の歌「いづくとも」だけは、点が二つ打たれている。その意味が分からない。

**横井**　それを発見したのは廣田さんでした。合点の一種でしょうか。歌の勉強をした痕跡でしょう。

**久保田**　また、陽明文庫で、三十六人集で調べ直させてもらいましょう。『紫式部集』だけに付いているのかどうか。

**横井**　もし再調査できるのだったら、ぜひ調べて下さい。誰が歌の勉強したのか分からないけれど。信尹さんかな、一番可能性があるのは。

**廣田**　迂闊《うかつ》にも、この合点は、解題の原稿を書いたときには気が付かなくて、出来上がってから写真版になって、パラパラめくっていて、あれっと気が付いたのです。何度も見ていたのに。昔学生時代から見ていた、南波先生の出した笠間書院の影印本、コロタイプ版の『紫式部集』には、この合点は飛んでしまっている。打っていないんです。

**横井**　あれは、書き入れを消しているから。虫食いも分からなくなっている。『紫式部集大成』の陽明文庫本の写真は、よく撮れていますね。料紙は楮紙《ちょし》、だと思うんですが、紙質までよく見える感じです。

**久保田**　何度も見ているのにな。

**横井**　御二人は『紫式部集』を読んでしまっていたんですよ。

**廣田**　反省しています。ともかく、名和さんの頭の中には、あんな『紫式部集』なんて、という気持ちがあるみたいでね。陽明文庫は、国宝・重文だらけですから、『紫式部集』なんて価値のないものを、と感じておられるかもしれない。

**久保田**　でも最近は、展覧会には『源氏物語』などと一緒に、必ず『紫式部集』を出してくれるようになった。

　『紫式部集大成』の調査のために、陽明文庫に行って『紫式部集』を見せてもらったときに、名和さんが「教えてやろう」と、三十六人集を蔵から持ってきてくれたんだけれども、『紫式部集』と三十六人集とは同じ大きさだった。

**横井**　私の考えと、久保木秀夫さんたちの調べた結果と、ほぼ同じことになったので、久保木さんも認めてくれたということです（「陽明文庫本紫式部集の素性」『特別展示　近衛家陽明文庫―王朝和歌文化一千年の伝承―』国文学研究資料館、二〇一一年一〇月）。名和さんがおっしゃるのは、信尹さんが写して勉強用にした、手近なところで写したのであって、善本を選んで写したのではない、と名和さんはおっしゃっていたんだと思います。

『鹿苑日録』を読んでいても、献上された和歌の本を点検しているところがあって、近衛信尹さんなんです。天正一九年（一五九一）の五月六日の記事では聖護院門跡の道澄と一緒に点検している。道澄は信尹の叔父ですが、天皇の前で、これはよいとか、選んでいいものは引き取られたりとか、そういうものが禁裏本として残っているわけでしょうね。それを後西天皇だとかの時代に、複本が作られた。それが禁裏火災のあとで副本が役に立ったというわけ。

**久保田**　『紫式部集』は左肩に外題の打ち付け書だった、『猿丸太夫集』などもそうだったし。それが誰の筆かまでは分からなかった。

**横井**　祐筆や家士の筆跡を名和さんは分かるんでしょうかね、それ、知りたいですね。慶長だとすると、信尹はかなり高齢のものですね。最低でも筆跡は十年刻み程度で分かるということだから、現物について、これはいつごろのものか、これはいつごろのものか、という具合に教えて貰いたいですね。

**廣田**　また、一度行って、教えてもらいましょう。

# 10　鼎談『紫式部集』研究の現状と課題　Ⅱ

会場・同志社大学　徳照館２F　共同利用室
日時・二〇一三年三月二六日（火）

　廣田收（司会）の「また、一度行って、教えてもらいましょう」で締めくくられた前回の鼎談から半年あまり。この日（三月二六日）、ようやくその約束を果たすことができた。陽明文庫を再訪し、昼休みをはさんで一日、『紫式部集』ほかの私家集を調査することが出来た。名和修氏からの教示も頂き、廣田の勤務校・同志社大学に戻って、鼎談の続編を行うこととした。

　前回（鼎談Ⅰ）の折、次回には草稿を持ち寄ることを約した。鼎談（Ⅱ）中、各自の草稿についての話題が出ていることに注意して頂きたい。

## 陽明文庫調査のあとで

**廣田收（司会）** 今日の成果と、反省点とから始めてはどうでしょうか。

**横井孝** とにかく、今回私の知りたいことがまっ先に分かったので、その点は満足です。廣田さんの『紫式部集』歌の場と表現』（笠間書院）をいただいた後、もう一度南波浩編『紫式部の方法』（笠間書院）と陽明文庫の影印本（笠間書院）の解題を読み直してきました。勅撰集の集付けが成立に関係するという文章で『紫式部集の研究　校異篇・伝本研究篇』（笠間書院）の基盤になったものですね。集付けが問題、というと、廣田さんの原稿（『紫式部集大成』）からすると、勅撰集の集付けは陽明文庫で他の家集にあるのか、ないのか、それははっきりした。今日見た範囲ではなかったから。それがひとつ判明しましたね。陽明文庫の他の私家集に、こういう集付はあるかどうか、というところもある。みな連関しているということで、私の知りたい最低限のことについては成果がありました。

**廣田** 私は前から久保田さんに指摘されていたことで、陽明文庫の「三十六人集」の奥書を見ないといけない、と。拝見すると、奥書がそれぞれ違っていますね。これは、よく考えてみないといけないことですね。本文同筆のものと、それぞれの奥書がどう絡むのか。陽明文庫の他の「三十六人集」も見てみないと分からない。これで、次の課題がはっきりしたと思う。

**久保田孝夫** 名和さんも言ってたけれど、写したものに以前奥書があったものはそのまま写したのだと。なかったものもあるでしょ。ひょっとしたら、久保木さんのいう禁裏本と陽明本との交錯の問題が、関わるかもしれないと今話を聞いていて思った。

**廣田** 普通、三十六人集だと一括して書写するのでしょうか。三十六人集でも、ひとつひとつの全部に奥書を付けるわけではないでしょう。あるいは、ひとつだけ付けておけばいいのでしょうか。

**久保田** 龍谷大学叢書の「四十人集」の中に『紫式部集』が入っているけれど、奥書がどうなっているか。また、三十六人集の奥書がどうなっているか、ですね。奥書の付け方については、新藤協三さんに聞いたら分かるかもしれないけれど。やっぱり単純に、家集が三十六人分あって、全部写したものはどうもないらしいじゃない。どの本をもって見つけたからここに書いてあった奥書をまず全部写した、奥書のなんにもないやつもあったけれど、この本をここに入れて写した、と。それでないと、奥書がバラバラだ。それで三十六人集のどれに奥書があるのか、調べないと。

**廣田**　出どころがひとつでないのかな。そんな印象もありますね。今度は名和さんに、陽明文庫本の残りの三十六人集を見せてもらいましょう。他のものにも同じ現象があるのかどうかですね。文庫から出しにくかったのでしょうか。

**横井**　裏表紙の綴じてあるノドに「四」と墨書してある本で、総体が十冊の本ですね。あの冊だけ抜いてこられたのでしょう。蔵中さやかさんの最近の仕事（「陽明文庫蔵『宗雅百首』奥書をめぐって」第一五回陽明文庫古典資料研究会、二〇一二年九月一五日、「陽明文庫蔵宋雅百首について」（平成二四年度和歌文学会第五八回大会・発表資料、二〇一二年一〇月一四日）は『宗雅百首』の紹介が中心であって、まだ陽明文庫本歌書総体の話にはなっていないですね。われわれの関心は『紫式部集』なのですが、蔵中さんの調査では『宗雅百首』と同筆だということが分かったので、『紫式部集』の本体が近衛家の家士の進藤長治の筆ということですね。

**久保田**　だけれど、その元となった本が何かは分からない。

**横井**　それは久保木さんの研究で、禁裏文庫のものだろうと推定することができますよね。では、その禁裏文庫本とはもともと何なのかというと、はっきりしないんだけど、憶測を言わせていただければ、三条西家か冷泉家などとの関係があるのではないかと思います。

**廣田**　不勉強なので教えていただきたいのですが、禁裏文庫のものを陽明文庫本が写したもので、逆に陽明文庫のものを禁裏文庫の側が写したというふうに、双方向があると措定して、たとえば具体的に何であり、一定の傾向があるのかどうか。

**横井**　書写については集中的にやっているみたいですね、一冊だけでなくて。国文学研究資料館の科研報告で、久保木さんが五、六本（①「万治四年禁裏消失本復元の可能性」『中世近世の禁裏の蔵書と古典学の研究1』（二〇〇七年三月一五日）、②「宮内庁書陵部蔵『法門四十七首和歌』翻刻と解題」『同書2』（二〇〇八年）、③「書陵部御所本による冷泉家本の復元」『武蔵野文学』第五七号（二〇一〇年）、

④「禁裏・近衛家の蔵書形成過程一端」『基幹研究　王朝文学の流布と継承』（二〇一一年三月一五日）、⑤「『三十六人歌合』書陵部御所本をめぐって」『国文鶴見』第四七号（二〇一三年）など）書いていますけど、その中で一番重要なのが、あの『禁裏本と古典学』（吉岡真之・小川剛生編、塙書房二〇〇九年三月刊）の中の論文（「万治四年禁裏消失本復元の可能性——書陵部御所本私家集に基づく」）ですね。

　要するに、万治四年（一六六一）に禁裏火災で、禁裏本は焼失しているんだけども、副本が作られていて、その副本のおかげで復元できるという、これが一番の根本なんです。『紫式部集』に直結することではないんだけれど、他の資料によってかなり蓋然性の高いものが出て来ていると思う。それによって『紫式部集』の底本も類推できるというわけで。

　それと、もう一つ、南波先生が注目しているんだけれど、桂宮本ですね。「也足叟素然本」という、あれは古本系なんだけど、校合がしてあるイ本が陽明本とイコールではない、と南波先生は仰るのですけれど、久保木さんは軌道修正して誤写の範囲だと、これは陽明本と考えてよいのではないかという。となると、素然本というのは陽明本と接点があるということになります。素然本という名称ではあるんだけど、本来は「素然奥書本」というべきもので、その奥書には、公条・実枝・公陸・実条という三条西家累代の名が出てきます。三条西家に定家筆本があったと同時に、古本系のものもあった、ということになりますよね。しかも三条西実隆は周桂という連歌師に自分の手元にあった定家本を書き写させているから、だから周桂筆写本というものもある。

　それにまた、面倒くさいことに、実隆の手元に定家筆本があったというのが天文三年（一五三四）なんです、このときに周桂に書き写させている（本書所収、横井「『紫式部集』の中世」参照）。一四九〇年が元徳年間なので、そのあと実践本の奥書の天文廿五年だというのは、一五五六年ころ。ニアミスはニアミスなんだけど、接点はある。素然すなわち中院通勝が生まれたのが、奇しくも弘治五年（一五五六年）で、天文廿五年と合致する。人の年代表を作ると、まさに年代が重なってくるんでややこしい。

　しかも桂宮本は甲本・乙本があって、桂宮本とは、『紫式部集』がそうだとはいわないが、かなりのものが、桂宮・智仁親王が書き写しているものがあり、それは細川幽斎のものを借りている。それじゃ、細川幽斎は何で持っていたのかというと、禁裏から借りている。禁裏のものが細川幽斎に流れて、細川幽斎本がそれを写して、桂宮本の一本ができたという。禁裏本は禁裏本で、陽明文庫に写されたという可能性がある。このへんが、糸が絡み合っていてほぐすのが大変なんです。

定家本というのも、どうも一種類なのか、二種類なのか、三種類なのか、今私はX・Y・Zとやったんですが。そうすると、南波先生は定家本は三種類あったという、それと暗合というのですかね、奇しくも関連してくるように思う。

**廣田**　南波先生は一丁の行数の違いや紙型の違いをもって定家本にも系統の違うものがあると言われている。久保木さんは武士の情けでか、ことを荒だてていないけれど、傍書のイ本は官本であり、陽明文庫本であると。南波先生は、横井さんのおっしゃることからいうと、傍書のイ本と陽明本とを比べて違うと仰っていたのだが、今のお話では逆みたいですね、すごく似ていると。官本はほぼ陽明本だということは、私は全く考えていなかったことですね。ということは、室町時代に定家本は一種類でないとすると、伝本の残り方とどう対応するのか。

**横井**　一対一じゃないってことで。

**廣田**　もっとごちゃごちゃしているのですかね。ただ、定家本に何種類あるというのも、どの段階でいうのかですね。

**横井**　定家の許にあって、彼が編集する以前の本。これを何と呼ぶか――まあ、定家が持っていただけの「定家所持本」とでもいうんでしょうか。書写本――つまり自筆本、これは別のものと言わざるをえないでしょうね。「定家所持本」というのが「定家本以前」な訳ですから、現存のものでは古本系に近いような本文だったとしか想像できませんね。編集した形で自筆本が作成されている、と。ただし「定家自筆本」も現在は損傷を受けていて、今残っている「定家本」と全く一致するかとなると分からない。定家の所持本――あえて言えば「古本系の原形」も、今の古本と重なるかどうかは分からない。今の古本系も損傷を受けているわけですよね。

**廣田**　そうすると、かつて河内山清彦さんや佐藤和喜さんが、古本系を定家が流布本の形にしたんだと主張したこととは、大枠で同じだといえるわけですね。

**横井**　そうなりますよね。

**廣田**　ただ、私は、この成立をめぐる問題を議論するときに、歌の数が何首かとか、どう並べるのかとか、配列や構成では論じられるが、表現までは辿れないと思う。大きく二系統に分かれてから後の損傷とか、加除改訂は分からない。

ただ先生のお話をうかがっていると、これから考えて行く上で、三条西家本とか松平本などがヒントになるかもしれません。まず書写年代が古い。松平本は天文八年（一五三九）ですね。書写年代の分かる『紫式部集』の中では、実践本よりも古いですよね。古いものを集めて行くと、松平本は天文年間だが、三条西家本はもっと古い。一四〇〇年代ですね。例の『和泉式部日記』と合綴されていて分けられたといわれているものですね。そうすると実践本も、その関係が問題だということになる。私などは今まで、実践本と陽明本だけで考えていて視野が狭いということが反省点です。

## 「日記歌」をめぐって

**横井**　廣田さんのご論「日記歌論」を拝見していて、もともと『紫式部集』の後半が「未定稿」かもしれない、といわれていますが。

**廣田**　「未定稿」の可能性もある、ということです。『紫式部集』の後半が弛緩しているという印象、ある種当たっていると思うのですが、「日記歌」論を始めると、一種堂々巡りになってしまう。家集の後半は、配列が弛緩している、混乱しているように見えるが、冒頭歌の左注や、二番歌の詞書のように終止形で閉める詞書などは後半にもあり、家集の後半も自撰の部分のあることを否定できない。自撰と他撰とが後半混じっている可能性もある。その処理をどうするかです。だから、「未定稿」という可能性もありうる、というひとつの考え方を言っている。もちろん、どれも論証が難しいですけれど。

**横井**　いや、だから、私式の捉え方からすると、「未定稿」も作品なんだと。「未定稿」という表現はわれわれの近代的な考え方なのであって、途中でも作品は作品です。

**廣田**　もちろんその通りです。南波先生は、原形推定しか言わない。池田亀鑑の文献学の方法に従って、伝本の系譜を建設して原形に戻ろうとしたのであって、原形を推定して行くことだけが研究ではなくて、逆に増補された段階も現在形も、それぞれひとつの作品だ、そのままも評価すべきだと思います。純粋なものが不純なものになったということにはならない。私家集の場合、原形を推定して行くことだけが研究じゃなくて、増補されたテキストもそれとして認めなければならないということです。もちろん、根本的な原因が、もとが完成した「作品」だったかどうかは分からないということかもしれないし、書写の歴史的な過程における混乱のゆえかもしれないし、だから「未定稿」というのは鍵括弧付きなのです。

**横井**　後ろにくっ付いているものをひとつの作品として享受した、読んで歴史があるのだから、それを否定してはいけない。相対化する必要がある。今までは純化することしか考えなかった。ただ、純粋なものを求めて行くというのも、ひとつの立場だということです。

**廣田**　そうですね。そうだと思います。少し違う話かもしれませんが、『小町集』について片桐洋一さんが、歴史的小町と伝承的小町を分けようとされた（笠間選書『小野小町追跡』）。あれをしてしまうと駄目なのじゃないか。最初の家集に、どんどん後から付け加えられて行って、訳の分からないものになってしまうけれど、それが最終的に成立した『小町集』なのだから、それはそれで認めないといけない。増補のうちに小町像の成立があるといえる。だからといって、分けることはできない。原形推定だけがすべてじゃないということはいえる。それはそれとして認めないといけないと思います。

**横井**　こういうややこしい問題があるんだ、ということだけでも成果はあったと思いますね。分かってくるほど分からなくなるという典型ですね。

**廣田**　「日記歌」が難しいのは、私もぼんやりしているのですが、「日記歌」の最後の歌が『後拾遺和歌集』に載っていることなんです。これをどう考えるかがひとつです。

もうひとつは、「日記歌」一七首のうち、『新勅撰和歌集』に載っている紫式部歌が結構多い。これをどう考えるかです。「日記歌」の成立を分けて考えるとか、同時に成立したと考えるかどうかで変わってくる。なかなかやっかいな問題です。

**横井**　中世の『紫式部集』を考えるときに、今回は全く除外しているのですが、勅撰集の歌をどう考えるかが問題です。朱点も分からないが、今まで余り気が付かなかったのですが、入集歌が『新勅撰集』

で四首並んでいる。定家本でも並んでいるが、陽明本でも並んでいる。

**廣田**　そのことに意味があるのか、偶然なのか、その辺が分からない。

**横井**　四首まとめて引用していることは、並び自体は原形と考えてもいいのだろうと思いますが、何か意図的なものがあるような気がする。

**廣田**　「日記歌」の初期の研究は、日記歌を含めて古本系を、定家本が改編したと単純に考えていたんですが。これは単純な問題なのか、そうでないのかが分からない。

**横井**　『紫式部日記』の成立論と絡めるとわけが分からなくなる。

**廣田**　泥沼になってしまいます。「日記歌」冒頭の法華三十講に対応する記事が、かつて『紫式部日記』にあったか、という議論もありますしね。それと、赤染衛門歌の入っている、膨大な異本「日記歌」の最初に、『紫式部日記』の日記歌と一二首重なるんですかね。陽明本の「日記歌」の一七首とはずれがある。あれもどんな意味があるのだろうか。どうしてそうなんだろうか。触らないでおこうかとも思いますね。

**横井**　触らないということを宣言して触らないか。それか、そっとしておいて触らないか（笑）。「日記歌」は、他の問題と絡んでしまう。

**廣田**　いずれにしても、「日記歌」の考察は堂々巡りになってしまう。ここに問題があることは分かるのだが、出口がないので。

**横井**　ただ方向だけは示しておかなければならないのは、例えば錯簡論ですね。山本淳子さんの錯簡論（たとえば「『紫式部集』一類本錯簡修復の試み」『国語国文』一九九八年八月、など）は先に結論がある。結論に合わせて書いていることが問題だ。

**廣田**　確かにまずいですね。山本さんが「文脈秩序」なるものをもって錯簡を論じるのはまずいでしょう。それは山本さんの心の中にある読みなので、それを恣意的な根拠でもって云々してよいのか、ということです。

**横井**　「文脈秩序」ってどこから読み取れるのか。読みを保証しているものがない。膨大な手続きを経て、「文脈秩序」を読み取らないといけないのに、それでは論証できない。

**廣田**　配列の異同の意味を部分的に言っても意味がない。全体を論じないと。古本系と定家本との関係をどう考えるかという見通しがないと。部分的なものを、あまりいじくりまわしてもね。だからといって、どう考えてよいのか分からないのだけれど。

**横井**　陽明本は定家本を使うと、元に戻ると。ところで、廣田さんのこの「左注考」（草稿）は面白かったですね。ある程度見通しがあるんでしょう。

**廣田**　恐縮です。『紫式部集』が特異だ、特殊だというのは、それこそ答ありきで、これもほんとうは他の私家集を全部見ないといけないのだけど、他の私家集では、時間配列というか、時間の前後関係を示す左注はあるのですが、「なりけり」で終わる、謎解きの左注はほとんどないように思う。しかも、左注には、陽明本と実践本との間にほとんど異同がないので、これは紫式部の表現だと考えてよい。しかも、左注は配列に異同のない家集の前半だけでなく、後半にも出てくるので、前半だけなら前半が古い形だということになる。ところが、そうでもないので、後半にも自撰部分のあることは否定しにくい。

**横井**　でも二番、三一番なんてのは別に構わないんでしょ。左注の数からいえば、後ろの方が多いのかな。

**廣田**　横井さんのよく仰る「人の」という、どう解釈してよいのか分からない詞書も、むしろ後半に多く出てくる。普通に考えれば、宣孝だとされる。

**横井**　「人の」というだけで、宣孝のことというのは、それだけで宣孝のことをいうとすると、アクロバット的だ。

**廣田**　それで了解されるというのは、常識的に考えた方がよいのですかね。「私の大好きなあの人が」というふうに。

**横井**　表現ということで思い出すのは、清水好子さんのいう「体言化」の働き。長い修飾句を体言化してしまう。ああいうものがあると、紫式部だといえるけれど、まだちょっと読みが足らないのかもしれない。

**廣田**　贄裕子論文（『古代文学研究　第二次』第二一号、二〇一一年）の書評をさせてもらったとき（古代文学研究会、二〇一二年三月、於同志社大学）にも感じたんですけれど、成立論というのは議論も難しいし、論証もできないし、難しい。結局、成立論は手が出せない。詰めて行く方法がないので、テーマとしては一番難しい。

**久保田**　可能性としてはここまで言える、そこまではいいけれど、そこから先はまた別に何か考えないと、何か出てくるのか、そこまではほぼ確実で、辿れるということでよいのじゃないかな。ここから先は本来あったはずの伝本というものが想定されているんだけれど、そこに行くにはまだ、これだけの問題があるということはできる。

それを山本淳子さんのように、祖形を作ってしまうと、そこはちょっと問題だろうけれど、原本の上でここはこう、というふうに分析があれば、今回はできているなと思うけれど。

**横井**　蔵中さんの指摘のように書写した人まで分かるなんて、すごいですね。しかも文禄五年（一五九六）は慶長元年ですからね、こんなところまではっきりしているのは稀有なことです。まさに中世の最後のところ。「ぎりぎり中世」ですね。

**久保田**　それから廣田さんが指摘した朱点のことがあるでしょ。一一箇所、最後の歌だけが二点打たれている。これも分かんないですね。

**横井**　今回見せてもらった、陽明本の三十六人集の中で、なぜ『紫式部集』だけがなのかが分からない。

**廣田**　他の家集なら「もっといい歌」があるのでしょうが。

**久保田**　いい歌かどうかは別でしょう。

**横井**　でもまあ、感性の違いもあるかもしれないが、いい歌だと思いますよ。五四番の「数ならぬ心に身をばまかせねど身にしたがふは心なりけり」。しかも、「心」を「涙」と変えている。六二番の「身をやるかたのなきぞわびしき」も。

**廣田**　朱点を誰が、何のために付けたのか、誰の好みか、ですね。

**横井**　前に名和さんがおっしゃっていましたが、「信尹さんは別に善本だからということではなくて、身近にあったから、書き写させたんだよ」と。「信尹さんは歌は自分で勉強したいんで、写させたんだよ」と。確かに、なんでこんなに集めたのかというと、自分の勉強のためでしょう。自分の家のためとか、後世の子孫のためとか。

**久保田**　そんなにひどいのものを、立場上持ってくることはないだろうというところはあるでしょ。

**横井**　この朱点、何かの印であることは間違いないけれど……。「お遊び」じゃないし、少なくとも今日見たかぎりで『紫式部集』だけ、というのはわかりませんね。私は、朱点は信尹さんのやったことじゃないかと思うんですけれどね。

**久保田**　僕は他に朱点が付いてなかったら、信尹説を否定していたんだけど（笑）。

**横井**　話を元に戻して恐縮ですが、定家の持っていた本、「定家所持本」は正当に考えれば、冷泉家に入っているはずだと思うんですが。

**廣田**　冷泉家にある方が自然ですよね。

**横井**　「定家自筆本」が冷泉家に残っていないことは、不思議は不思議ですけれども、だいたい人から所望があって写した可能性がありますから、早い時期に流れているのは、むりやり納得できないことではない。冷泉家にあったはずというなら、「定家自筆本」はおろか「定家所持本」も時雨亭には現存しないようですね。記録の上からも、冷泉家からかなり本が流れているみたいで（横井「紫式部集の中世」本書所収）。

上冷泉家九代目・為満の亡くなった後、為頼・為治と二十代で亡くなることが続いて、第一〇代・為頼の弟・藤谷為賢が自分の息子・為清を第一二代として養子に入れて、冷泉家を切り盛りして、だいぶあちこちに典籍を流したようですね（藤本孝一『本を千年つたえる―冷泉家蔵書の文化史―』朝日新聞出版、二〇一〇年一〇月刊）。

為満が四条隆昌（為満の実兄）・山科言経（為満の姉の夫）とともに正親町天皇の勅勘を受けて放浪したあと、帰参の運動をするわけですけど、あちこちの大名にわたりを付けて、徳川家康なんかに定家本の『僧正遍正集』を譲ったりしています。このあたり、冷泉家の古典籍は危機的状況にあったんじゃないんでしょうかね。

この時代になれば、当然『源氏物語』は権威なので、その『源氏』の作者の集は、ちょっと別格に扱われているのではないかなと想像するんですよね。『紫式部集』が欲しいという人もいたのではないか。後は、定家本をばらばらにして古筆切にしてしまうとかね。どうでしょう。おそらく古筆切というのは茶掛けにするために流行るのだけど、いちばん流行るのが江戸時代でしょう。古筆は室町から盛んに切られている。冷泉為満なんかも、勅勘を受けて帰参するときにあたって、古筆切れをバンバン人にあげたりしているので、『紫式部集』定家本古筆切れもないのかなと思う。

**久保田**　陽明文庫には「熊野懐紙」が、かなり多く集まっていますよね。中古文学会の陽明文庫展のとき（二〇〇三年一〇月）にも、展示して見せてくれたのが印象的でしたね。冷泉家の展覧会が開かれたときにも、名和さんが「うちにも定家がある」と教えてくれた。その時は、「どういう事情で流入したんでしょうね」と聞いたんだけれども、それは分からないという。

**横井**　そうですね。近衛家のことだから、「熊野懐紙」などはおそらく固まって入るなんてこともあるんでしょうね。

**廣田**　話を戻しますが、定家が勅撰集を編纂するときに、資料として私家集を集めますよね。そのとき、定家所持本は『紫式部集』も、あまり傷を受けずに伝わってきたものを定家も持っていたのでしょうか。

**横井**　『紫式部集』も『千載集』の俊成以降、定家のもとにあったのではないか、と。

**廣田**　なるほど、『千載集』俊成のときからですか。紫式部の歌の評価は高いですね。

**横井**　そのとき俊成が、どのような『紫式部集』から採っているかは判断できませんけれど。

**廣田**　「日記歌」を考えるときに、『紫式部日記』から採ったとされてきたけれども、『新古今集』と『新勅撰集』の入集歌が多い。なぜ『新古今集』と『新勅撰集』から採るのか。まさか「日記歌」を付加したのが定家である可能性はないですよね。何の根拠もないのですが、定家がさらにもう一度、編集し直した、やりなおした可能性はあるだろうか。定家が二回触った可能性はないんですかね。

**横井**　定家が原形に「日記歌」を付けて、さらに改編した可能性ですか。定家の奥入みたいに。なるほどね。注の付いているのが七首で、『新古今和歌集』が二つで、『千載集』がひとつで、『新勅撰集』がで、みんな御子左家の。でもあと半分、残り七首あるが、それはどうなるのか。

**廣田**　「日記歌」は年代推定の役には立つのでしょうが、「日記歌」と、勅撰集との関係は次のようです。

たへなりや
かがり火の
すめる池の
なべて世の
なにごとと　『新古今』夏、二二四番。
菊の露　『新勅撰』賀、四七五番。　現『紫式部日記』(四番)

水鳥を　現『紫式部日記』(六番)

雲まなく　『新勅撰』冬、三八〇番。　現『紫式部日記』(七番)

ことわりの　『新勅撰』冬、三八一番。
　　　　　　　現『紫式部日記』（八番）
うきねせし　『新勅撰』雑一、一一〇五番。
　　　　　　現『紫式部日記』（一一番）
うちはらふ　『新勅撰』雑一、一一〇六番。
　　　　　　現『紫式部日記』（一二番）
としくれて　『玉葉集』冬、一〇三六番。
　　　　　　現『紫式部日記』（一四番）
すきものと
　　　　　　現『紫式部日記』（一五番）
人にまだ
　　　　　　現『紫式部日記』（一六番）
よもすがら　『新勅撰』恋五、一〇一九番。
　　　　　　現『紫式部日記』（一七番）
ただならじ　『新勅撰』恋五、一〇二〇番。
　　　　　　現『紫式部日記』（一八番）
よのなかを　『後拾遺』春、一〇四番。
この偏りをどう見るかですね。

**横井**　『新勅撰』に並んで取られているのが、気になるなあ。

**廣田**　「よもすがら」「ただならじ」の贈答は、集付けにはないかもしれないが、実際に『新古今集』に取られていたりするので、写本における集付けは完璧に網羅されているわけではない。

**横井**　すると、勅撰集との関係はやりなおさないといけないですね。この問題は、宮崎荘平さん（「紫式部の勅撰集入集歌をめぐる覚え書き」『藤女子大学・藤女子短期大学紀要』第八号、第Ⅰ部、一九七一年）がやっていますが、発表年次が古いのでね、『紫式部集』の中の諸本関係などはあまり意識していないし、南波先生の校本と同じ時代に書かれたものだから、校本名がないので、まあ昔の研究といってもおおらかだったということですね。だから、今のわれわれの目で、勅撰集に引かれた紫式部の歌はどうか、ということを考えないと。ただ面倒くさいことは、勅撰集自体にも諸本があるのでね。

**廣田**　確かにそうですが、それを言い出すときりがないので、また泥沼ですね。

**横井**　若い人にやってもらいましょう（笑）。

**廣田**　春秋に富む、若い人にね。私たちは日にちが足りない。

**横井**　でも誰かがやらないと。人に期待しても、いくら待っても出て来ない。自分の問題意識は自分でやるしかない。「紫式部集の中世」というテーマだと避けて通れない。私のやろうとすることとは、ちょっと微妙に違う。

**廣田**　それでいうと、古代の紫式部集、近世の紫式部集ということだってありうることになりますよね。南波先生は近世版本には興味を示されなかったけど、版本の紫式部集はどうするのか、それでよかったのかということだってある。版本は南波先生は洟も引っかけなかった気がするけれど、それでよいのかなと。版本の元が何かなんて、南波さんは言っていたかな。

**久保田**　廣田さんがいうのは、版本を見てゆけば、祖形を見る可能性が見出せるということ？

**廣田**　いやいや。僕は、新しい研究というのは、師匠が僕たちに刷り込んだことを壊すことをしないといけない、と思うだけなんです。南波さんは別本系というけど、本当に系なのかとか。版本には価値がないと言っていたが、ほんとうにそうなのか、それは分からない。版本の上・下だって、何の根拠もなく分けているわけではないのだろうし。何かの記憶が、違う形で残っているだけなのかもしれない。『紫式部集』は出仕のところで、上・下が分かれているでしょ。何か意味がありそうな気もする。

**久保田**　確かに南波先生に刷り込まれていることが、僕たち多いからなあ。

**横井**　外野のわれわれからみると、パイオニアってたいしたもんだなと思う。もちろん批判点もないわけではないんだけど。先程の、定家本も三種類あったかなんて問題でも、別のルートを辿って行くと、いつも同じ出口に南波先生がいる（笑）。それに、版本がバカにできないというのはまさしくそのとおりで。おそらく版本の本文も、ジリジリと中世末に遡って近付いてくると思う。

**廣田**　これからどこに力を入れてやっていったらよいのか、ですね。南波先生が伝本を三十八本集めたけれど、調査に行ったとき、そこで「これはいらない」とか「これは版本だから」と、善本を選んで、他は捨てたりしていない？　全部の本を等価に見ていたのだろうか。

**久保田**　いや、それは聞いたことないけどなあ。確実に見て知っていることも書いていない場合もあるみたいですよ。たとえば龍谷大学本は写字台の写した「四十人集」の中の一本だったことも分かっているわけですよ。ところが、写字台の書写本四十人集の中の『紫式部集』というふうな位置づけを、南波先生はしてないわけよ。『紫式部集の研究　校異篇・

伝本研究篇』や『全評釈』などで「龍谷大学本『紫式部集』」というふうに、独立した写本のように呼称を使っているんだけれど、どこまで先生が正確なのかは分からない。

それからもうひとつあったのは、大阪市立大本ってあるでしょ、これは近世に写されている。どうも大阪市立大本では版本を写している可能性も強いんですね。よくあるじゃないですか。

**廣田**　以前、京都岩倉の実相院の古典籍を拝見したときに、最後の勅撰集『新続古今和歌集』の完本が伝わっており、私のゼミの大学院生だった宮崎あやが調査した（『実相院古典籍調査報告資料集』第三輯、二〇〇三年三月）のですが、半分くらいまで調べて行くうちに、どうもこれは版本を写したものではないかと思ったというんです。それで、私も他の写本でも版本を写しているものが幾つかあるのではないかと疑ってしまった。横井さんの方がそういう経験はおありだと思いますが、ものすごいエネルギーを使ってやっとそれが分かったということがありました（笑）。

**横井**　私も高い授業料を払っています。写本を買って、挿絵もあるっていったら版本の写しだったなんてことはありました（笑）。

**久保田**　この前、古書店の目録に『紫式部集』が出たので注文したら、野村精一さんに先に買われてしまったんですよ。そのあと学会で会ったときに、「見にいらっしゃい」と言われたけれど、雑誌で一応紹介された……。

**横井**　ああ、高橋由記さんが翻刻やったのね（「潮廼舎文庫珍蔵書目解題─『紫式部集』翻刻（一・二）」『潮廼舎文庫研究所　年報』五・六号、二〇〇六年一二月、二〇〇七年一二月）。

**久保田**　あれもね、江戸の本でそんないい本じゃないよって野村さんが言ってたけれど。ほんとうに写本を写した写本なのか、ひょっとしたら版本の写しなのか。たとえば、大阪市大本も写本だから、先生の整理された諸本・伝本の中に書名を入れてますからね、そのへんは何とも難しいですね。

**横井**　さっきお話しになった、写字台が写したということは、その原本があるわけでしょ。

**久保田**　両方があります。写字台が写した本とその元本と。『源氏物語聞書』の仕事したときには、写した本とその元の本と、字は実に文字までそっくりだし、虫の穴まで書いてあるんですよ。

## 「三十六人集」をめぐって

**廣田**　その「三十六人集」とか「四十人集」の成立の問題は、どのくらいまで明らかになってるんですか。

**久保田**　早くにできたのでしょ。

**廣田**　『三十六歌仙伝』ができるのは院政期ですか。そういうふうに集める時代がいつか、ですね。

**久保田**　三十六歌仙の中に紫式部は入っていないが、入るのは「中古三十六歌仙」ですか。あのあたりはまだ研究が進んでいないですよね。

**廣田**　いや紫式部がということではなくて、個人家集を集めようとする時代のことです。陽明文庫のものは、「四十人集」だったのか、「三十六人集」だったのか。

**久保田**　今回名和さんが筆跡の比較で出してくれたのは一〇冊本の「三十六人集」だったけど……

**横井**　『歌仙伝』自体の成立（年代）は下がりますね。

**久保田**　源公忠の『三十六歌仙伝』で記録されている内容と、『貞信公記』に記録されている内容と、比べ併せてみると、『三十六歌仙伝』はかなり――『貞信公記』が正しいとはいわないけれど――まだ蓋然性が高いと思う。『三十六歌仙伝』は、年月日が結構おかしいんです。

**廣田**　『歌仙伝』は伝承が入っているのですかね。

**久保田**　伝承かどうか。記録にあるものと年月日がズレているものがあります。

**横井**　『歌仙伝』というと思い出すんだけど、それの入っている「新校群書類従」本、あれは誤植が多いので有名ですね。一応校合はしてあるんだけれど、『歌仙伝』も、もとの資料はいいかげんなものを使っているように見える。

**廣田**　なかなか面倒ですね。

**横井**　誤植ではないけれど、この前大騒ぎをして廣田さんに怒られたんですが（笑）、南波先生の校本（『紫式部集の研究　校異篇・伝本研究篇』）の校異表記がね、百パーセント使える状態じゃないんです。漢字とひらがなの表記の区分は、そんなに重視していない、ということなので、非常におおらかな校本なんです。それに、伝本の取捨選択があったのかどうか、ということになると……。

**久保田**　あったかもしれないということで、それは、誰も一緒に付いて行ったわけじゃないから、そこは分からない。

**横井**　南波先生はお一人で調査されたのですか。

**久保田**　お一人ですね。「この前、河野記念館本を見てきた」というような話を、後で聞くだけで。

**廣田**　一度、大弐三位の端白切を見に行かれるのに付いて行き、その日は御機嫌がよくて、食事を奢っていただきました。あのときは、久保田さんもいたと思う（久保田、うなづく）。そんなくらいです。『紫式部集』本体についてはないですね。

**久保田**　僕らが大学に入ったときは、先生がもう二〇数本以上集めておられて、校本を一〇年くらいかけて作られたころだった。校本はいちおう大まかなところはできていた。それを僕たちが毎年、ガリ版で切って教科書にしていた。だから、調査はだいたい終わっていて、河野記念館本とか大阪市立大学本とかが追加されたのは、最後の方で所蔵が分かって。そういう時期だったから、連れて行ってもらうというようなこともなかったですね。学会のついでに、ということはあったかもしれない。先生は授業を休んで調査に出かけられるということもなかったし、時間的に余裕があったわけではないと思う。もともと持っておられた校本を、自分であんな段組みにして校本を作って、それがそのまま印刷されて行ったと思う。

**横井**　昔の人ですからね、われわれと違って。

**久保田**　漢字の「八」が、カタカナの「ハ」と、あれは南波先生の読みで気になるところはあるけれど。

**横井**　一時期、翻刻も時代によってそういうことが流行った時代がありましたね、カタカナの「み」を漢字の「三」（ミ）ですね、そうしてしまう時代もありましたね。

**廣田**　要するに、南波先生は、表記は問題ではない、と。原形推定のためには意味でとる、という姿勢です。

## 『研究大成』の構想

**横井**　それと、今日はこれを持ってきたんですが、『研究大成』の件です。過去の研究と現代の研究とをマッチングさせるという、たとえばこういうような本の作り方はということで、ひとつのサンプルです。これ（テーマで読む源氏物語論『紫上系と玉鬘系―成立論のゆくえ―』勉誠出版、二〇一〇年六月刊）はシリーズのうちの四冊目で加藤昌嘉さんと中川照将さんの編集。この冊は成立論について書いてあるのだけれど、たとえば阿部秋生さんの歴史的な論文「源氏物語執筆の順序」とか、玉上琢弥さんの「源語成立攷」とか、成立論に画期をもたらした論文を、全文引いて、それに全部解説が付いている。たとえ見開き二頁でも、ただ単に過去の論文を集めただけでなく、解説がひとつのポリシーを持っている。これはちょっと真似してもいいと思うんです。

**廣田**　横井さんが御紹介くださったのは、これと新典社の『視界』のシリーズですね。確かに今や目に留まりにくくなった、探しにくく読みにくくなった論文を、全文を掲載することと、その読み方を研究史に照らして、コメントを付けるというのはよいことだと思います。

**横井**　廣田さんは前から清水好子さんを評価していて、「紫式部集の編者」（『関西大学　国文学』第四六号、一九七二年三月）とか「文体を生むもの」（『国文学』一九七〇年五月）とか。

**廣田**　いやいや。ただ、工藤重矩さんがいうほど、清水さんの考え方は悪くはないと私は思うので。

　昔、有精堂の『日本文学研究資料叢書』は論文が並んでいて便利なものだったのですが、後ろに付いている解説がもの足らなかったので、ひとつひとつについて、評価も含めて解説があったらよいのにと思ったわけです。成立とか、編纂とか、表現の問題とか、テーマごとに論文を選ぶというのがあってもよいと思います。

**横井**　私は、南波先生の「瑞光寺本」の論文は、定家本というものを考えるきっかけになった、いい論文だと思う。瑞光寺にあったものを、深草の元政さんが読んだ、見ることができたという、具体的な人物が浮かび上がってくることが重要ですね。

**廣田**　僕なんかは抽象的なことしか考えていませんから、だめですけれど（笑）。

**横井**　ですから、各人が自分の論文を書く上だけじゃなくて、なぜその論文を推すのか、ですね。ただ過去の論文を発掘するだけでは、後の時代の人たちのためにならんのじゃないかと。

**久保田**　片岡利博君の蓬生巻の論文、それを加藤さんが解説していて、同じ大阪大学の……。

**廣田**　大阪大学の方は、みんな武田宗俊の成立論を肯定しているのですか？

**久保田**　ここでは、そういうことを一切言わずに書いていることを評価しているよ。

**横井**　紫上系と玉鬘系とを、そんなにすっきりと二つに分けてしまうことにはいえないけれど、何かあるね。ただ、余りにきちっと分けてしまうと、抵抗がある。文学の成立はもっと、ゴタゴタとしたところがあるんだろうと思う。たとえば、幻巻はオール・キャストメンバーで出るにもかかわらず、少なくとも玉鬘系の人物が出てこないのは、たしかにおかしい。夕顔や空蟬とかが幻巻に出てこないのは当然だと思うのですが、玉鬘は幻巻に出て来てもよいかもしれない。桐壺巻が後から書かれたという後記説がありますね。あれと同じように、幻巻も桐壺巻と対応して置かれている。締め括りのために置かれている。

**久保田**　幻巻も後記説ということですか。

**横井**　いやいやそういうことじゃなくて。桐壺巻はどうみても中身は古いですね。だから幻巻はわざわざ締め括りのために書かれてある巻だから、展開上必要な巻ではないから、わざわざ締め括りのために書かれた巻だということ。あの巻は構造的ですね。幻巻を読むことによって、それ以前の巻の物語を思い出させる。御法の巻から、いきなり匂宮巻へ行くと違和感がある。幻巻があると自然になっちゃう。だけど、御法巻は進展上、絶対必要な巻なんです。夕霧巻からいきなり御法巻に行くので、モヤモヤした感じがする。柏木三帖から御法巻へ行くというのはまぁしょうがないと思うけれど、抵抗がある。

**廣田**　確かに座りが悪いですね。夕霧巻だけ膨張していて、全体の流れから逸脱していて膨張しているように見えるけれど、私は落葉宮の問題は、宇治大君の問題に繋がって行くので重要だと思っている。それより、私などは『源氏物語』は統一されたテキストだと前提があるので、その考えはときには捨てないといけないと思います。そんなに綺麗に整えられた「作品」ではないかもしれない。例えば、伏線がほったらかしにされていることもある。

**横井**　たしかに夕霧巻があれだけ長いのは、おっしゃるとおり座りが悪いですよね。

**廣田**　さて『紫式部集』から『源氏物語』を読むという視点はどうですか。方法的には難しいですが。

**横井**　面白いと思うのですが、もう少し春秋があれば（笑）。

**廣田**　私たちはこれから『研究大成』と『注釈大成』とを、並行して作って行かなければならないわけですが。

**横井**　『注釈大成』は、私は全注釈のつもりなんです。その次は『研究篇』ですが、『校本の研究』の中で、南波先生が「あとがき」の中で、研究篇を作りたいと。私の中では『紫式部の方法』（笠間書院）は、南波先生の意図しているものではないと思う。

**久保田**　あれは三谷邦明さんの方法論が、どんどん「勝手読み」になっていくので、三谷さんがそれはだめだというので、じゃあそれを書いてほしいと言ったのだけれど、『紫式部集』『紫式部日記』『源氏物語』の三者を抱き合わせた形で、それぞれ書いてもらうというのがコンセプトだったから、研究史をやろうと、

**横井**　そういう方法的なこととは別に、あれは『紫式部集』の本ではないということを云いたいんですよね。『紫式部日記』『源氏物語』との三者を抱き合わせてもいいんだけれど、あくまで、『紫式部集』をデンと中心に据えたものが欲しい。『紫式部集』が『紫式部日記』を相対化していくというのであればいいけれど、『紫式部の方法』は論文がみんな乱立している並んでいるだけで、まさしく『紫式部の方法』であって『紫式部集の方法』ではない。そういう意味であって、価値を貶めているわけではない。

**廣田**　今やりかけている仕事でいうと、『注釈大成』は途中まで来ましたが、この鼎談とそれぞれパイロット論文を書くこと。この企画を先行させた方がよいですね。

**横井**　そうです。これをやりたいのです。『紫式部集』からの挑発、です。

**廣田**　今日の鼎談を起こして、纏めて、鼎談Ⅰ・Ⅱと一緒に問題提起の論文を、二本ないし三本書くということで。これは問題提起であって、

**横井**　目指すのは「挑発」です。私の論も、もっと挑発的に書かないといけないかもしれない。誰もやっていない、これはいけないと。

**久保田**　横井さんのこの原稿は、講演調の文体ですね。

**横井**　だって、「まえがき」の通り、ここで語ったつもりで書いたんです（礎稿＊本書所収論は修訂してある）。

**廣田**　久保田さんは『赤染衛門集』と、物詣と、植物をテーマで御願いします。

　最近、久下裕利さんからの課題で、書かせてもらった（「紫式部とその周辺―『紫式部日記』『紫式部集』の女房たち―」久下裕利編『王朝の歌人たちを考える―交友の空間―』武蔵野書院、二〇一三年四月）

のですが、「『紫式部日記』の周辺の女房たち」というテーマでした。要するに、『紫式部日記』でも『紫式部集』でも、紫式部は小少将君と大納言君と宰相君とには、尊敬の敬語を使っている。上臈女房に対するあこがれがあって、そういう人たちとつきあうことを、周りの中臈の女房たちが嫌がるのだ、という内容です。当たり前のことといえばそうなのですが、紫式部が敬語を使うのは女院と道長くらいだと思います。日記や家集に、それ以外で同僚女房に敬語を使うというのはちょっと面白いと思ったのです。今までの秋山虔さんの論考では、暗澹たる内面にばかり注目が集まっているが、そうでもなくて、むしろ紫式部の中に、栄光や憧憬と屈辱や憂鬱と、いわば矛盾があるのではないかと。

**横井**　近代文学じゃあるまいし、高価で貴重な紙を使って、そんな内面をさらけだすばかりであるわけがない。何か役割があって書くわけですよね。

**廣田**　原田敦子さんが昔、「日記歌」六番歌について、倫子に菊の綿をもらったので歌を返そうとしたが、無駄になった。そこにみじめさを読みとるが、ちがうでしょ、私はむしろ倫子に声を掛けてもらった光栄を書こうとしているのではないかと思う。むしろ誇りですね。

**横井**　一方で強調しすぎるくらいへり下っておいて、私を引き上げてほしいと。だって、誰が読むのかは分かっているのだから。それが巡り巡って、赤染衛門のところへ行って、『栄花物語』に書かれる。彼女の意図したとおりになる。

**廣田**　そのあたりをぜひ書いてください（笑）。『紫式部日記』は道長に要請されたという大枠がありますね、ところが『紫式部集』は、晩年の自撰、長和年間とされていますが、それでいいですか。全く違う意図によるものとしか考えられない。

**横井**　『紫式部集』にも何らかの意図があるはずだと思う。私は歌に関しては全く素人だけれど、自撰歌集はあの時代、どれくらいあるのかな。自撰のものは多いんでしょうかね、少ないんでしょうか。

**廣田**　『古今和歌集』六歌仙の伊勢や業平などの家集は他撰ですよね。ところが『和泉式部集』の冒頭部分A群は自撰だとされていますね。つまり、四季の部立は勅撰集に準拠しているが、後ろは他撰であると。核になった自撰の部分に、他撰の歌群が付加された量が増えてくる。

**久保田**　今あるものをそのまま自撰というのは無理。

私家集は、自撰で作ってもどんどん後から足されてしまう傾向がありますね。今あるものがそのまま自撰とはいえない。

**廣田**　最初作られた時点では自撰でも、後から書き足されたり、書き直されたりすることがむしろ普通だと思います。

**横井**　今日陽明文庫で拝見した『業平集』などはいかにも他撰で、貫之なんかのように自意識の強い人が自撰の家集を作って、あとは、自撰も案外少ないのではないか。以後に自撰が多くてもそれは意味がないので。

**廣田**　じゃあ、横井さん、そのテーマも書いてください（笑）。

**久保田**　『惟規集』は自撰でなかったかな。

**横井**　ともかく何でも紫式部が一番最初だと言わない方がよい。誰か人がやったものを、もっと大きなものにしてしまう。新しい表現だと思って調べると、実は曽丹にあったりする。むしろ紫式部にとっては、しめたというような。

**廣田**　むしろブラッシュ・アップだと思いますね。面白い言葉を見つけて、さらに磨き立てて使うような。

**久保田**　「仲らひ」という言葉がある。「片おひ」「片なり」なんて言葉がある。『紫式部集』と『伊勢集』と『海人手子良集』と、虫麿の歌にある。それ以降は結構出てくる。

**廣田**　秋山さんも、伊勢の言葉を紫式部が新たな意味を与えて使うと指摘している。

**久保田**　昔、僕らも『伊勢集』の研究会しましたね。

**廣田**　しましたね。関根慶子さんの注釈だけしかなかったから。

さて、今回はこのあたりにしましょうか。お疲れさまでした。

# 11 紫式部・紫式部集研究年表（補遺稿）

本稿は『紫式部集大成』（笠間書院、二〇〇八年五月刊）所収、南波浩・久保田孝夫・横井孝編の同題稿（「前稿」と略称する）追補の試みである。形式も前稿に倣う。歴史的事項と編者の目の及ぶ範囲、また本書の内容によって、「『紫式部集大成』以後」の補遺を中心に心がけた。前近代の項については、横井「実践女子大学本『紫式部集』の現状、その他―その擦り消し痕・『紫式部集大成』拾遺など―」（『実践国文学』七四号、二〇〇八年一〇月）によっている。

いたずらに紙幅を費やすことを恐れ、前稿との重複を極力避けている。手間がかかって恐縮ではあるが、前稿の参照を乞う。また取捨・掲出の基準に特別なものはなく、編者が実際に確認できたものに限定しているので、やや偏頗があり、必ずしも完璧に網羅できているわけではないことをお断りしておきたい。

なお、今回も国文学研究資料館「国文学論文目録データベース」、国立情報学研究所「CiNii Articles 日本の論文をさがす」などのデータベースを参照した。謝意を表したい。

| 年月 | 西暦 | 著作者／書名・題名／所載書・発行所／刊行月<br>『紫式部集』関係 | 著作者／書名・題名／所載書・発行所／刊行月<br>紫式部関係 |
|---|---|---|---|
| 長和 三 | 一〇一四 | | 紫式部没するか（岡一男『源氏物語の基礎的研究』東京堂出版、一九五四年初版、増訂版一九六九年八月刊、今井源衛「晩年の紫式部」『今井源衛著作集・第3巻』笠間書院、二〇〇三年七月刊、所収） |
| 寛仁 元 | 一〇一七 | | 平時通女・小少将の君、この後没か（萩谷朴『紫式部日記全注釈・上巻』角川書店、一九七一年一一月刊） |
| 寛仁 三 | 一〇一九 | | 紫式部没するか（萩谷朴『紫式部日記全注釈・下巻』角川書店、一九七三年三月刊） |
| 長元 四 | 一〇三一 | | この後、紫式部没するか（角田文衛『紫式部とその時代』角川書店、一九六六年五月刊） |
| 承暦 二 | 一〇七八 | | 紫式部女・大弐三位藤原賢子生存記録の最下限（四月三〇日内裏後番歌合） |
| 応徳 三 | 一〇八六 | 『後拾遺集』奏覧本完成。紫式部歌三首入集。 | |
| 文治 三 | 一一八七 | 『千載集』に紫式部歌九首入集。 | |
| 建保 四 | 一二一六 | 『新古今集』に紫式部歌一四首入集。 | |
| 文暦 二 | 一二三五 | 『新勅撰集』精撰本完成。紫式部歌四首入集。 | |
| 建長 三 | 一二五一 | 『後後撰集』奏覧本完成。紫式部歌三首入集。 | |
| 文永 三 | 一二六六 | 『後古今集』竟宴行われる。同集に紫式部歌七首入集。 | |

| | | | |
|---|---|---|---|
| 弘安　元 | 一二七八 | 『続拾遺集』奏覧本完成。紫式部歌三首入集。 | |
| 永仁　元 | 一二九三 | 『玉葉集』撰進奏覧されていたか。 | |
| 正和　元 | 一三一二 | 『玉葉集』完成か。紫式部歌八首入集。 | |
| 元応　元 | 一三二〇 | 『続千載集』完成。紫式部歌一首入集。 | |
| 正中　二 | 一三二六 | 『後後拾遺集』完成。紫式部歌二首入集。 | |
| 貞和　五 | 一三四九 | この年までに『風雅集』完成。紫式部歌一首入集。 | |
| 延文　四 | 一三五九 | 『新千載集』完成。紫式部歌四首入集。 | |
| 貞治　三 | 一三六四 | 『新拾遺集』完成。正保版本（一六四七刊）などの流布本に紫式部歌一首入集。 | |
| 延徳　二 | 一四九〇 | 実践女子大学本『紫式部集』本奥書「本云／以京極黄門定家卿筆証本不違／一字至于行賦字賦雙紙勢分／如本令書写之于時延徳二年／十一月十日記之　癩老比丘判」 | |
| 天文　三 | 一五三四 | 閏正月二一日、三条西実隆、連歌師周桂に所蔵する『紫式部集』を貸与し、新写を依頼した（『実隆公記』）。二月一〇日、周桂、『紫式部集』を実隆に返却した（『実隆公記』）。 | |
| 天文　八 | 一五三九 | 松平文庫本など定家本系第二種（尊円本系）の諸本奥書「……右書様者青蓮院尊円親王御自筆之故書／付之此一冊者定家卿自筆之本也草子之寸／法書様以下似字形不違一字如本写置加校合者／也此草子如之一丁面又三丁目之面又草子之始面／裏押付候一丁以上四面者透写 | |

| | | | |
|---|---|---|---|
| | | 書之者也透写之分朱駮在之／以上十一面也／天文第八暮穐下旬廿九日」（『松平文庫影印叢書・第九巻・私家集編』新典社、一九九七年一二月刊） | |
| 天文二五 | 一五五六か | 実践女子大学本・第二次書写奥書「天文廿五年夾鐘上澣書写之」 | |
| 元和　六 | 一六二〇 | 書陵部蔵桂宮本（也足叟素然本）校合奥書「元和六後臘仲一以官本一挍了」 | |
| 元禄　九 | 一六九六 | 富月堂秋田屋十兵衛より『紫式部家集』板行（四月八日付の序文あり） | |
| 元禄一〇 | 一六九七 | 太宰府神社本（定家本系第四種）奥書「元禄十年卯月廿三日貝原久兵衛殿如本書写申候」（南波浩『紫式部集の研究―校異篇／伝本研究篇』） | |
| 享保　二 | 一七一七 | 桃園文庫蔵享保本（雑纂本系）奥書「ウススミニテ外此同本一冊写之但文字形体毫髪不違迷華之本書入薄墨を以書之／享保二丁酉八月五日　以杉氏祐子本」（南波浩『紫式部集の研究―校異篇／伝本研究篇』） | |
| 享保　八 | 一七二三 | 桃園文庫蔵享保本・第二次奥書「享保八癸卯季十月初九鳥／倚長」 | |
| 宝暦　七 | 一七五七 | 桃園文庫蔵宝暦本（雑纂本系）奥書「宝暦七丁丑年夏四月十一日／芙蓉散人　小高子仲済」（南波浩『紫式部集の研究―校異篇／伝本研究篇』） | |
| 明治二四 | 一八九一 | 佐佐木信綱「紫式部家集」（『日本歌学全書・第 | |

| | | | |
|---|---|---|---|
| | | 三編』博文館、1月） | |
| 昭和　四 | 一九二九 | 長連恒「紫式部集」（校註国歌大系・第一二巻『三十六人集／六女集』国民図書、5月） | |
| 昭和一〇 | 一九三五 | 長連恒「紫式部集」（校註国歌大系・第一二巻『三十六人集　全／六女集　全』誠文堂、1月） | |
| 昭和四〇 | 一九六五 | | 池田亀鑑『宮廷女流日記文学』（至文堂、5月）<br>「紫式部日記と日記歌—附紫式部伝研究の参考書について—」<br>「紫式部日記における「心ばへ」なるものの先験的特質」<br>中野幸一「紫式部日記における二三の疑問—史実と暦日を中心として—」（早大『学術研究』一四号、12月） |
| 昭和四四 | 一九六九 | | 池田亀鑑『日記・和歌文学』（池田亀鑑選集、至文堂、6月）<br>「紫式部日記とその精神」<br>「紫式部日記五節所の位置について」 |
| 昭和四五 | 一九七〇 | | 鬼束隆昭「実体験とその物語化—源氏物語・蜻蛉日記と紫式部日記の女郎花の歌の贈答をめぐって—」（『解釈』1月） |
| 昭和四六 | 一九七一 | | 岡一男『古典逍遙—文芸学試論—』（笠間書院、4月）<br>「紫式部没年新考」<br>「紫式部の伝記」<br>「紫式部の本名」<br>「紫式部本名藤原香子説への再吟味」 |
| | | | |

| | | | |
|---|---|---|---|
| 昭和四七 | 一九七二 | 南波浩編『紫式部集 陽明文庫蔵』（笠間影印叢刊28、笠間書院、9月） | 加納重文「紫式部の初宮仕年時」（『古代文化』二四巻七・八号、7・8月）<br>日本文学協会『日本文学』紫式部日記特集、二一巻一〇号（10月）<br>中野幸一「『紫式部日記』の時間的構造—その回想と執筆時期について—」<br>小町谷照彦「『紫式部日記』の和歌」<br>野村精一「紫式部とその〝自然〟—和泉式部批評をめぐって—」 |
| 昭和四八 | 一九七三 | | 秋山虔編『黒川本 紫日記〈上・下〉宮内庁書陵部蔵』（笠間影印叢刊20／21、笠間書院、5月）<br>木下美「紫式部日記和歌一首「人にまだ折られぬものを誰かこのすきものぞとは口ならしけむ」の「人」について惟う」（九州大谷大『国語研究』、12月） |
| 昭和五〇 | 一九七五 | 上村悦子『王朝女流作家の研究』（笠間書院、2月）<br>「紫式部日記攷」<br>「歌人・紫式部／紫式部の歌」 | |
| 昭和五九 | 一九八四 | | 角田文衞『紫式部の世界』（角田文衞著作集7、法蔵館、12月）<br>「若き日の紫式部」<br>「若紫の君」<br>「紫式部の伯母と従姉」<br>「紫式部の本名」<br>「紫式部の結婚」<br>「越路の紫式部」<br>「北山の『なにがし寺』」 |

| | | | |
|---|---|---|---|
| | | | 「紫式部の居宅」<br>「紫式部と藤原保昌―「浅からず頼めたる男」の問題―」<br>「紫式部と女官の組織」<br>「道長と紫式部―「戸を叩く人」の問題―」<br>「土御門殿と紫式部」<br>「秋のけはひたつままに」<br>「ある夜の紫式部―宮廷における暗殺とクーデターの問題―」<br>「源典侍と紫式部―紫式部の性格をめぐって―」<br>「実資と紫式部―『小右記』寛仁三年正月五日条の解釈―」<br>「紫式部と常陸国」<br>「紫式部の没年」<br>「紫式部の墓」<br>「紫式部の子孫」 |
| 昭和六〇 | 一九八五 | | 萩谷朴『校注 紫式部日記』（新典社校注叢書2、新典社、1月） |
| 平成 元 | 一九八九 | | 関根慶子『平安文学 人と作品とところどころ』（風間書房、12月）<br>「宮仕えにみられる二つのあり方―紫式部と孝標女―」<br>「紫式部と同時代の女流文学者」<br>「紫式部日記の美を探る―学生の古典鑑賞―」<br>「紫式部の一首と源俊頼の一首と」 |
| 平成 三 | 一九九一 | 増淵勝一『平安朝文学成立の研究 韻文編』（国研出版、4月）<br>「紫式部とその集」（紫式部宮仕の年時について／紫式部の居宅） | |

| | | | |
|---|---|---|---|
| 平成　四 | 一九九二 | | 野村精一「紫式部日記論―紫式部の表現空間―」（石川徹編『平安時代の作家と作品』武蔵野書院、1月） |
| 平成　五 | 一九九三 | 平田喜信「紫式部・清少納言と女歌」（『平安中期和歌考論』新典社、5月） | |
| 平成一〇 | 一九九八 | 家郷隆文「紫式部集」（龍谷大学仏教文化研究所編『四十人集・二』龍谷大学善本叢書18・思文閣出版、3月） | |
| 平成一一 | 一九九九 | 丸谷才一「神祇・紫式部」（『新々百人一首』新潮社、6月） | |
| | | 深澤三千男「〈うき舟〉の原風景―存在感覚の文学―」（『古代中世文学論考・第二集』新典社、6月） | |
| 平成一四 | 二〇〇二 | 木村正中『中古文学論集・第四巻〈土佐日記・和泉式部日記・紫式部日記・更級日記〉』（おうふう、7月）<br>「紫式部集冒頭歌の意義」<br>「「浮きたる舟」」<br>「紫式部の女房批評」<br>「紫式部と大斎院」 | |
| 平成一六 | 二〇〇四 | | 石原昭平編『日記文学新論』（勉誠出版、3月）<br>永谷聡「『紫式部日記』における記録と憂愁の叙述―小少将の君・大納言の君との贈答前後の記事をめぐって―」<br>中野幸一「『紫式部日記』の欠脱部分」 |

| | | |
|---|---|---|
| 平成一八 | 二〇〇六 | 高橋由記「潮廼舎文庫珍蔵書目解題五―『紫式部集』翻刻（一）」（潮廼舎文庫研究所『年報』五号、12月） |
| 平成一九 | 二〇〇七 | 山本淳子「彰子の学び―『紫式部日記』「新楽府」進講の意味―」（『国語国文』七六巻一号、1月）<br>角田文衛『紫式部伝―その生涯と『源氏物語』―』（源氏物語千年紀記念、法蔵館、1月）<br>第一章　紫式部の境涯<br>紫式部の本名／若き日の紫式部／越路の紫式部／紫式部の結婚／紫式部と常陸国／紫式部の居宅／土御門殿と紫式部／紫式部の歿年／紫式部の墓／紫式部の子孫<br>第二章　紫式部をめぐる人びと<br>紫式部の伯母と従姉／源典侍と紫式部／ある夜の紫式部／実資と紫式部／道長と紫式部／紫式部と藤原保昌／紫式部と清少納言<br>第三章　紫式部と『源氏物語』<br>若紫の君／源氏の物語／北山の『なにがし寺』／大雲寺と観音院／『雨夜の品定め』をめぐって／夕顔の宿／夕顔の死／源氏物語後宮世界の復原／紫野斎院の所在地／源氏物語の遺跡／秋のけはひたつままに<br>結語にかえて<br>紫式部の影響と研究の歴史／『大島本源氏物語』の由来<br>小谷野純一『紫式部日記』（笠間文庫・原文& |

高橋由記「潮廼舎文庫珍蔵書目解題八―『紫式部集』翻刻（一二）」（潮廼舎文庫研究所『年報』六号、12月）

平成二〇　二〇〇八

徳原茂実「紫式部の越前往還」（武庫川女子大『日本語日本文学論叢』創刊号、3月）

田中新一「消えた狭筵―紫式部集余話―」（『名

現代語訳シリーズ、笠間書院、4月）

福家俊幸「『紫式部日記』と『栄花物語』との距離」（『栄花物語の新研究―歴史と物語を考える―』新典社、5月）

久保朝孝「土御門殿と『紫式部日記』―邸宅のパトス―」（『王朝文学と建築・庭園（平安文学と隣接諸学1）』竹林舎、5月）

妹尾尚美「堤中納言兼輔と紫式部―邸第は伝わったか―」（お茶の水女子大『国文』一〇七号、7月）

北村英子「平安文学語彙の研究―『紫式部日記』における〝うるはし〟―」（『大阪樟蔭女子大学学芸学部論集』四五号、1月）

稲賀敬二「『紫式部日記』錯簡・零本説の再検討」（稲賀敬二コレクション6『日記文学と『枕草子』の探究』笠間書院、2月）

畑裕子『源氏物語の近江を歩く』（近江旅の本、サンライズ出版、3月）

安藤重和「紫式部日記「十一日の暁」条と犬産穢の物忌み」（愛知教育大『日本文化論叢』一六号、3月）

紫式部学会編『源氏物語と文学思想　研究と資料』（古代文学論叢第一七輯、武蔵野書院、3月）

高橋亨「〈紫式部〉の身と心の思想・序説」

池田和臣「源氏物語の文学思想―我が名を冠した物語の作者としての―」

古屋平安文学研究会会報』三一号、3月)
田中新一『紫式部集新注』(新注和歌文学叢書、青簡舎、4月)

秋山虔・福家俊幸編『紫式部日記の新研究―表現の世界を考える―』(新典社、5月)
宮崎荘平「『紫式部日記』にみる『源氏物語』―寛弘五年(一〇〇八)の記述をめぐって―」
小町谷照彦「紫式部の自然認識」
小谷野純一「切り拓かれるということ―『紫式部日記』の表現をめぐって―」
廣田收「『紫式部日記』の構成と叙述」
石坂妙子「『紫式部日記』の史的記憶―栄花の多層的構図をめぐって―」
土方洋一「『紫式部日記』の記述主体」
安藤徹「『紫式部日記』の社会性―よそ者としての〈紫式部〉―」
金井利浩「読まれることへの挑み―『紫式部日記』臆断―」
原田敦子「道長と紫式部―『紫式部日記』の一視点―」
秋山虔「紫式部日記一面・断章」
横井孝「紫式部にとって「日記」とは何だったか―「水火の責め」による位相、その序説―」
渡辺久寿「『紫式部日記』の私性―「こまのおもとの恥」の表象性を手がかりに―」
吉井美弥子「『紫式部日記』の酒宴」
植田恭代「『紫式部日記』の楽描写―寛弘五年十月十六日行幸場面から―」

久保田孝夫・廣田收・横井孝編『紫式部集大成—実践女子大学本・瑞光寺本・陽明文庫本』（笠間書院、5月）
第一部　紫式部集　諸本影印
第二部　紫式部集　翻刻
第三部　解題
横井孝「『紫式部集』実践女子大学本と瑞光寺本」
廣田收「陽明文庫本『紫式部集』解題」
第四部　紫式部集の基礎的研究
廣田收「『紫式部集』冒頭歌論—歌集構成の原理とともに—」
原田敦子「紫式部日記と紫式部集」
横井孝「紫式部集と源氏物語—研究史の一齣として—」
久保田孝夫「紫式部　越前旅程考」

倉田実「『紫式部日記』里居の述懐と「…人」表現」
鈴木裕子「『紫式部日記』の「笑ふ」人々」
高橋由記「藤原兼隆に関する一考察」
安藤重和「紫式部日記の所謂消息文の執筆時期について」
山本淳子「『紫式部日記』消息体の主張—漢詩文素養をめぐって—」
福家俊幸「『紫式部日記解』『紫式部日記釈』についての一考察—江戸期の『紫式部日記』研究—」
川名淳子「紫式部日記と紫式部日記絵巻—〈例〉としての絵画化と日記の物語絵化—」

第五部　紫式部集の諸資料

「古地図集」

久保田孝夫・廣田收・横井孝『紫式部集』の旅　写真と地図」

南波浩・久保田孝夫・横井孝「紫式部・紫式部集研究年表」

紫式部顕彰会編『源氏物語と紫式部　研究の軌跡・資料篇』（角川学芸出版、7月）

南波浩「紫式部の意識基体」

伊藤博「紫式部集の諸問題─構成を軸に─」

工藤重矩「紫式部集の和歌解釈─伝記資料として読む前に─」

紫式部顕彰会編『源氏物語と紫式部　研究の軌跡・研究史篇』（角川学芸出版、7月）

研究論文からみる源氏物語と紫式部　研究の諸相

原田敦子「南波浩「紫式部の意識基体」」

山本淳子「伊藤博「紫式部集の諸問題─構成を軸に─」」

滝川幸司「工藤重矩「紫式部集の和歌解釈─伝記資料として読む前に─」」

原田敦子「「浮きたる舟」「かひ沼の池」から「浮舟」へ─『紫式部集』と『源氏物語』─」（『源氏物語の展望・第四輯』三弥井書店、9月）

横井孝「実践女子大学本『紫式部集』の現状、その他─その擦り消し痕・『紫式部集大成』拾遺など─」（『実践国文学』七四号、10月）

小嶋菜温子・渡部泰明編『源氏物語と和歌』（青簡舎、12月）

長谷川範彰「『紫式部集』『源氏物語』作中歌・類似歌」

青木慎一・中嶋政太「『紫式部集』歌語索引」

田渕句美子「『紫式部日記』消息部分再考―『阿仏の文』から―」（『国語と国文学』八五巻一二号、12月）

妹尾好信「『紫式部日記』と寛弘記の道長」（『むらさき』四五輯、12月）

岡部明日香「伝説になった紫式部―『紫式部日記』と中世の伝説―」（『アジア遊学』勉誠出版、一一八号、1月）

平成二一　二〇〇九

曽和由記子「『紫式部集』伝本の比較―表現にみられる相違」（『国文目白』四八号、2月）

川上沙織「『紫式部集』第九十七番歌―「香」に託した不変の思い―」（『愛知淑徳大学国語国文』三二号、3月）

横井孝「実践女子大学本『紫式部集』の現状報告」（実践女子大学文芸資料研究所『年報』二八号、3月）

蜷川恭子「日記・家集と物語のかかわり」（『樟蔭国文学』四六号、3月）

野村精一「紫式部の「日記」についての一所見　続―源氏物語研究史の戦後・別稿（二）―」（潮廼舎文庫研究所『年報』七号、3月）

山本淳子編『ビギナーズ・クラシック日本の古典　紫式部日記』（角川ソフィア文庫、角川学芸出版、4月）

高橋亨「〈紫式部〉による『伊勢物語』の引用と変換」（山本登朗、ジョシュア・モストウ編『伊勢物語　創造と変容』和泉書院、5月）

平成二二　二〇一〇

藤本勝義「『紫式部集』越前への旅」（倉田実・久保田孝夫編『王朝文学と交通・平安文学と隣接諸学7』竹林舎、5月）

曽和由記子「『紫式部集』伝本の比較—構成にみられる相違—」（『瞿麦』二四号、7月）

工藤重矩『源氏物語の婚姻と和歌解釈』（風間書房、10月）
宣孝関係とされる歌の再検討
「三六・三七番—花の歌群—」
「四〇・四一番—哀傷の歌群—」
「四二・四三番歌—哀傷の歌群の続き—」
紫式部集注釈不審の条々
「五五・五六番歌—本文からの逸脱—」
「一〇二番—弁解の掛詞—」
「一一三番—助詞・助動詞の軽視—」
「一一六番—本文校訂の是非—」
「一二二番左注—語義と詠歌状況—」

廣田收『講義　日本物語文学小史』（金壽堂出版、10月）
「第六講『伊勢物語』と『紫式部集』一代記の様式」

笹川勲「紫式部日記〈漢才〉記事の表現機構」（『國學院大學大学院平安文学研究』一号、9月）

小野恭靖「平安文学と風俗圏歌謡—『枕草子』と『紫式部日記』に見る催馬楽・風俗歌—」（堀淳一編『王朝文学と音楽』竹林舎、12月）

栗田岳「才さかし出ではべらむよ—『紫式部日記』の一文—」（東京大『言語情報科学』

平成二三

二〇一一

中古文学会「シンポジウム『紫式部集』研究の現在」（『中古文学』八五号、6月）

山本淳子「『紫式部集』冒頭歌の示すもの」

徳原茂実「『紫式部集』自撰説の見直し―巻末増補の観点をも視野に入れて―」

横井孝「形態と伝流から『紫式部集』を見る」

工藤重矩「紫式部集解釈の難しさ」

廣田收「『紫式部集』研究の現在」司会の記」

西原志保「『紫式部集』四番歌・五番歌の再解釈―女性同士のつながり―」（『古代文学研究第二次』一九号、10月）

廣田收「『紫式部集』冒頭歌考―歌の場と表現形式を視点として―」（同志社大『人文学』一八六号、11月）

八号、3月）

福家俊幸「『紫式部日記』の女房と装束」（『王朝文学と服飾・容飾（平安文学と隣接諸学9）』竹林舍、5月）

山本淳子校注『紫式部日記　現代語訳付き』（角川ソフィア文庫、角川学芸出版、8月）

山本淳子「『紫式部日記』の成立―献上本・私家本二段階成立の可能性―」（佛教大『京都語文』一七号、11月）

加藤直志「物語作者〈紫式部〉への序章―『紫式部日記』と他テクスト群との語彙用例数比較―」（『同志社国文学』七三号、12月）

福家俊幸・久下裕利編『王朝女流日記を考える―追憶の風景―』（考えるシリーズ1、武蔵野書院、1月）

笹川博司「紫式部集注釈（一）」（『大阪大谷国文』四一号、3月）
曽和由記子「『紫式部集』陽明文庫本の配列―初出仕四首の位置を中心に―」（『日本女子大学大学院文学研究科紀要』一七号、3月）
廣田收「『紫式部集』離別歌としての冒頭歌と二番歌」（同志社大『人文学』一八七号、3月）
笹川博司「鄙なる世界―『紫式部集』二〇～二八番歌と『源氏物語』―」（森一郎・岩佐美代子・坂本共展編『源氏物語の展望・第九輯』三弥井書店、4月）
上原作和・廣田收『紫式部と和歌の世界―一冊で読む紫式部家集　訳注付―』（武蔵野書院、5月）
横井孝「『紫式部集』をめぐる風景―「かへし又のとしもてきたり」―」『実践国文学』（第80号記念号、10月）

小山清文「〈演出〉される源氏物語・〈再生〉する源氏物語―紫式部日記の中の〈源氏物語〉―」
福家俊幸「『紫式部日記』に記された縁談―『源氏物語』への回路―」
贄裕子「道長と紫式部の贈答歌―『紫式部日記』」（『日本文学』六〇巻九号、9月）
山本淳子『私が源氏物語を書いたわけ―紫式部ひとり語り―』（角川学芸出版、10月）
加納重文「紫式部の恋」（『むらさき』四八輯、12月）
室伏信助「紫式部日記の語法存疑」（同

| | | |
|---|---|---|
| 平成二四 | 二〇一二 | 横井孝「定家本『紫式部集』と定家筆断簡―実践女子大学本の現状報告・二―」（実践女子大学文芸資料研究所『年報』三一号、3月）<br>横井孝「紫式部集定家本表記考―その位相検討への序説として―」（今西祐一郎『日本古典籍における【表記情報学】の基盤構築に関する研究 I』科研費二〇一一年度研究成果報告書、3月）<br>笹川博司「紫式部集注釈（二）」（『大阪大谷国文』四二号、3月）<br>曽和由記子「『紫式部集』陽明文庫本の配列―小少将の君哀傷歌の位置を視点として―」（『日本女子大学大学院文学研究科紀要』一八号、3月）<br>上原作和・廣田收『新訂版　紫式部と和歌の世界―一冊で読む紫式部家集　訳注付―』（武蔵野書院、4月）<br>廣田收「紫式部集」（陽明文庫本）<br>上原作和「紫式部日記」<br>廣田收『家集の中の「紫式部」』（新典社選書55、新典社、9月）<br>「冒頭歌群」<br>「『紫式部集』の歌群配列」<br>「離別歌群」<br>「結婚期の歌群」<br>「寡居期の歌群」<br>「出仕期の歌群」 | 横井孝「紫式部日記の「効用」―白詩への架橋をとおして―」（仁平道明編『源氏物語と白氏文集』新典社、5月） |

「晩年期の歌群と家集の編纂」

廣田收『『紫式部集』歌の場と表現』（笠間書院、10月）

第一章 『紫式部集』歌の場と表現

「『紫式部集』冒頭歌考―歌の場と表現形式を視点として―」

「『紫式部集』歌の場と表現―いわゆる宮仕期の歌の解釈について―」

「『紫式部集』における女房の役割と歌の表現」

第二章 『紫式部集』の表現

「紫式部の表現―宣孝の死をめぐって―」

「『紫式部集』の地名―旅中詠考―」

「『紫式部集』「数ならぬ心」考」

第三章 『紫式部集』和歌の配列と編纂

「『紫式部集』における和歌の配列と編纂―冒頭歌と末尾歌との照応をめぐって―」

「『紫式部集』離別歌としての冒頭歌と二番歌」

「話型としての『紫式部集』」

第四章 『紫式部集』の研究史

「『紫式部集』の構成と叙述」

「『源氏物語』「独詠歌」考」

横井孝「紫式部集の末尾をめぐる試考―古典作品の終局の相というもの―」（『実践国文学』八三号、10月）

贇 裕子「『紫式部集』増補考」（『古代文学研究第二次』二一号、10月）

内藤英子「好忠歌と女流文学―『紫式部集』を中心に―」（同）

| | | | |
|---|---|---|---|
| | | | 中西智子「紫式部と伊勢大輔の贈答歌における『源氏物語』引用―「作り手」圏内の記憶と連帯―」(『日本文学』六一巻一号、12月) |
| 平成二五 | 二〇一三 | 廣田收「紫式部とその周辺―『紫式部日記』『紫式部集』の女房たち―」(久下裕利編『王朝の歌人たちを考える―交遊の空間―』考えるシリーズ5、武蔵野書院、4月)<br>横井孝『源氏物語の風景』(武蔵野書院、5月)<br>第四篇　紫式部をめぐる風景<br>「『紫式部集』の風景　一―「かへし　又のとしもてきたり」―」<br>「『紫式部集』の風景　二―湖上の紫式部―」<br>「紫式部と鴨川の風景―雨と被災の記憶と―」<br>「『紫式部日記』の風景　一―「いはむ方なくをかし」―」<br>「『紫式部日記』の風景　二―「水火の責め」、その序説―」<br>「紫式部の心の風景」<br>「『紫式部日記』をめぐる風景―その「効用」について―」<br>佐藤勢紀子「紫式部の別れの日―家集冒頭二首に詠まれた年時―」(『日本文学』六二巻9号、9月) | |
| 平成二六 | 二〇一四 | | 田中恭子「『紫式部日記』の「若紫」の波紋」(『国語と国文学』九一巻一号、1月) |

(久保田孝夫・横井　孝編)

# あとがき

とりとめもない雑談のような対談を始めたときには、これほどプライベートな内容など、はたして書物の形にしていただけるのかなと疑っていた。しかも、二度も集まって。愚痴や悪口、自慢などを延々と話した後、はたしてこのような無駄話を読んでいただけるのかな、と思いながら毎日少しづつ録音を原稿に起こし始めた。

ところがこれが、なかなか面白い。すぐに夢中になってしまった。原稿にしてからまた読み直してみたが、これが、ますます面白い。すぐに、この鼎談の魅力は、中心になって語っていただいた横井先生の学問の造詣の深さによるものだ、と気がついたことはいうまでもない。やがて、この『紫式部集』という家集のもつ謎の深さによるものだ、と、ひとり納得したのである。

同年代のわずか三人の研究会であるが、おそらく三人が三人とも、定年近くになってこれほど『紫式部集』に溺れることになるとは思いもよらなかった。それぞれ勤め先は違うが、昨今の大学の多忙な日常の中では、ひそかに三人で出会い『紫式部集』について語り合っている時間だけは本当に楽しいものである。ただ恐れることは、和歌の専門家からどのような御叱りをいただくことになるのか、という点である。

このようなささやかな企画ではあるが、何度も京都に通っていただいただけでなく、面倒な原稿のとりまとめや、出版社との度重なる細かな交渉など、編集のすべてを御引受けいただいた横井先生の献身的な御世話がなければ実現できなかったに違いない。また、陽明文庫の名和修先生の懇切なる御指導がなければ実現できなかったと思う。ここに感謝の意を表したい。また何よりも、笠間書院の橋本孝さん、大久保康雄さんの御助力を得て、ようやく刊行までこぎつけることができたことに、心からの謝辞を述べたい。

二〇一四年四月

廣田　收

## ●著者紹介

廣田　收（ひろた　おさむ）

略　　歴　1949年　大阪府豊中市生まれ。
　　　　　1976年　同志社大学大学院修士課程修了
　　　　　現　在　同志社大学文学部教授・博士（国文学）

主要著書　『『宇治拾遺物語』表現の研究』（笠間書院　2003年２月）
　　　　　『『宇治拾遺物語』「世俗説話」の研究』（笠間書院　2004年10月）
　　　　　『『源氏物語』系譜と構造』（笠間書院　2007年３月）
　　　　　『家集の中の「紫式部」』（新典社　2012年９月）
　　　　　『『紫式部集』歌の場と表現』（笠間書院　2012年10月）

横井　孝（よこい　たかし）

略　　歴　1949年　東京都世田谷区生まれ。
　　　　　1977年　駒澤大学大学院博士課程満期退学
　　　　　現　在　実践女子大学文学部教授・文学修士

主要著書　『〈女の物語〉のながれ―古代後期小説史論』（加藤中道館　1984年10月）
　　　　　『円環としての源氏物語』（新典社　1999年５月）
　　　　　『源氏物語の風景』（武蔵野書院　2013年５月）

久保田　孝夫（くぼた　たかお）

略　　歴　1950年　北海道旭川市生まれ。
　　　　　1974年　同志社大学大学院修士課程修了
　　　　　現　在　大阪成蹊短期大学グローバルコミュニケーション学科教授・文学修士

主要著書　『松浦宮物語』（共）（翰林書房　1996年３月）
　　　　　『淀川の文化と文学』（共）（和泉書院　2001年12月）
　　　　　『紫式部の方法』（共）（笠間書院　2002年11月）

紫式部集からの挑発―私家集研究の方法を模索して

2014年５月30日　初版第１刷発行

著　者　廣　田　　收
　　　　横　井　　孝
　　　　久保田　孝　夫

装　幀　笠間書院装丁室

発行者　池　田　圭　子

発行所　有限会社 **笠間書院**
東京都千代田区猿楽町2-2-3
NSビル302　〒101-0064
電話　03（3295）1331
fax　03（3294）0996

NDC分類：911.128

ISBN978-4-305-70729-1

印刷／製本：モリモト印刷